「私」という男の生涯

石 原 慎 太 郎

幻冬舎文庫

「私」という男の生涯

I

私は二〇一三年の夏、春先にクルーたちが運んでおいたヨットで沖縄からトカラ列島を経てホームポートの油壺まで帰ってきた。思ってみれば、このコースをヨットで走るのは三度目、正確には友人の大型のパワーボートでトカラの島々に寄港しながら、あるテレビ局のために水中を含めてトカラ列島の風物の記録映画をつくった航海を含めれば、合計四度目の航海だった。

トカラの島々もその海も変わることなく素晴らしいものだった。特に今回の船旅は帆を張る船で、しかもレースではなしに、梅雨が明けて北上する前線を追っての追い風に乗っての気楽気ままな航海だった。エンジンの音も聞かず、風と波の声を聞きながら順風に乗って気ままに走る航海だっただけに、さしたる緊張もなしに心身ともにくつろいで海を満喫できるものだった。

ことがレースの際には、列島の西側を北上する黒潮を拾いながら暗礁の多い列島をどこで横切って太平洋に出るかで腐心し、怖い物逃れで心ならずもつい早めに太平洋に出てしまい後悔させられたものだが、今回はそんな心配も必要なく気ままに島々を満喫できた。

さながら、念願かなって初めて参加した一九六三年度のトランスパック・レースで、ようやく貿易風を拾って後はその風に乗って気ままにホノルルを目指した航海のように、自分を風と波のつくる海の変化にただただ同化させることで、レースながら寛ぎきったあの航海に似ていたと思う。

しかし航海の間中、私は思っていた。これは多分私がトカラの海を眺める最後の航海になるだろう、と。

今年の春先、思いがけぬことに脳梗塞で倒れ幸い軽症ですんだが、この体にはまさしくひびが入ってしまったのだ。入院中に読んだ小林秀雄のエッセイに「棺桶に片足を突っ込むというような言葉をこれは面白い言葉だなどと若者が言ったら滑稽でしょうが、この言葉が味わえぬような老年は不具な老年」とあり、この言葉への強い共感はたしかにある。それは間近な死に対する怯えを背景にした成熟ということだろうが。

この夏が過ぎて九月がくれば私は八十一になるのだ。この後、私に残されている時間と体力がどれほどのものかは分からぬが、現に私はこの船に買い換えたことで長年まみえてきたオーシャンレースからは大方足を洗ってしまったつもりでいた。

ジャーマン・フレイズが設計してくれた前の「コンテッサ十世」は、母体の彼の五十フッターの名艇「タイガー」を凌ぐ素晴らしい船だったが、腰痛持ちの私には彼女との付き合いが段々重荷になってきていた。荒天の折にはいちいちクルーの手を借りるわけにもいかず、完璧にストリップアウトされた船のデッキを私だけがハーネスは着けずに這って動く体《てい》たらくだったし、一度は崩れかかった波のウォーターハンマーを食らって落水しかけ、辛うじてクルーの手にすがって助けられたものだった。

それに第一、この頃では若いクルーたちの気質が変わってしまい、沖縄から油壺どころか、昔は誰もが憧れた花の大島レースのような、せいぜいわずかひと晩のオーバーナイトのレースも若い乗り手に敬遠されてしまい、レースとして成り立たなくなってしまった。いずれにせよ、多分もう私はここを二度とレースとしてこうして走ることはあるまいと思いながら、あの海から戻ってきた。

それにしても、一人の人間に許容されている時間のなんと短いことだろうか。いや、私の父親も弟も五十一、二という若さで死んでいったが、彼等に比べれば私に許容された時間は贅沢なものと言えるのかもしれないが。しかしそれでもなお私は焦っている。書き物も含めて私がし残していることは眩暈《めまい》するほど多くあるのに、この今に至るまでのことを思い返してみるための時間もすでに乏しいような気がしてならない。

思い直してみると以前にも私は、こうして後ろ髪を引かれるような気持ちで、ある航海から戻ってきたことがある。あれはある女との別れが決定的になり、彼女への思いを断ち切ろうと出かけていった船旅だった。しかし何故式根などという、一番彼女との思い出深い島を選んで行ったりしたのだろう。あれも未練の所産ということだったろうか。

彼女との最後の島行きは作りたてのダイビングボートでヨットのクルーたちと一緒だった。彼等にダイビングを教えながら、地元の若い漁師に教わっていた地内島《じないじま》の西岸のエビ穴で手摑みでイセエビを取ったものだ。クランク状の小広い穴があり、行き止まりの水中の洞窟に洋服屋の棚に飾られたシャツみたいにイセエビが密集し、張りついていた。そして洞窟の奥にはアジの群れが大きな輪を描いて泳いでいて、その真ん中に空恐ろしい姿の二匹のミノカサゴが漂っていた。魚の群れ全体が何かの巨きな目のように見える光景に、しばらく見とれていたものだった。

簡単に十数匹手で捕らえたイセエビを船に持ち帰って海水でボイルし、冷やしておいたシャブリを開けての豪華な昼食だった。真夏の太陽の下、日差しを浴びながら風の吹き晒すコックピットでクルーたちとした、あの昼食での満喫を忘れられない。そしてあの日は彼女の誕生日だった。

その彼女、Yは私の友人の父親、かつての無謀なクーデター計画三月事件の首謀者の一人だった古い右翼団体の総帥の事務所に勤めていた秘書の一人だった。その友人に紹介されるままなんとはなしに、どこか向こう見ずなところのあるその子の性格に魅かれて深い仲になってしまった。それ以前の彼女を思いがけぬかたちで失った後の空白を埋めるためにも、もともと好色な私はその子の若い肉体に耽溺《たんでき》し、思いがけぬほど深くのめり込んでいった。ナミレイという大阪の一流企業の一族の一人、松浦良右がコスタリカでいろいろ事業を企画しているということで誘われ、彼のイギリス人の彼女と四人で、あの魅力的な小国に出かけたりまでしたものだった。その挙げ句に一時は家庭を捨てて、どこか外国でその女と暮らしてもいいと思いつくほどの様だった。

しかしある時、思いがけぬかたちで破局がやってきた。ある時、彼女が町で以前親しかった幼馴染みと遭遇し求愛され、彼女は囲われ者でいるよりもその男との結婚を選んでしまったのだった。あれは私にとって紛れもない生まれて初めての失恋と言えたろう。その衝撃について私は臆面もなしに、ある短編に記しもしたものだ。今読み返すとかなりいい出来の『テニスコートで』という作品だった。

時折、東京ローンテニスクラブのコートでシングルスを戦う相手と、ある日プレイして惨敗し、その男にその日の出来の悪さについて同情され、失恋でもしたのだろうと言い当てられ頷いた。その男が失恋はこの齢になった男には辛いものだよねと同情してくれ、「女は失恋を三日で忘れてしまうが、男は半年かかるからね」と言うので、彼女を失ってからの日数を勘定し、彼の言う半年までに残された日数を思い、テラスで苦い酒を飲んだものだったが。そして私はある詩人の真似をして『恋の墓標』なる詩まで作って彼女に送ったりした。結婚して間もなく女の子を産んだという彼女の子供のために祝いの贈り物までしてやった。

しかし別れてから二年ほどして人伝《ひとづて》に二人だけで会いたいという連絡があり、私がリザーブしておいたホテルの部屋に彼女はやってきた。そして彼女の夫が余所《よそ》に女をつくって浮気を続けているのが分かったと泣きながら打ち明けてき、その憂さを晴らすためにもう一度私を抱いてくれと。言われるままそれに従いはしたが、久し振りに抱いた相手の体はもう薹《とう》が立ち、味気ないものでしかなかった。そう感じながら過ぎた時間が結局、この俺を救ってくれたのだなとしみじみ思った。

デッキに寝転がり満天の星を仰ぎながら、今振り返ればあの思い出は狂おしいほど懐かしい。順風に乗せて私を今この瞬間におそらくある終局に向かって運んで行く船は、向かうところとは逆に私を甘美な過去に向かって運んでくれている。

あの女のことはようやく忘れることが出来たが、あの島の「吹の江《ふきのえ》」と呼ばれる、四方絶壁に囲まれた小さな入り江を独占し、真ん中に舫《もや》った船の上でした昼食の印象はどうにも忘れられはしない、と言うよりも捨てることが出来ずにいる。

そうやってたどれば、女たちと重ねて私の過去は今この海の上で私を呪縛して切りなく過去に向かって引き戻す。あのオデッセイを呪縛して引き止めようとしたサイレンたちのように。片足を死の水で濡らしてしまったらしい私にとって、これは私が人生の中で味わうことの出来た至福の象徴としてのことだろう。

それも今ではははるかに遠い思い出のような気がする。人間は大方のものを忘れたり、諦めたりすることが出来る、ということをこの頃になって悟れたような気がするが。それは多分別の何かの折々に、ふと死を意識するようになったせいだろう。七十の半ばを過ぎて折節に自分の老いを感じ認めるようになると、誰しもがその先にあるもの、つまり死について、それも誰のものならぬ自分自身のこととして予感し意識するようになるようだ。ジャンケレビッチが死に関する人間の意識の緻密な分析をした労作『死』の中で言っていたように、死は私たちにとって最後の未知であり、最後の未来なのだから。

しかし誰もそうは知ってはいても、最後の未来について自分自身のものとしては信じようとしない。しかし予感はするようにはなる。予感することが出来るようにはなる。そしてその瞬間から、過去の思い出も含めて、この世での楽しみは今まで以上に甘美なものとなってくる。性愛も食事も、音楽にせよ何にせよ、心地よいものはすべて一層今まで以上に甘美になり得る。それは自分の人生をようやく踏まえ直した、存在と時間に対する本気な身構えと言えるのかもしれない。

私は間もなく八十一になり、許されるなら八十五となり八十八ともなり、そして挙げ句に死んでいくのだ。死の瞬間にも意識だけははっきりとしていたいものだ。出来ればその床の中で、有無言わされぬたった一度の体験として迎える自分の死なるものを意識を強め、目を凝らして見つめてみたいものだ。それがかなったならば、多分、この俺はつい昨日生まれたばかりのような気がするのに、もう死ぬのかと思うに違いない。その想起の中で私は一体何と何を思い出し、誰と誰を思い出すのだろうか、我がこと故に興味がある。

自分を忘却してしまって死ぬのだけは嫌だ。そんな風に終わる人生なんぞ、結局虚無そのものではないか。忘却は嫌だ。何もかも覚えたまま、それを抱えきって死にたい。

それにしても今度の沖縄から本土に帰る船旅の素晴らしかったこと。何よりも次男の良純が一緒にいたことが嬉しかったし楽しかった。思い返してみれば彼と一緒の航海は彼に託しての、私の海からの遺書とも言えそうだ。そうなのだ、海という地上とは位相の異なる世界に身を置くことで初めて、私は自分の存在について陸にいる時以上に、一種透明な感覚の中で考え、捉え直すことが出来る。

今度の航海は沖縄で明けた梅雨の前線を追うようにして追っ手の順風に乗って帰ってきた。トカラ列島の海という絶海の空気が澱むことなどありはしまいが、それでもなおあの航海の間中味わった潮の香りに満ちた空気は相模湾などでの行き来で味わうよりも、胸に染み入るように新鮮で爽《さわ》やかなものだった。

夜にはデッキから仰ぐ空に満天の星が在った。星たちは手を伸ばせば届きそうな実在感で空に満ち満ちて在った。彼等は見えると言うよりも、宙空にひしめいて在った。あんな空を仰いでいると、この地球という惑星がまさしく宇宙の中に在る、この宇宙の中にただ一つの星としてだけ在るのだというのがよく分かる。多分私と同じことを良純も感じていたと思う。親子してそう感じ合うというのは、しみじみ楽しく嬉しいものだ。あれは子供を媒介にした自分というものの存在についての永遠感覚とも言うべきものなのだろう。

肩を並べデッキに寝そべっている息子に何か言ってやろうと思うが、その必要もないのが分かる。今何を言っても、それで息子とたしかに繋がることが出来るというのが強く感じられてよく分かった。だから二人ともいつまでも黙って天を仰いだままでいた。

しかしその内に、

「こうして見ると、星は、何故みんな白く光っているのかな」

息子が言った。いい質問だった。

「それは、第一にこの海では大気が澄んでいるからな。そしてあの星たちの在るあたりには、大気もないからな。空気に限らず、何かガスが立ちこめていれば、光には色がついて見えてくる」

「なるほど、で、星の光というのは何」

「それは今見えている星はみんな燃えているんだ。その光は、大気がなければ白く光ってここまで届いてくる」

怪しげな天文学の知識ながら、言ってやった。

「なるほど、燃えている星だけが見えるのか」

「中にはこの地球みたいに、冷えていても、近くの太陽の光を浴びて光って見える星もあるだろうけど、そんな反射はそう遠くまでは届かないのじゃないかな」

「だろうなあ」

息子は納得したみたいに頷いた。

しかしそれにしても最近開発されたハッブル宇宙望遠鏡なるもので、今まで人間の視力の届かなかった宇宙の最果てまでを視界に収めることが出来るようになったというのは、一体我々人間にとっていかなる意味があるというのだろうか。人間の存在する宇宙への意識がいかに拡大されても、数億光年遠くの宇宙の確たる存在を認知できることになっても、人間の生命の限りがそれで拡大されるわけでもありはしまい。人間の存在の意味や意識が膨張するわけもありはしまい。我々は宇宙時間総体に比べれば、まさに瞬間的な時間にすがって生きているのでしかあるまいに。

心地好く走る船のデッキに息子と並んで寝そべり満天の星に見入りながら私はふと、ずっと以前まだ私の父が生きている頃の夏、夕飯の後、家族で庭に出て涼んでいた時、庭から仰いだ満天の星に見入りながら突然密かに、自分がこの家族の一人として今皆と一緒にここにこうしているということの漠たる意味について、しきりに考えようとしていたことを思い出していた。

あの頃はまだ辺りの大気は汚れておらず、仰いだ満天の星にふと吸いこまれるような感慨に襲われながら、思わず何かを確かめ直すような気分で、私は周りにいる父と母と弟の姿を暗がりの中で確かめ、見回したものだった。あれは突然の、なんともしみじみした感慨だった。

あれは多分、哲学の命題である「存在」と「時間」なるものについて私が初めて漠たる予感を抱き、それについて考えさせられた、と言うより、言わば哲学への最初の予感に打たれたということに違いない。


人間は誰しも人生のいずれかの時点で、それも大方は若い頃に、人間の存在についてのなんらかの啓示に触れることがあるに違いない。それはそれぞれの人生にとって貴重な瞬間に違いなかろうが、生活の雑事はそれについて沈思する暇を与えはしない。故にも「哲学」はごくごく限られた者たちの専業となりはてるが、実は誰にとっても、いつにあっても己の人生の芯を把握するために欠かすことの出来ないことに違いないのに。

「色即是空。空即是色」（いかなる物事も時とともに移ろい変化する）というのは存在と時間という大命題について、いみじくも釈迦が説いた簡潔明瞭な公理だが、誰しもそれを日々しっかりと心得て生きていくなどということは出来るわけもない。人間は時によっては人為で時を急いで過ごそうとまでするし、ことさらの変化、その大方は劣化を望みもする。

我々が開拓造成し成熟もさせてきた文明なるものは、さまざまな変化をこの我々の人生の舞台である、地球という光背に与えてきたが、それそのものが実はある極限、ある飽和に至りつつあって、「哲学」という作業の存続が危うくなろうとしている時代となりつつある。

私のこの書き物が後《あと》どれほどの時をかけて終わるかは分からないが、おそらくそれに並行してある決定的な物事がこの地上に進行していき、過去から今日まで続いてきた人間の膨大な意識の堆積が呆気なく無残に忘却されてしまう時が来ようとしているのかもしれない。それは釈迦の説いた存在と時間の公理の無残な帰結として。

この今に至って私はようやくおよそ二十五年ほど前に東京で偶然に聞いた、宇宙物理学者ホーキングの講演をあの時以上に生々しく思い出している。ブラックホールという不思議なある空間の蒸発を発見証明したというその男は、当時すでに全身の筋肉が麻痺して動かなくなる「筋萎縮性側索硬化症」という難病に冒されていた。全身が麻痺して硬直したまま故にも、講演は辛うじて動く彼の指先がキーを押しての人造声で行われた。

私にとって印象的だったのは講演の内容よりも、むしろその後許されて行われた聴衆との質疑応答だった。ある者の、この宇宙全体に地球のようにかなり高度な文明を保有している惑星がいくつくらいあろうか、という問いに、彼は言下に、太陽系を超えたその先の先の全宇宙ということなら二百万ほどと答え、またある者が、ならば何故それらの内の、地球以上に高度な文明を保有している星から実際に他の惑星に住む生物やその乗り物がこの地球に到来しないのだろうかと質《ただ》した。その問いに対しても言下に彼は、現地球ほどの文明が誕生進展するとその星の生物を支えている「自然」の循環が著しく阻害されてしまい、その惑星はきわめて不安定な状況をきたし、宇宙時間からすれば殆ど瞬間的に消滅すると答えた。

さらにこの私が、ならば宇宙時間での瞬間的と言われる時間帯とは、地球時間にしてどれほどのものかと質したら、これまた言下におよそ百年ほどだろうという答えが返ったものだった。ブラックホールなる異形な宇宙空間の蒸発の発見者は決して神でありはしまいから、彼の予言が絶対とも思われまいが、第一あの難病のまま彼は未だに生きているし、なんでもあの後看護婦と再婚もしたそうな。

しかしなおこの新しい世紀に入って地球の表に到来している、彼が予言もした、自然の循環の巨きな阻害がもたらした諸々の露骨な現象はホーキングが行った予言の信憑性を強く暗示している。地球の温暖化の加速の中で起こっている生態系の変化は、人間ほどの意識を決して持たぬ他の生物の、この地球的異変への本能的、と言うよりも彼らの生存維持のためのごく自然な順応であって、よけいな知識によるさまざまな予測や分析に手間取る人間そのものの対応は、無意識な他の動物たちの順応に比べてはるかに遅い。東京の知事を務めていた頃、思い立ってもう水没しつつあるというツバルなる島国に出かけたことがある。地球全体の氷が解けて海に流れ込み、海の水位が上がっての自転に遠心力がかかり、赤道の下の島々は水没しかけているそうな。

老年の人間も同じようなものだ。老衰は追憶ばかりをかさませて、改悛の中に老人を水没させようとするが、いやそんな改悛の中での溺死の前に、私はもう一度過去をたどり死ぬ前に自分を確認しておかなくてはなるまい。人間以外の動物は存在や時間に対する意識を持ちはしまいが、私はこうなれば今もう一度自分の人生を確認しておきたいものだ。

私は大方今までの人生に満足しているとは思う。

残っていたとしても、その生存の舞台である地球の「存在」を認識する生物としての人間が不在となれば、地球という惑星は「存在」せぬと同じことになろうが。これは皮肉と言おうか空恐ろしいパラドクスではないか。

そんな時代に向けて私が今私の生き様についてどう記そうと、それがどういう意味を、誰に対してでもなく、まず私自身にどういう意味を持つのか分からない。と言って私はこれを止めるわけにもいきはしない。人間はその人生の終焉を意識した時には、その意識の赴くままに、まず己自身のためにしておかなくてはならぬことがあるのだから。

恐ろしいことに私がこの文章を誰のためにでもなく、突然、ただ私自身のためにと思って書き出してから、知らぬまに二十年という月日が経ってしまっている。

スタンダールが自伝としての『アンリ・ブリュラールの生涯』を書き始めた時は、あの本の冒頭にもあるように彼がわずか五十歳を前にしてのことだった。そしてその後、彼は外交官として新しい任地に赴くことで退屈の随《まにま》にしていた自伝を綴る仕事を放り出してしまった。

私は六十五歳を前にしてこれを書き始め、諦めて放り出した政治にまた戻り東京の知事になったことで、知らぬ間に二十年という月日が過ぎてしまっている。この書き始めに、もうこのトカラの海をこうしてヨットで渡ることは二度とあるまいとしみじみ感じ入ってからも早四年、今ではもっと切実直截《ちよくさい》に、私がこの人生の殆どの部分をもう一度繰り返すことは多分もうありはしまいという実感を味わいつつ日々過ごしているのだ。その感慨を一体なんと呼んだらいいのだろうか、老弱か。

それにしても海の上にいると何故昔のこと、特に陸の上での出来事について考えたり思い出したりすることがないのだろうか。ヨットに乗って航海していると、レースの時は当然だろうが、遊びのためのただの航海やレースのための回航の時でも不思議にこの今のことしか考えない。それは海に来てようやく自分を完全に解放できている

というこことか。一艇身を争うレースの最中にしてもなお、地上を離れてきた乗り手は

陸のすべてのしがらみから解き放たれているということだろう。

　この今になってしみじみ願うのだが、私が死ぬ時、私はなんとかこの頭が明晰、と

までいかずとも惚けずにいたいものだ。ならば、私は自分自身にとっての最後の未

知である私の死、最後の未知についてそれを味わいながら死にたいと思う。ならば多

分その時、ああ俺はつい先日生まれたと思っていたのにもう死ぬのかと感じ入るに違

いない。

　その感慨は、あるいは自らの死という最後の未来への期待、例えば私より先に死ん

でいった父や母や弟も含めて私が愛した、あるいは愛された者たちとの再会といった

ものに繋がるのか、それともあの巨きなニヒリストだった賀屋興宣《かやおきのり》さんが言っていた

ように、ただただ無限の忘却、つまり虚無への予感としてしかないのだろうか。

　とにかくこの今になれば私は、船の高いマストから海に落ちて死ぬ水夫の、墜落の

瞬間の間の一生への回想みたいに事細かに私の人生をたどり直す、などと言うより映

画の編集の折のフィルムの早送りの作業のように、私一人のスクリーンに映し直すことが出来るだろう。と言っても、天才を自負して作り事の多かった三島由紀夫氏の嘘みたいに自分の誕生の瞬間の記憶などはありはしないが。

私の幼年時代の記憶と言えば、父親の栄転で北海道に移る前の神戸に住んでいた頃のおぼろな思い出しかありはしない。当時の住まいは大手町の一角にあったが、周りの町並みについての記憶はない。ただ近くに学校かそれとも工場だったのだろうか、午後のある時間にサイレンを鳴らすところがあり、それがひどく耳障り、と言うよりも空恐ろしいものに聞こえてならなかった。その頃合になると、わざわざそれを避けるために家に駆け戻ったりしたし、母親とどこかへ出かけた帰りに突然それを聞いて母の着物の袂《たもと》に頭を隠したりしたもので、あの音を嫌った記憶は確かだが、その訳は未だに一向に分からない。

それともう一つ奇妙な記憶がある。母と一緒に何の用事でか近くの誰かの屋敷を訪ねた時、その家の玄関の鴨居に何かの面が飾られていた。それは他の家では見ることのない装飾で、それを仰ぎながら子供心に人間の住まいの格のようなものを強く感じていた。そう感じて帰り際に玄関の周りを眺め回してみたら、私たちの住んでいる社宅やその周りの家たちとは違って、その屋敷には住まいを囲む塀が巡らされてい、門から玄関までの庭内には植え込みがあった。あれは私が人生で初めて感じ悟った奢侈《しやし》というもの、つまりあきらかに存在する人間の営みの格差というものだったに違いない。

神戸時代のもう一つ確かな思い出に、近くを走っている山陽電車の線路に石を載せて電車の脱線を図ったことだ。もちろん私の発案などではなしに近所の年上の悪童たちに唆《そそのか》されてのことだったが、物陰に隠れて見守る内にやってきた電車は私たちの前で停車し、降りてきた運転手が舌打ちしながら石を取り除いて電車はつつがなくまた始動して走り去っていった。今思えば、二輛連結ほどのローカル線にまつわるのどかな風景とも言えそうだが。その後また思い直して、どこかから持ってきた古釘を何本か線路に並べて置いて電車に轢《ひ》かせ、まっ平らになった釘を手に取り確かめ、改めて電車の重さに感じ入ったものだった。

後年議員になり運輸大臣を務めた時、記者たちとの会見の折に鉄道に関して何か思い出はと問われ、幼い頃のそんな悪戯について話そうとしたら、横にいた官房長にそれはいかになんでも新任の大臣の談話としては相応《ふさわ》しくないと説諭され思い止まったが。

五歳の時、父の転勤で神戸から小樽に移った。

神戸についてさしたる記憶は抱いていなかったが、それでも子供心に風土の違いなるものをつくづく感じさせられた。それは後にまた本土に戻り、湘南の逗子に居を構えるようになって一層強く感じさせられたことだが、子供の私たちより母親は身にしみて感じさせられたことと思う。後に母から打ち明けられたことだが、北海道の冬の辛さに耐えかねて母は父に私たち兄弟を連れて本土に帰らさせてほしいと何度か訴えたそうな。しかし子供は子供なりに、と言うより子供故に何にでも順応してしまうもので、私自身は年齢が進んで幼稚園に通う頃になると、周りの大方のものに慣れてはしまったが。

ただ一度だけ本土とはかけ離れて違う冬場の気温の低さを身にしみて感じさせられたことがある。庭にあった何かの金具に手袋無しで手を触れたら、凍りついていた金属がそのまま手に張りついて離れない。驚いて引き離そうとしたら指の先の皮が剝がれてむけてしまった。痛みを感じて叫んだら、現地出身の女中が慌てて逆に金具を強く手に押しつけ、それごと引いていって沸かしていたお湯を金具にかけて離してくれた。事の原理はまだ分からなかったが、厳寒の外で凍りついた金物に直に手を触れると、皮を剝がされて大怪我をするという恐ろしさだけは悟ることが出来た。

後に引っ越した湘南での生い立ちに比べて、思い返せば子供なりに北海道で過ごすのに辛かったことと言えば小学校への冬場の通学で、小樽で最初に住んだ松ヶ枝町の家まで公園を越えて徒歩で帰る通学の辛さだった。時折、途中行きすぎる馬橇《ばそり》から声をかけられて便乗することがあり、それはそれで、飛び乗ることはなんとか出来たが、かなりの速度で走る乗り物から飛び下りるのは勇気がいった。何度かする内、手にしている荷物を先に雪の上に放り出して身軽に飛び下りる要領もつかんだが、それとて毎日というわけにはいかず、雪を踏んでの登校下校は子供の体力にはかなりの負担だった。

小学校という世間の場に通い出して初めて、幼いながら他者を強く意識させられる出来事があった。一つは同じクラスにいた、何かで鼻の上に一文字の傷をこしらえた茂という子供がいて、皆がそれをからかって「茂、茂、鼻もげる」とはやすので、私もいい気になってそれを真似して繰り返していたら、級長の私までがそんな真似をするので傷ついた茂が、高学年の兄さんに言いつけて、ある日の休み時間、廊下の隅に連れていかれ、茂の兄貴たち三人の上級生に小突かれ脅された。ドイツ人のシスターたちの監督の厳しかった幼稚園ではあり得なかったことで、私としては初めて他者なるものの重い存在を突きつけられた思いだった。

もう一つは私と同じクラスに色白の目鼻立ちのいい、人形のように可愛い女生徒がいた。学校に慣れるにつれ、日ごとにその子の存在が気になるようになり、何かの折々自分がその子のことを脇から気にして眺めるようになっているのに気付いた。そして床に入って眠る前に、彼女をどこかの殿様の御姫様に仕立て私が臣下の侍として近づき、かしずくのを想像してみたりするようにもなった。

ある日、かなり思い切ってその子に、通学に使われている二つの通用門の内のどちらから登校しているのかを尋ねてみた。残念なことに彼女の家は私とは逆の方角にあって、彼女の通用門は東口、私は北口からで同じ方角ならば登校下校の途中まで一緒にという思惑はかなわなかった。それでも私の彼女への、自分でも整理のつかぬ関心は募っていったが、あれは初恋というよりももっと始原的な、生まれて初めての異性への関心の表出だったには違いない。

しかしそのリビドーはある時ある出来事であっけなく消滅してしまった。ある日のある時、授業の最中に彼女が突然泣きじゃくりだし、担任の女教師が近づいて質したら、彼女がおもらしをしてしまっていた。先生に伴われて彼女が教室を出ていき、誰か男の生徒が彼女の椅子が濡れているのを確かめ、はしゃいで皆に教えた時、私としては彼女への感情は呆気なくも軽蔑に変わってしまった。あの一件の思い出は私に終生つきまとった私の天性の一つ、「好色」を暗示するものだったに違いない。

何年か前、何かのはずみに時折頼まれる色紙の揮毫《きごう》の文句を新規に考えたことがある。それまでは白楽天の『長恨歌』の一句「欲曙天」とか「光充天」とか相手に分かろうが分かるまいがともかく縁起のいい文句を書いていたが、依頼された相手が若かったせいか、思いついて「人生は情熱を演じる劇場である」と書いた。それが割と気に入って以来時折繰り返しているが、多分若い頃愛唱したジッドの『地の糧』の、「ナタナエルよ、君に情熱を教えよう。恐れずに愛すること」にヒントを得てのことだったろう。

ならば、私が私の人生で演じてきた情熱とはなんだったのだろうか。女人への渇仰《かつごう》もその表示といえるのだろうか。妻を含めて何人か熱愛した女たち。そして海。そして、私が敢えて選択した政治という方法を通して表現した情熱の対象、それは国家であり、そのために守ろうとした国家の比類ない個性としての文化、伝統、風土。

いや、この今になってそんなに息みかえってみても、それらのためにこの私が一体いくばく何ほどのことが出来たということだろうか。私はたしかにあの女たちを愛し愛されもし、そして彼女たちは過ぎていってしまったが。しかしそれらのもののために、私はいくばくのことはしたと思うが。女たちと同じように、私も愛していたから、私の愛だけは、間違いない。

自分が長らく所属していた政党にうんざりし、ある日突然議員を辞職した後、一種のアンチメモワールを書いたが、その題名は『国家なる幻影』だった。ならばそれは幻影として消えてしまったのか、その後残されたものは幻影を追った後の空しさか絶望なのか。

いやそうでもありはしまい。私は未だにこの国を愛しているし、絶望もしてはいない、その行く末をしきりに懸念し焦ってもいるが。女たちも過ぎてはいったが、しかしなお記憶の内にたしかに在る。ある者は何度となく夢にさえ出てくるが。しかしなお、物事はすべて激しく移り変わり、私は呆気なく老いてきてしまい、女たちへの愛も遠くなりはてたが。

しかし自分を忘却して死ぬのはいやだ。死ぬ瞬間にも自分のすべてを思い起こして死にたいものだ。

今このページを綴っている時点で私は最後の選挙の最中にいる。と言ってもすでにもう私自身には関わりのない仲間のために東西を駆け回っているが、思えばこれも皮肉な話だ。今年二〇一四年の年末に政府は突然議会を解散してしまった。私にとっては僥倖《ぎょうこう》とも言うべきことだったが、国会議員に復活して小さいながら「日本維新の会」なる政党の党首になりはて、日頃雑務に追われてうんざりしきっていた私にとって、ルーティンのくびきから解放される絶好の機会とも言えはするが。

今年の冬は突然に寒い。八十を超えた身には寒さは応える。テレビのニュースの映像で異常な積雪に襲われて悩む北の地域の映像を眺めながら子供の頃に過ごしたあの北海道での出来事を思い出し、南の東京に住む僥倖をかこっているが、お陰で雪に埋もれて過ごした幼年期の思い出の断片すら浮かんでこない。

北海道で過ごした六年の思い出と言えば、私自身に関するものよりもむしろ弟の裕次郎に関わることのほうが印象に強い。

その一つは、私はごく篤実な子供で親に言われるままに過ごし育ったと思うが、弟は幼いくせに大層我が強く反抗的なところがあった。兄の私が親に言われるまま近くのカソリック系の幼稚園に通っていたのに、彼は頑《かたくな》に幼稚園通いを拒んで行こうとはしなかった。母もそれを許容して、父親にそれはこの子の性格なのだからとかばっていたものだった。

そして弟は汚れて破れてもかまわぬように半ズボンに施された尻当てを厚手の生地で三重にしつらえてもらい、それをはいて一日中近くの山の中で遊び回っていた。幼稚園を終えて小学校に通うようになった頃、父親は何故か私たちに例の幼稚園のドイツ人のシスターから英語を習うように命じ、私は言われるままいやいや通ったが、弟は頑に拒んで従わなかった。子煩悩だったが厳しくもあった父親が何故それを許して過ごしたのか今でも分からない。

北海道で過ごした日々の思い出の中で強い印象で刻まれているのは、高血圧で悩んでいた父の健康ともう一つ、弟が起こした痛ましい悪戯とその空恐ろしい報いだった。

当時の小樽の町は戦争前の緊張の中で間近な大陸との行き来で栄えた北海道一の商港で、県都の札幌を凌ぐにぎわいだった。そのせいで不定期航路で栄えていた山下汽船の支店長だった父親の羽振りは大層なものだったらしく、連日連夜の宴会で父の酒量も増えに増え、血圧も上がり、父なりの危機感でか血圧を下げるために自宅でかなりの間、断食を自ら強いる始末だった。

後に側聞したことだが、連日の宴会にはべる芸者たちが父につけた仇名はドンチャン騒ぎからきた「ドンチャン」だったそうな。そんなせいで今夜も宴会で遅い帰宅と告げられる度、母の機嫌が良いわけもなく私たち兄弟はエンカイなるものの実態が分からぬまま、母が眉をひそめるエンカイに強い興味を抱かざるを得なかった。

後のある時、会社の社員旅行で登別温泉に総員で出かけて旅先の旅館で宴会が開かれ、支店の用務員のおじさんが私たちの部屋に迎えにやってき、私たち兄弟は母を残して風呂上がりの後のパジャマに毛糸の腹巻きをしたまま、社員たちの並んだ会場の大広間に連れていかれたものだった。そして湯上がりに芸者が注いでくれた冷たいサイダーは喉に染みて、いかにも美味かった。私たち幼い兄弟は生まれて初めて母親の忌み嫌う宴会なるものがいかに楽しいものかを感覚的に理解していたと思う。

Ⅱ

子供心にも宴会なるものがいかにも華やいで魅惑なものに思えたのだから、その主催者の父親にしてみれば毎晩繰り返しても飽きたらぬものだったに違いない。父は本社に栄転して戻り、間もなく五十一という若さで身罷《みまか》ったが、小樽の支店長時代が人生の花盛りだったに違いない。ゴルフやボート、それにラグビーと万能のスポーツマンだった彼は、男の仲間に限らず夜の宴会に侍る芸者たちにも大層もてたに違いないし、母親は毎夜の宴会の場となっていた当時は小樽随一の料亭『海陽亭』の女将との仲を疑っていたようだが、後に聞いたら小樽の隣の余市町から出ていた芸者が意中の人だったようだ。

小樽に在任中、父は一度召集されて入隊したが、間もなく健康上兵隊としては不適格ということですぐに元の仕事に復帰した。実際は戦争が迫ってきていて軍務のための海運による大陸への種々輸送の仕事が増してきていて、軍としてはそちらの仕事のために父は余人をもって代えがたいということだったらしい。

その内に仕事の激務と夜ごとの宴会の過労で父は家で倒れてしまった。駆けつけてきた医者が当時のこととて血圧を計り血圧を下げるための捨血で、太い注射針で何度も父の腕から血を抜き取り洗面器に空けては、容器一杯の鮮血をこぼさぬようにと母と女中が二人して手洗いに運んで捨てる作業を私たち兄弟は息をつめて見守っていたものだった。

ちょうどその日は町の映画館にかかっていた評判の活劇時代劇を見にいく予定だったのだが、母からそれどころではない、下手をするとお父さんは死ぬかもしれぬのだと脅され、二人して懸命に我慢し蟄居《ちっきょ》していたもので、母親が恐る恐る抱えて運ぶ白い洗面器一杯に入れられた真っ赤な血の多さに子供心にも恐怖を覚え、固唾を呑んで見守っていた。あれは私が初めて味わった肉親の死なるものへの恐怖を伴った予感だったと思う。

父の死に関する予感とは違って、後々思い返すともっと空恐ろしい経験を小樽時代にした。

それはある年の春、もう雪が解けてすっかり春めいた頃のある日、近くの子供たちが夏には川底の石を剝がしてザリガニを探して取る、家の近くを流れている幅もごく狭い小川の土橋のほとりに集まって遊んでいた時、誰かが生まれたての可愛い子犬を連れてきたものだった。みんなが代わる代わるそれを抱いてはしゃいでいた時、弟が何故か突然、持ち主が犬を運んできた箱にその犬を入れて川に浮かべてみようと言い出したのだ。

皆がはしゃいでそんな悪戯に賛成し、子犬を入れた箱を川に浮かべた途端、雪解けの水を湛えた川は思いがけぬ勢いで箱を流し出した。その勢いは眺めていいて恐ろしいほどで、子供たちは慌てて川に沿った空き地を懸命に走って箱を拾い上げようとしたが、流れは早すぎてとても追いつけず、箱は子犬を乗せたまま五十メートルほど先の曲がり角を曲がってあっという間に遠ざかった。子供たちはなお懸命にその箱をさらに下流の橋の下で拾い上げようとして走ったが、さらに離れた橋の上で固唾を呑んで待ち受ける私たちの前に子犬を乗せた箱はもう現れてはこなかった。弟の思いつきでの残酷な悪戯は家の周りでも評判になり、母は子犬の持ち主の家に出かけて平身低頭してお詫びをしたものだった。

それから奇妙な出来事が弟の身に起こった。しばらくしてのある日から突然弟は訳もなく頭を振る奇病に取り憑かれたのだ。市内の掛かり付けの医者に相談しても訳が分からない。最後には紹介されて札幌の大学病院に入院させられ、何やらいろいろ治療を受けたが一向に治らない。

案じた両親があちこち相談をした結果、市内に霊感を備えた年配の女性がいて周りから厄介な相談を受けては不思議に解決の術《すべ》を教えてくれると聞かされて、父がその人を訪ねて相談したら、即座に彼女が弟が悪戯で子犬を殺したことを言い当てたそうな。そしてその供養に父が向こうひと月の間、家の近くの街角の何か所かに朝早く、人目につかぬ内に浄めの塩と供物を置いて、殺した子犬の供養をしなさいと教えられたという。それからひと月の間、父は教えられた通りの供養を早起きして果たしていたものだった。そしてその甲斐あってか、弟の奇病は見事に快癒した。

あれは私の人生に不可知な大きなものを教示した出来事だったと思う。以来、私は人間にとって不可知なものが人の人生を容易に支配するということを自覚するようになった。

弟の引き起こした出来事はさらに我が家にとって思いもかけぬ事態をもたらした。

それは母にとっておそらく初めての恋愛だったろう。父と母はある人の仲立ちで見合いして結婚したが、実は父にとっては再婚で初婚の相手は男の子を産んだ後、産後の肥立ちが悪くして亡くなっていたのだった。北海道一の商都の支店長になり、夜な夜な宴会に明け暮れていた夫に悋気《りんき》も含めての不満もあったに違いない母親にとって、息子の奇病の縁で関わった、当時は市内随一と言われていた内科医が、美人で通っていた母に弟の事をかまえて思慕を寄せたのは無理からぬいきさつで、母もそれを感じ取り、まんざらではない気持ちでいたのは想像に難くない。

ということで、奇病から前述のように快癒できた弟の予後の治療の相談に私たちの家を訪れる度、その医師は母を誘っての近くの山道散策に、私たち兄弟を無理やり伴って出かけたものだった。弟はその度何を感じていたかはしらぬが、年上の私には度重なる散歩がいかにも奇異なものに感じられてしかたなかったのを覚えている。

北海道時代の良き思い出の最たるものは子煩悩の父が私の何を見込んでか、市内の一番の本屋で好きな本をいくらでも付けで買うことを許してくれたことだった。私の友人に丹後君という裕福な弁護士の家庭の子がいて、そのせいか彼の数歳年上のお兄さんが無類の小説好きで彼の家の廊下の端の本棚には目がくらむほど沢山の小説本がしまわれていた。それをいつもおずおずと言い出しては借りて帰り熱読したものだが、父のお陰で面白そうな本をただで手にすることが出来るようになり、私の読書欲は倍加されていった。

その頃熱読した少年向きの小説とは、山中峯太郎の『敵中横断三百里』とか高垣眸《ひとみ》の『怪傑黒頭巾』『豹《ジャガー》の眼』などなどという代物だったが、こうした読書は後年物書きとなった私に大きな影響を与えてくれたと思われる。それは小説の醍醐味とはなんと言ってもストーリーテリングの味わいであって、それを欠く小説は決定的な魅力を備えていないという実感の体得だった。

ということで、後年物書きとして世の中に出た私は同世代の他の作家が純文学とか娯楽小説というカテゴリーにこだわって躊躇するような雑誌にも、依頼があれば気楽に作品をものして掲載させたものだった。その中のいくつかはミリオンセラーにもなって、ある時期日本の文壇で私の原稿料は当時売れっ子の柴田錬三郎と並んで最高のものとまでなったが。

あの頃には子供向けの世界の名小説のアダプテーションの文庫があって、デュマの『三銃士』とか『モンテクリスト伯』や『レ・ミゼラブル』が簡訳されていたものだった。レ・ミゼラブルは『ああ無情』、モンテクリスト伯は『巌窟王』といった題名で、後年父の本社への転勤で湘南の逗子に移り、隣の家に世界文学全集の全巻があってその中の巌窟王の完本『モンテクリスト伯』を借り出して読んだが、完本本編の面白さは抜群で、大人の読む小説とはそのストーリーテリングの複雑さと随所の挿話の多彩さはさすがに違うものだと感心させられた。中でも主人公のかつての恋人メルセデスの息子を誘拐した山賊ルイジ・バンパの手から彼を取り戻すために山賊の居城に乗り込んだダンテスに相対した、実はダンテスの子分だったバンパが洞窟の中でシーザーのガリア戦記を読んでいたというシーンの小粋で際どい印象は、作家の小憎い技として伝わってきたのを今でも覚えている。あれは面白い小説づくりの勘どころとして私の内にしまわれた。

小説ばかりを乱読している私をどう見てか、ある時父がたまには伝記を読めと忠告してくれたものだった。伝記という言葉の意味が分からず、私としてはデンキとは電気関係の本かと思って当惑したが、誰かに偉人たちの生き様について書かれた本だと教えられ、早速次の機会本屋に尋ねたら、当時は子供たち向けの偉人伝文庫なるシリーズが出ていて本屋に勧められるまま手に入れた。そのお陰で当時の小学校にはその銅像が必ず備えられていた二宮金次郎なる人物がいかなる人だったのかを知らされ、あるいはその名も知らなかった日本人で初めて反射炉を作って大砲を鋳造した韮山代官江川太郎左衛門などという人物とも初めて知り合えた。

だけではなしに、さらに外国の偉人たち、特に関わり遠かったギリシャやイタリアの偉人たちを子供向けのプルタークの英雄伝で知ることが出来た。昨今、塩野七生さんの労作で多くの大人たちが古代イタリアの英雄たちに遅まきに行き合えているが、私としてはとっくにテミストクレスとかハンニバルといった連中のかつての所行について心得ていたものだ。

そんな風にして過ごした北海道の生活とは小学校四年生の時に父の東京本社への転

勤で別れを告げた。あれはまさしく私たち兄弟にとっての人生の転機と言える出来事だったと思う。

小樽での最後の夜を父が夜ごとの宴会で入り浸っていた曰く付きの料亭海陽亭で過ごして、朝も早い汽車で六年を過ごした小樽を後にした。私たち兄弟にとってまだ行く先も定かならぬままの、それでもなんとなく胸のときめく旅立ちだった。

連絡船で青森に渡り、夜行の寝台車で同じベッドに弟と頭と足とを互い違いに寝て過ごしたが、どの辺りだったろうか、夕方に過ぎた東北のある辺りで線路間際の丘の上に並んで座った女性を交えた若者たちが、彼らには憧れの東京に向かう急行列車に向かって皆で懸命に手を振っているのが見えた。それは何かの歌の文句を思い出させるような温かく懐かしい風景だった。それは私たちが今間違いなくあの寒い最果ての地を離れて戻っていく本土なるものを予感させてくれた。大人になって幸い世界のあちこちを渡り歩くことが出来たが、あれは風土なるものを踏まえた地域の個性の格差についての初めての予感だった。それはすなわち世界なるものの広さへの予感とも言えたろう。

そして明け方、ふと目を覚ますと汽車は土浦の駅に止まっていた。土浦といえば子供心に心得ていた、あの七つボタンで有名な予科練の基地のある町に相違なかった。そう知った時、また改めて自分が紛れもなくあの雪に閉ざされている最果てから逃れて、憧れの本土にいるのだという強いときめきがあった。

当時のこととて流通の機能は悪く、事前に送り出していた家財が新しい住所の逗子の町に届くのに時間がかかり、それまでの間、私たちは同じ町の『養神亭』という割烹旅館の離れにしばらく逗留することになった。旅館の敷地はすぐ後ろの海に繋がっていて、まだ遅い春に吹きつける西風がたてる潮騒が枕元にまで響き、海になじまぬ子供の私にとっては空恐ろしいほどだった。

しかし日が経つにつれ、新しい住み処の風物には目を見張るものがあった。まず驚かされたのは北海道という遠隔の地にいて噂に聞かされていた、国が開発中の新型の飛行機が間近な空を飛び回っていることだった。その中には噂には聞いていたが、なんと四つのエンジンを搭載した「連山」と呼ばれる大型の爆撃機までがあった。おそらく逗子の町から間近の横須賀の追浜の飛行機工場で製作された新兵器に違いない。

その他まだ目にもしたことのない新型の戦闘機や見るからに速そうな双発の偵察機などなど。子供ならではのことかもしれぬが、それは他の何よりも目を見張るような新しい刺激だった。ということで早速、北海道時代の親しい友達に絵入りの手紙を仕立てて報告をしたが、驚いたことにその手紙までが当局の検閲にかかり、国家の機密をみだりに周りに漏らしてはならぬと父に呼び出しがかかり、厳重な注意を受ける始末になった。

まさしく本土の湘南ならではの驚きは他にも沢山あった。それは北海道のそれに比べて優しく豊饒な周りの自然の魅力だった。宿の前を流れている田越川《たごえ》には欄干が赤塗りの橋がかかってい、浅い川の底には無数のハゼの姿が見えていて、粗末な釣り竿に近くの釣り道具屋で売っている粗末な鉤《はり》とゴカイの餌をつけて垂らせば獲物が簡単に手に入った。その川床に見事な牡蠣がびっしりと張りついていて、水が引いて浮き上がる川床の浅瀬には見事な石蓴《あおさ》が生えていて、それを摘んで帰って干せば見事な食材ともなった。加えて同じ川のどこかには見事なウナギが住み着いてい、時折の夜釣りでは強い引きで大きな高価な獲物までが手に入った。加えて少し離れた河口の横の砂浜からは本格的な釣り竿で沖に向かって投げ込みをすれば、キスやコチという美味な魚が容易に手に入った。

あの小樽の港の防波堤で会社の用務員に案内されて日がな一日硬いコンクリートの堤防に座ってせいぜいが一日四、五匹のアジを釣った、貧しくもうそ寒い釣りに比べればなんという違いだったろうか。私たちの今いるところはまさしく本土の、後に知ればあの徳冨蘆花が記した、後には教科書でも目にした『自然と人生』の中で彼が謳歌した湘南の逗子の地に違いなかったのだから。私たちが最初にあてがわれて住んだ社長の別荘の広い裏地は、今では整理されて蘆花の記念公園となっているが。

蘆花の『自然と人生』は中学時代の国語の教科書にも一部が載っていたが、その中にあるように田越川のほとりにある『柳屋』という小さな宿屋の庭に聳える、冬場には吹きつのる西風を受けて天を摩して鳴るという大きな樅《もみ》の木もあった。

家から間近な逗子の浜辺は小体な逗子の入り江に囲まれた絶好の海水浴場で、隣の鎌倉の由比ヶ浜やだだっ広い七里ヶ浜よりも人気があった。新派の名狂言となった『不如帰《ほととぎす》』、浪子と武男の悲恋の舞台も逗子の浜辺が別れの場になっていて、逗子の入り江の北側のはずれには「不如帰」と刻まれた大きな石碑が磯の浅場に建てられていた。

そして砂浜で遊んでいた私たちに時折、旅館の逗留客らしい大人たちが真顔で浪子と武男がその下で別れを惜しんだ一本松はどの辺りかと質してきた。おそらく新派の舞台の背景の書割には由緒ありげな一本松が描かれていたのだろうが、私たちは無責任に海岸のはずれにある石碑のすぐ後ろだなどと教えたりしたものだった。

そんな環境に恵まれて私たち兄弟は、北海道での夏ごとの限られた海水浴ではかなうことのなかった水泳を瞬く間に習得できた。父が本社への出張で一週間ほど家を空けていた間に泳ぎをこなした私たちを連れて貸しボートで沖へ漕ぎ出したその前で、二人して怯えることなく海に飛び込んで何百メートルか離れた遠い浜辺まで楽々泳ぎついた私たちを、呆気にとられたような顔で見守る父親の表情が子供ながらに愉快だった。

そんな頃、私にとっての初恋が芽生えた。相手は近くの辺り一番の豪邸におそらく疎開してきて住む河野一族の、小学校で同学年の娘だった。彼女たちは戦争が終わるとすぐに東京へ戻ってしまったが、その後、夏には近くのどこかの財閥系の企業の瀟洒な寮にやってきていた。

小学校への通学には辺りの生徒は一団になっていったが、私がその班長役を務めていた。そんなことで彼女の母親には一目置かれていたようで、班の中の高学年の子供たちとよく家に招かれて、当時はまだ珍しかったビスケットなどのお菓子を振るまわれたものだった。

そんな折、彼女の家にあった当時としては珍しい八ミリの映写機で所蔵のチャップリンやキートンなどのアメリカの喜劇映画が上映された。彼女の母親は何故か、多分私の母が自慢げに話したのだろう、私が北海道時代にドイツ人の宣教師から英語を習っていたのを知っていて、家にしまわれているフィルムのリールの中から喜劇を選び出して映写機にかけるよう私に頼むのだった。

フィルムをしまった缶には表に張られた紙にそれぞれ作品の名が小さく記されていた。私には判読は難しく、手当たりしだいに取り出し映写機にかけてみたら、それが偶然にもチャップリンのドタバタ喜劇だった。戦争中とはいえ敵製の喜劇は誰にも面白く、子供たちも彼女の家族もみんなして腹を抱えて笑って楽しんだが、以後思いがけぬ娯楽の楽しみは私の存在あってのこととなって、私の存在価値は限られた仲間内では確かなものになってしまった。

そうした経緯で私の存在は、私が密かに自分にとって未曽有の感情を抱くようになった相手にとっても格段のものになったようだった。その証《あか》しに戦争が終わった後のある夏、川の河口で遊んでいた私を眺めに例の財閥系の寮に来ていたらしい彼女が突然弟を伴って現れたが、彼女は戦時中には見られなかったきちんとした洋服を着てい、私は細い一本の紐でとめた子供用のふんどしをしただけの丸裸に近い格好で、彼女はそんな私を見届けただけでそのまま立ち去っていった。それを見送りながら私としては何かの終焉をそこはかとなく感じていた。

逗子に移ってからの戦争の記憶と言えば、海岸の端の披露山《ひろやま》の上にある高射砲の弾が全く届かぬ高空を行く敵機の引く初めて目にする飛行機雲の印象と、ある夜に聞いた海鳴りに似た、逗子からはるかに遠い九十九里浜に上陸を狙ってしたという敵艦隊の艦砲射撃の音と、夜、家の庭から遠く眺めた空襲で焼けて燃え上がる横浜や平塚の町の炎に照らされる夜空だった。

敗戦の子供心にとっての解放感は、それまで所もあろうに逗子の海岸への敵の上陸に備えてということで、貧相な年寄りばかりの保安隊なる兵隊たちが砂浜に蛸壺を掘って備えるために立ち入り禁止となっていた海岸が開放されて私たちに戻ってきたことだった。

敗戦が決まり、これから先この国が一体どうなるのか見当もつかずにいた頃、通りで出会った近くの年上のある男が私を呼び止め、いきなり「いいか、もう直にアメリカ軍が上陸してきて本土決戦になったら、俺たちは皆死ぬんだぞ」と言い渡した。私は何故かぼんやりした気持ちでそれを聞いていた。そしてその後、ようやく彼が言ったことは多分正しく、自分もおそらくそんなことになるのだろうと漠然と考えたものだった。

しかしあの年頃の子供にとって数日後に到来するかもしれぬ自分の死なるものの実感はどう思ってみても及びもつかぬものでしかなかった。今ここにこうして自転車に跨《また》がり、足下の川を眺め魚の姿を探している自分が消滅して、ここにいなくなるということの実感はいかにも希薄で、しかし現実にはあり得る己の消滅をどう受け止めていいのか全く分からず、止めたままの自転車にぼんやり跨ったまま今言われたことの意味合いについて考えていた。しかしなお子供心にたった今言われたことを否定する、いかなる根拠も子供の私は持ち合わせていはしなかった。その後、川のほとりに立ち止まり、それをたしかに考える何の手立てもないまま、呆然と空を仰いではみたが、体の内にあるものはどうにも捉えがたい虚脱感だけだった。

あれは死について漠然と予感し考えた初めての体験だった。今これを書いている時点で私は三年前に脳梗塞を患い、なんとか立ち直って政治からも引退し、齢《よわい》八十四のこの頃日ごとに衰退していく自分の肉体に絶望しかけながらもなんとか生き続けている。

当然日々間もなく到来するだろう己の死について思いを馳せているが、自分にとって最後の未来と未知である死について、敗戦のすぐ後、突然脅すようにして告げられた自分の死についてほどの実感は湧いてこない。あの時の何かに打たれたような当惑はないのだが。それはそうだろう、十二歳の少年と八十四歳の老人にとっての死なるものとの遭遇は、少年にとっては偶然、今の私にとっては必然ということだろうに。その差というのはなんなのだろうか。老いが培った覚悟か、それとも実は執着にわだかまった諦めということか。

しかし敗戦直後のあの突然の予告はその夜、帰宅した父に打ち明けたら一笑に付されて消え去った。軍と密接な関わりのあった汽船会社の役員の特権だろう、父は広島・長崎に原爆が投下され壊滅してからすぐに、それまで勤労動員で基地周辺での呻《しん》吟《ぎん》の塹壕掘りに動員されて出かけていた私に、暗にもう動員に出かける必要はないと無断での欠勤を一方的に言い渡してくれていたものだった。

戦争に敗れる直前に、私は言わば戦争に参加するための要員を育てる海軍兵学校の予備校とも言えた地元の名門とされていた湘南中学に入学していたのだが。

入学に際して子供心に滑稽とも思われたある出来事があった。それを体験したことで私は生まれて初めて大人の社会のなんと言おう、ある種の虚構のようなものを悟らされたような気がしていた。実際の入学試験の直前に小学校で、言わば面接試験の模擬テストが行われ、並んだ校長や六年生の担任の教師たちの前で与えられた架空の受験番号を唱え、「将来の希望は何か」と問われた。その時、私は「将来の希望は外交官です」と答えた。そうしたら何故か教師たちがたじろいで私をそのまま待たせ、鳩

首して、

「いいかね、外交官はたしかにお国にとって大切な仕事だが、湘南中学はなんと言っても沢山の生徒が途中から海兵に転校しているので有名な学校なのだ。それに父兄には有名な海軍の高官が沢山おられる」

入学してみたら、言われた通り同級生の中には真珠湾を奇襲攻撃した機動部隊の司令長官を務め、後にサイパン島防衛の司令長官を務め玉砕した南雲忠一中将の次男や、ミッドウェイの激戦で敗れ撃沈された旗艦「飛龍」の艦長を務め、司令官の山口多聞《たもん》少将と一緒に司令室の柱に我が身を縛りつけ、船とともに沈んで壮烈な戦死を遂げた艦長の加来止男《とめお》大佐の息子までいたものだった。だから実際の口答試問の時には、「将来の希望は海軍士官でありますと必ず答えなさい。そのほうがずっといいからな」と諭された。

そして言われた通り、実際の試験の時には校長以下居並ぶ教師たちの前で、精一杯大きな声で胸を張り、「将来の希望は海軍士官であります」と答えてやった。それを聞き取って正面の真ん中に座っていた校長がいかにも満足そうに大きく頷くのを見て、「ああ、これで俺は通ったな」と確信したものだった。そう思いながら、「大人というのは案外チョロいものだな」と子供心に思わぬわけにいかなかった。

湘南中学への入学が決まって初の大仕事は、指定の教科書を学校指定の藤沢の本屋に買いに行くことだった。母親からもらった金を懐にして逗子から横須賀線に乗り大船で東海道線下りに乗り換えるのだが、やってきた列車は超満員、出入り口にも人がぶらさがって溢れ出していて乗り込む術がない。しかたなしに車輛と車輛の間の連結器の部分が空いていたので前と後の車輛の壁のでっぱりに手をかけ、下駄ばきの足の置き場を探って二つの車輛を両手で繋ぐような形でぶら下がり、なんとか次の藤沢まで乗り継いだ。

当時としては新型でドアも自動で開閉される横須賀線では車輛の形からしてそんな芸当は出来なかったが、旧式の車輛の東海道線では通勤通学にはその度窓からの強引な這い込みどころか、車輛の裏側の戸口に線路からよじ登っての芸当が当たり前だった。

特に午後の下校の際には列車を使う客の数が増え、列車を待って迎える者の常で遠くから近づいてくる列車をホームから身を乗り出してそのシルエットを確かめると、戸口のデッキにぶら下がっている人間の膨らみようを確かめ、後列ほど空いている様子を見定め、ホームの後ろまで線路を伝い、隙間のありそうなデッキに這い上がったものだった。

そんなある時、超満員の列車の最後尾の車のデッキに這い上がり背中で他の客を力一杯押し込んでようやく収まっていた私のもとに、見知りの同級生がやってきて手を合わせ、俺一人だけなんとか頼むというので後ろの客たちに声をかけ強引に引き上げてやった。

間もなく列車が動き出し、デッキのぎりぎりの端に立っている私の前で彼がふざけてわざわざ外に身一杯に乗り出して見せ、加速する列車の風圧に被っていた帽子を飛ばされまいと、「おまえ、これ持っていてくれ」と私に手渡した瞬間、加速してきた列車が線路のカーブにそって大きく外側に傾いた。その線路のすぐ脇すれすれに鉄塔が立っていた。施工者は敗戦後異常な混雑を意識してはいなかったろうし、まさか列車の裏側にまで客が大勢ぶら下がるなどと想定もしていまいから、私に帽子を手渡しいい気になって精一杯身を乗り出してみせていた彼の頭がすれすれに立てられていた鉄柱に激突したのだった。その瞬間、彼は声も立てずに私の目の前から宙に飛んで消え、振り返ると彼の体は空中を二転三転しながら線路の瓦礫に叩きつけられた。私はそれを固唾を呑みながらまじまじ見届けていた。そして線路に突っ伏したままの彼を残して列車は無情に走り去った。

あれは私が人生で初めて目にした人間に死をもたらす不条理なるものの姿だった。

中学への入学式には子煩悩な父がわざわざ出席してくれたものだった。そしてクラスが割り当てられ、同じクラスになった一同が初めて同じ教室に集まった後、担任の教師がいきなりクラスをまとめる級長と副級長を指名してきた。二人とも全く見知らぬ、どうやら湘南の外れの平塚か地元の藤沢の出身らしかった。

その人事は、それまで北海道でも移転してきた逗子でも級長を務めてきた私にはショックだった。多分同じように付き添ってきた父にとってもショックだったに違いない。それは親子しての自惚《うぬぼ》れの結果と言えたろうが、駅に向かう帰り道、父がしきりに私を慰めるのが私にとっては迷惑と言うより逆に気の毒な気がしていたのを覚えている。私は私なりに生まれて初めて家を離れての世間なるものにまみえたような気がしていたのに。

私は結果としてこの中学に延べ七年通うことになった。それは途中からこの学校の硬直した俗物性に耐えられなくなり、発育盛りの思春期の生徒たちを教える学校の教師たちのなんとも言えぬ俗物性につくづく嫌気がさしたせいだった。そのために親に病気という嘘をついて旧制中学から移行した高校の二年の途中から一年休学、と言うよりも実質登校拒否をして、学校を休むと言うより私のほうからボイコットしたと言える。

敗戦というこの国にとって未曽有の経験は学校の教師たちにも大きなショックだったには違いない。そのために彼らの価値観は豹変してしまい、前述のように当時の日本社会では一番洗練されたエリートとも目されていた海軍士官になることを熱願して子供たちの教育、仕付けに臨んでいた教師たちは敗戦による混乱の中で豹変していった。

今でも記憶にあるが、敗戦後の全校生徒を対象にした教育として、体育館に生徒全員を集めての再教育で何度となく繰り返し、民主主義と自由主義なるものはあくまで異なるのだということを執拗に説いて聞かされたものだった。その度、私には聞かされている我々よりも話している教師のほうがそのことを理解していないのだろうと思われてしかたなかった。あれは、あの学校の創設者だった校長が呆気なく追放されてしまったような状況の中での彼らの保身のための自己弁護だったに違いない。

そんな状況が到来する前に敗戦の間際、私はある意味で戦争ならではの得難い経験をさせられた。力を失ったこの国の首都やその近郊の主な都市は度々空襲にさらされたが、敵機襲来の警戒警報が出される度、学校は生徒たちを守る責任のとりようもなく一方的に生徒を退校させてしまった。それは生徒たちにとって退屈な授業からの解放で嬉しくもあったが、下校の途中の危険からの身の守りはあくまで生徒それぞれの責任でしかなかった。

ある日突然昼前から警戒警報が発令され、私たちは解放された。そして小高い丘の上にある学校の校門から見たら、なんと目と鼻の先の烏森《からすもり》のすぐ向こうに下校に使うはずの列車が何故か立ちすくんで停車していた。普段使う駅よりも間近に止まっている列車に乗るのは好都合で、鎌倉や逗子方面に向かう生徒たち全員が丘から駆け下り、間近に止まっている列車に向かって懸命に走った。その途中、突然後ろから襲いかかる敵機の爆音とそれに重ねての機関銃からの射撃の音を聞いた。誰かが叫び、皆はすぐ横の麦畑の畝の中に飛び込んで身を伏せた。しかし一旦飛び去った敵機はまた旋回して後ろから襲ってきた。今度は旋回に幅をとったせいで敵機は真後ろからではなしに、かなり横にそれて低空で襲いかかり、機銃を乱射していた。

その時、私は抑えられぬ興味に駆られ、勇を鼓して麦の茂みの中から顔を出し、飛び去る敵機を仰いで眺めてみた。そして操縦席から身をひねって仕留めそこなった獲物について確かめる敵機のパイロットをはっきりと目にした。さらには写真で見て知っている敵機グラマンの胴体に描かれた色鮮やかな何かの漫画に似た絵を見届けた。あれは生まれて初めて見る、この国とは明らかに違う外国の文化だったと思う。

あの敵機のパイロットは、明らかに頭上すれすれの低空から下を逃げて走る私たちがまだ子供なのを見定めながら、猟で兎でも狩りたてるように射撃してきていたのだ。後で聞いたら、あの時他の方面に下校していた仲間の一人は敵機に足を射たれ、一生の不具となってしまった。

その相手をやり過ごした後、私たちは残る距離を間近な烏森に向かって懸命に走った。しかしその途中でまた後から飛来する飛行機の爆音を聞いた。今度は身を隠す麦畑は後ろに過ぎてなく、あるのは畝の低い芋畑だけだった。それでも皆は必死の思いで低い畝の中に飛び込み身を伏せた。懸命に腰を低く身を縮めて覚悟して待つ身に何故か機銃の音は聞こえて来ず、次の飛行機は前よりもさらに低空をかすめて飛び去った。

不思議な思いに駆られて思わず身を起こして眺めた私の目に映ったのは褐色の胴体に白い縁取りで日の丸を描いた、おそらく近くの厚木の基地から飛来したのだろう、友軍の戦闘機だった。それを確かめた瞬間のあの身が震えるような、今目にしたものにすがりつきたくなるような感動を未だに忘れられないでいる。

あれは私が生まれて初めて感じとった、国家と民族なるものの実感だったと思う。

そして呆気ないほど混乱を伴うことなく到来した敗戦だった。出来の悪いラジオを通じて初めて遠くに聞く妙な金切り声の天皇の朗読調の敗戦宣言は、これから到来するだろうものをどう暗示も啓示もすることのない、およそ劇性の乏しいものにしか聞こえなかった。むしろその翌々日、私たちの住む逗子の沖合いに忽然と現れ、相模湾を埋め尽くすような敵アメリカ艦隊の威容は眺める者を圧倒し、戦の惨めな終焉を納得させたものだった。

私たちの住む逗子の町の郊外の山の中には広大な海軍火薬庫があって、その管理解体のために、ある日突然大勢のアメリカ兵が町に乗り込んできた。町の中央の通りを地響きを立てて過ぎる兵隊を満載した彼らのトラックの大きさに目を見張らされたのを覚えている。それは時折見かけた海岸守備のためにやってきている皆いい年の、見るからに頼りなげな老兵たちを乗せて走る日本軍の中古のトラックに比べて圧倒的な迫力があった。その実感の中で私は子供心に我々が戦に敗れたことの意味合いを強く感じさせられていた。

さらにショックだったのはトラックに満載されているアメリカ兵の中に白人ならぬ黒人が混じっていたことだった。我々は鬼畜と言われていた、あの飛行機を操り我々を子供と見定めながら打ち殺そうと襲ってきた白人と戦ってきたはずなのに、その中になんと毛色の全く違う黒人がいたということを目のあたりに知らされ、白けるというよりももっと不条理なものを突きつけられたような気がしてならなかった。そのまま逗子の町の外れに駐留しつづけた、これらのアメリカ兵たちと私自身の関わりには忘れ難いいくつかの挿話がある。そしてそれは未だに長く尾を引いて私の体の内に滞っている。

まだ敗戦には程遠い、敗戦の二年ほど前、私たちの通う小学校の近くに当時としては珍しく二階建てのかなり大きな木造家屋が突然建築された。聞くところ海軍士官たちが前線に赴く前に遠くに離れている家族を呼び寄せて宿泊し、衣々《きぬぎぬ》の別れを惜しむための水交社の施設ということだった。そして後には遠い海で戦死した士官の遺骨が送られてき、そこで待ちわびている遺族に手渡される簡素な慰霊の式場ともなっていた。その施設の前を通って下校する下桜山地域の生徒たちの通学班の班長だった私は先生に伴われ、生徒を代表して何度かその建物に赴き、遺骨に焼香し遺族に挨拶させられたものだった。

私がそこで出会った喪服を着た未亡人は子供心にも若くて美しく見えた。簡素な葬壇にはいつも決まって一尺立法ほどの白い布に包まれた木箱が置かれてあった。

ある下校の途中、私と同伴して行った副班長のこましゃくれた男の子が、

「おまえな、あの箱の中に遺骨なんか入っていやしないんだぞ。ただ本人の名前を書いた木札に誰々の骨とあるだけさ。海の真ん中で沈んだ軍艦の中から誰がどうして人

間を引き出せるもんかよ」
嘯《うそぶ》いて教えてくれた。

Ⅲ

「俺は見て知っているんだよ。おまえ覚えているだろ、いつか俺の家の隣の借家に長く泊まっていた海軍の若い夫婦がいたろう。あの人もあれから軍艦に乗ってフィリピンのほうへ出かけてレイテの沖で飛行機に叩かれて沈められたんだとさ。奥さんが受け取ったこの骨箱の中には、開けてみたら本人の名前を書いた、ただの小さな木の位牌が入っていただけだとよ」

それを教えてくれた男の家は辺りの地主の金持ちで、近くに何軒か借家を持っていて、母屋の隣の広い一軒家に若い海軍の将校の夫婦が、ある期間出陣の命令を待って逗留していたことがあった。

ある時、私たち子供が何かの弾みに庭に紛れ込んで遊び回っていたら、主人の士官が私たちを叱る代わりに座敷に呼び上げて膝にまで抱き上げて可愛がってくれ、何故か強く抱き締め頭をなぜてくれた。その様子がどことなく異常なものに思え、彼の膝の上で身を固くしていたのを覚えているが、子供心に新婚の彼がやがては自分たち夫婦の間でもうけるはずの子供の代わりに、それがもうとても及ばぬことを知りながら何かをこの私たちに今託して伝えようとしているのだろうなと感じていた。その後、彼は私たちに当時としては珍しい金平糖を振るまってくれたものだった。彼に言われて奥からそのお菓子を持ち出してくれた奥さんも眩しいほど若く美しい人だったのを覚えている。

それから一年も経たぬうちに私は通学班の班長としてあの水交社の建物で、あの時私に金平糖を取り出し振るまってくれた男の位牌の入った白い箱を抱えたうら若い未亡人に再会させられたのだ。相手はあの時、庭で戯れ騒いでいた私たちをはたして覚えていただろうか。間近にまた顔を見合わせた時、私は彼女に何かを告げようとしてみたが、どうにもその言葉を思いつくことが出来はしなかった。

子供ながらに印象深かった水交社の建物の意味合いは敗戦によって一変してしまった。

ある時、帰宅の途中何かの都合で回り道してその建物の前を通った折、目にしたものから私は思わず目を逸らさぬわけにいかなかった。腰に一枚赤い腰巻きを着けただけの半裸の若い女が建物の前で黒人のアメリカ兵とふざけあっていたのだ。なんの弾みで彼女がそんな姿のまま路上にまで飛び出してきたのか分からぬまま、私は同行していた同じ年の友人と立ちすくみ目をこらしたまま動けずにいた。黒人兵は何か叫びながら追いかけている女の腰に手をかけ、まとっていた腰巻きを外そうとしてい、女は身をくねらせながら何か叫んでその手から逃れようとしていた。

女がその時叫んでいた「今日はおそそが病気だから、あれはノーよ」という妙な叫び声をその友人が聞き覚えて、後で彼の家で麻雀をしていた時、思い出してその真似をして見せたら、卓を囲んでいた年上の彼の兄がその意味を解いて諭し、人前で口にしてはならぬと戒めたものだった。つまりその女はその日が生理で、馴染みの彼女にセックスを迫る相手から半裸のままで部屋から逃げ出していたのだ。

かつては海軍士官たちのその家族というより、むしろその遺族のために建てられた建物は戦後の今では逗子に駐留する黒人兵のための売春宿と化していたのだ。そう知らされ啞然とした私は二度とあの建物の前は通るまいと密かに心に決めたものだった。

敗戦に伴う諸々の変化はいろいろな意味で衝撃的なものがあった。

ある時、電車から降りた私たちに電車に乗っていたアメリカ兵が何か叫んで手にしていたチョコレートをばらまいて寄こした。仲間は訳も知らずにホームに散らばったお菓子を拾って分けあったが、私はただ突っ立ったままそれを眺めていた。別にことさらの矜持《きようじ》のせいではなかったが、電車から降り立った位置のせいでの傍観者だった。

しかし投げられたものを争って拾った仲間の一人が離れて立っていた私に後ろめたさでだろうか、手にしていたものを割って千切って私の手に押しつけた。思わずそれを手にしたまま何故かその場で渡されたものを確かめられずに家まで持ち帰り、母親に隠れて自分の部屋で手にしたものを確かめてみた。半ば溶けかかったチョコレートの断片だった。思わずそれを口にした瞬間の、あの久し振りに味わった鮮烈な甘みの印象を今でも覚えている。

後年ある新聞社の依頼でベトナム戦争の取材に出かけた折、前線から基地に戻るアメリカ軍のトラックに同乗していたら沿道に並んだベトナムの子供たちが手を振り口々に「チャップ、チャップ」と叫んで物をねだる光景を眺めながら、心中密かに

「俺はあの時、決して自分から奴らに物をねだったりはしなかったはずだ」と思い直していたものだったが。

私が、敗戦がもたらした教師という大人たちの変節を身にしみて悟らされた出来事が、あの頃続けて二つあった。

ある日の下校時、家までおよそ二キロ近い道をバスなどまだ走っていないので歩いて帰る途中、駅に近いささやかな商店街を歩いていた時、通りの向こうから若いアメリカ兵が二人アイスキャンデーをしゃぶりながら闊歩してきた。まだ商店にろくな品物も置かれていない頃だったが、それでも何かを求めて町に出ていた主婦たちが皆彼らを見て店屋の軒先に怖々身を避けて佇んでいるのを見て、彼ら二人はそれが愉快なのか肩をそびやかして狭い通りの真ん中を闊歩してやってきた。その歩き方からして少し酒を飲んでいたようだった。体つきからしてまだごく若い兵隊だったが、その傍若無人な歩き方を見て私は腹が立ち、彼らを無視して通りの真ん中を知らぬ顔をして真っ直ぐに歩いていった。

そうしたら彼らの一人がそんな私を小癪に思ったのだろう、すれ違いざまにいきなり手にしていたアイスキャンデーで私の顔を殴りつけてきた。細い割り箸についていた氷は彼らがしゃぶっていたせいで私の頬にあたって簡単に割れて飛んで落ち、怪我もなかった。私は何もなかったふりで彼らを無視してそのまま歩み去ったが、眺めていた女性たちの目には大層なことに映ったに違いない。

当時の逗子の町の人口はわずか二万四、五千といったところだったが、その出来事がたちまち町中に広がって翌日の朝、いつもの時刻の電車に乗ろうと駅に行った私に通勤のため同じ電車に乗るおじさんたちが身を寄せてき、声を潜めて昨日の町での出来事について質したり労《ねぎら》ってくれたりしたものだった。噂では私が酷い目に遭わされたとか、中には重傷を負わされたという噂まであったそうな。

そんな噂は学校にまで伝わったようだ。出来事から十日ほどして私は突然教頭から校長室に呼び出され、アメリカ兵との経緯について詰問された。曰くに「何故そんな馬鹿な真似をしたのか。おまえが当校の生徒だと知れたら学校に迷惑がかかるではないか」ということだった。言われて私は、「自分はただ道の真ん中を歩いていただけだ」と答えたら「何故道を空けないのか」とさらに咎められた。言われて突然腹が立ってきて私はむきになって「先生たちは去年までは私たちに海軍士官となり、敵と戦って立派に死ねと教えてきたではないですか」と言い張った。それに対し教頭や私を囲んだ他の四人の教師たちは気まずく沈黙したままで答えはしなかった。

そうしたら中の一人、清田という最近復員してきたばかりの教師が皆を見回し、この後は自分が諭すから自分に任せて皆はどうか引き取ってくれと言い出したものだった。出征前、彼は僧籍を持つ片瀬のお寺の住職で、後に私のクラスの担任ともなり県の視学にもなった人だったが、その彼が私の肩に手を置き、「俺もついこの前までは徴兵され、いざという時は死ぬ気でいた人間だからな、おまえの気持ちはよく分かるよ。でもな、戦に敗れるというのはこういうことなんだ。我慢だ、今は我慢するしかないんだよ。我慢しろ、我慢してくれよ、頼む」、言われて初めて話す目の前の教師の顔を確かめるように見つめ直した。

その顔は先刻私の所行を咎めた教頭たちの困惑して苛立ち何故か無理して見える渋面とは違って、穏やかでもの悲しげに落ち着いて見えた。そして彼はそのまま手を伸べ、私の片手を取り強く握ってきた。教師と生徒の間柄からして私はそれにどう応えていいのか分からぬまま黙ってその手を預けたままでいたが、しかし口では言えぬ何かがそんな二人の間に通ったことを感じ取っていたと思う。

敗戦による教師たちの背信はまた別の機会に思いがけぬ形で露骨に示された。

ある時、突然全校の生徒たちが体育館に集められ、校長の訓辞を聞かされた。まだパージを受ける前の海兵の予備校をつくるのを理念として湘南中学なるものを創設した赤木という校長が、生徒の前に見知らぬ背広姿の中年の男を連れてきて紹介し、彼こそが「我が校の現在一番の出世頭」だと胸を張り、誇らしげに披露したものだった。その男はかつての帝国海軍とはなんのゆかりもない、聞かされたところ、「大蔵省の理財局長」だそうな。そんな壇上に幾分の羞恥を浮かべながら立っている見知らぬ男を仰いで私が感じたものは吐き気に近いまでの軽蔑だった。

なんとくだらない、なんと卑しいほど低劣な学校と教師たちだろうかと思った。

全校の生徒を集めて行われたその下劣なショーが、あれ以後あの学校の教育の基本指針とそれを支える価値観を決めたのではないかとさえ思っている。あれ以来、あの学校は今でいう典型的な進学校となってしまった。私は当節流行の有名進学塾なるものは知らないが、おそらくそれに似て頻繁に行われる試験とその結果を生徒たちに公表して競わせる作業が反復され、その結果を指標とする生徒の優劣が公示されるようになった。

そしていつもそのトップクラスに名を連ねる者たちこそが、東大を経て教師たちの念願の大蔵省の役人になり得る選ばれた者たちとして、暗黙の称賛を浴びる者たちとしてノミネートされていった。こうした学校における新しいヒエラルキーは私にとっては心外、と言うか感覚的に許容できぬものでしかなかった。

義務的に受ける授業の中には当然私にとって好き嫌いはあった。例えば必須の科目の中でも私にとっては解一解二なるカテゴリーの数学は感覚的に馴染めぬものでしかなく、当時の平面幾何は感覚的に馴染めて得意な科目だった。それを一律にこなせという教師たちの強制には生理的な反発があった。後に聞かされたが、あの段階での数学の種目に対する私の偏重は、私の芸術家としての特性に脳生理学的に深く関わりがあったそうな。故にもそれを総じてこなし得るタイプの人間こそが教師を満足させ、ひいては国家官僚たるに相応しい人材たり得るとするなら、私はすでにあの学校の理念の埒外《らちがい》にあったと言えるに違いない。

しかしなおこの国があの戦に敗れることなくして、私がもし海軍将校となっていたとしたなら、私は他のエリートたちが発想立案できぬ、後に学校の美術部に属して担当の俗物美術教師に忌み嫌われた画風のようなシュールリアリスティックな作戦を考え出す、特異な作戦参謀になっていたのではないかと密かに思っているのだが。

敗戦によって一変した校風に馴染む、いわゆる先生のペットたり得る秀才たちは何人か存在していた。模擬と称して行われる全科目に及んで行われるテストにいつもトップを争う成績を収めるKとYという生徒がいた。二人は新しい校風のもとでのまさにエリートで結局、先生たちの願望をかなえて二人とも東大に入り、大蔵官僚になりおおせたものだった。

そして在学中のある時、私は何故か気が向いて全国共通の模擬試験なるものを受けてみたことがある。それには全国の進学を目指す生徒たちが何万となく応募したらしいが、その結果は思いがけなく私は全国で七百何番の成績だった。私自身も少し驚いたが、その結果を知った先生たちのほうが驚いたらしく、ある時教員室に呼ばれてその成績を突きつけられ、「おまえはなんでもっと本気で勉強しないのか。その気になれば必ずKやYのようになれるはずだ」と激励とも叱声ともつかぬ言葉をかけられ、天の邪鬼な私としては逆にその気がなくなって、目の前の教師や学校そのものに愛想が尽きた思いにさせられたものだった。

その次の年の夏に、もともと病弱だった私は胃腸を壊し長患いをしてしまった。始めは腸チフスではないかと疑われたもので、幸いそうではなしにひと夏棒にふってしまったが、前述の通りその回復を待つ間に決心して、もともと気の進まなかった学校を一年休学することにした。親も何故か簡単にそれを許してくれた。
言ってみれば今でいう登校拒否だったが、思い返すとあの空白の一年ほど満ち足りた時間はなかったと思う。殆ど毎日東京に出かけ、がら空きの映画館で封切りの映画を見たり、オペラを観たりして過ごした。強い影響を受けた実存主義の文学やサンボリズムの詩やシュールレアリズムの絵画に行き合って魅かれたのもその間だった。アンドレ・ジッドに魅かれたのもあの人生の隙間でのことだった。ジッドは今ではもう誰も顧みない存在になってしまったが、それでも誰であったか日本語としても美しい名訳で読んだ『地の糧』の「ナタナエルよ、君に情熱を教えよう。行為の善悪を『判断』せずに行為しなければならぬ。善か悪かを懸念せずに愛することだ」に始まるあの一節は私にとって人生の教書となったと思う。

特に小林秀雄訳のアルチュール・ランボーとの出会いは鮮烈だった。彼はまさに小林さんに手を引かれ、突然私の前に現れたのだった。そしてその後ろに中原中也がいたり、ボードレールがいたりしたものだ。今から思えば、あれは私といういささか異形な少年とまさに異形そのものの少年との出会いだったと思う。

それを証す格好な物証がある。その頃、私は暇な折々にガラスペンで浮かんでくるままにいろいろなイメージを画用紙に描きつけていたが、後年それらの作品が注目を浴びて三度ほど東京のあちこちの画廊で『十代のエスキース』と題して個展を開き、概して好評だった。銀座でのある個展には『危うい十代』というタイトルがつけられたものだった。そんな個展には厚かましくもその頃気ままなエスキースを描きつける合間に思いついた散文詩も添えて掲げもした。その詩についてはいつかそれを偶然目にした三島由紀夫氏が「ロートレアモン風のアルチュール・ランボーの流行歌みたいな」と評したのは卓見だと思う。

ということで私は高校の後の進学は京都大学のフランス文学科と決めていた。当時の京大仏文の教授陣は大層なもので、桑原武夫氏を筆頭に生島遼一氏等々ジッドやスタンダールの翻訳は殆ど京大のスタッフの手になるものだった。そしてそのためにも京大の受験はフランス語で受けようと思い立ち、近くに住んでいた、後には明治大学の学長にもなったフランス文学者の斎藤正直氏に個人的なフランス語のレッスンを受けるようにもなった。

私が三島由紀夫なる存在に触れたのもその頃だった。私の家のあった逗子にも貧しい映画館があって、三番煎じの作品が二本立てでかかっていた。ある時、暇潰しに何かの作品を見に行ったら本編の前の『純白の夜』という作品の予告編に原作者の若い天才と称される三島由紀夫という人物がちらっと出ていた。見れば華奢な白皙《はくせき》の青年だったが、まだうら若い男が天才と呼ばれているのに興味を惹かれ、本屋で見かけた彼の作品集を買って読んでみた。

それまで世評の高い夏目漱石や森鷗外などを目にしても一向に感動させられなかったが、初めて目にした三島なるうら若い作家の短編小説には激しく惹かれるものがあった。『春子』とか『山羊の首』といった短編だったと思うが、日本人の書いた現代小説に初めて関心がそそられたのを覚えている。それに刺激されて彼の作品の載っている文芸雑誌を購読するようになり、世評に高い出世作の『仮面の告白』も読んだが、あまり感心させられずに、雑誌『群像』に連載中の『禁色《きんじき》』には大層な興味をそそられた。もとより私には男色への興味は全くないが、この世とも思えぬ裏返しの世界をまことしやかに描く筆致に感心させられた。

後の三島氏には知遇を得たが、ある時「僕の作品で何が一番面白かったかね」と聞かれ、私が『禁色』と答えたら例の高笑いで「ああ、あんなものはただの外連《けれん》、外連」と笑い飛ばされたものだったが。


しかし総じて私の中学高校時代は殆ど不毛に近いものだったような気がする。唯一の恩恵と言えば中学二年の時、思い立ってサッカー部に入り運動を始めたことだった。

当時のサッカーなるものは当節のそれとは全く違って、もっぱらキックアンドラッシュの繰り返しという素朴なものだったが、学校の校舎は小高い丘の上にあり、登校下校の際の坂道に沿って何段かのコンクリートの壁があり、練習が始まる前にそれに向かってボールを蹴りつける予備運動が出来、それを繰り返す内に背の高い私はロングキッカーになりおおせることが出来た。使われているボールも今とはこと違って革製のもので、雨の日などは濡れたボールは硬くて重く、高く上がったボールをヘディングで返したりする時、中に入れたチューブの縫い口が当たると頭に響いて空恐ろしいものだった。

当時の練習におけるしごきなるものはしごきというよりいびりに近く、ある時などバックスの選手を鍛えるためにと称して一人一人ゴールポストの下に立たせ、先輩がペナルティポイントから蹴りつけるボールをヘディングで返す作業を強いられ、低いボールを足で蹴り返すとあくまで頭で返せと怒鳴られ、次にはわざとさらに低いボールが飛んできてそれを蹴り返すと次にはゴロのボールがやってくるという始末だった。

しかしそんな日々を送る内に脆弱だった私の肉体にあきらかな変化がもたらされた。まだバスも通わぬ時代に毎日の午後の練習を終えてへとへとになって逗子の駅で降りてから二キロ近い家までよろよろと歩いて帰る。駅の水道で飲んだ水では足りずに、途中の八百屋の店先の井戸から汲んだ水を飲んで息をつき、残された道のりを這うようにして戻ったものだった。そんな繰り返しがそれまで弟に比べて自分でも腹の立つほどよく風邪をひいていた私の体をすっかり変えてくれた。

十代でスポーツを始めたことの功徳はもう一つあった。

それは人間の能力の格差という不条理についての自覚だった。仲間の一人に日頃の練習には滅多に顔を出さぬ男がいて、その彼は試合のシーズンが近づいてくると決まって練習に加わる男だった。他になんという取り柄のない奴だったが、いざとなると無類のフットワークでボールを操り、巧みなフェイントでドリブルをしてみせた。そして私が入部してから一年後のシーズンには同輩の中では一番のロングキッカーだった私をさしおいてレギュラーに収まってしまった。

それを知った時の悔しさを今でも忘れられないが、それからさらに一年経った次の年のシーズン開幕の直前の練習の時、最後にすでに新制高校になっていた最上級生のキャプテンが旧制中学部門の明後日の試合のメンバーを決めると予測した私はバックスとフォワードの模擬試合の折、たとえ足を折ってもと覚悟し猪突猛進し、フォワードの一人から奪ったボールを背後で鳴っている笛やグラウンドの逆半分の野球部の練習を無視して突っ切り、はるか彼方に立っているゴールに蹴り込んでボールを拾い直して戻ったものだった。

そして練習の最後にキャプテンが私を一つだけ空いているはずのライトハーフに指名するのを聞き取って一人心中でおおいに頷いていた。あの瞬間に私が会得したものは、世の中不条理に立ち向かうには結局体を張っての抵抗しかないという人生の条理だったと思う。

そして高校三年生の時、父がついに亡くなってしまった。

何かの打ち合わせでいつもよりも遅く戻った私を女中が家に帰る道の途中まで迎えにきていて、父が東京で倒れたので至急東京に向かうようにと母から言い付かってきたという。彼女の手から渡された金で切符を買い求め、東京に向かう電車の中で祈り通しはしたが、父は多分駄目だろうという予感ばかりが強くあった。東京駅のホームには見知りの玉置という父の部下が出向いてくれ、降り立った私に駆け寄るなり強く手を握ると「慎ちゃん、残念だった」とひと言告げてくれた。

父は会議のために出かけた新日本汽船の社長室で会議の途中で眠り出し、疲労のためだろうと気遣った周りが父をそのまま残して昼食のために外出してしまい、戻ってみたら昏睡していて手遅れとなったそうな。父の死後、彼を惜しんで周りの不注意を謗《そし》る記事が業界紙に載ったりしたものだが、言ってみれば彼らしい戦死ということだったろうに。

案内された会社に、事もあろうに何故か地下室のコンクリートの床の上に敷かれた茣蓙《ござ》の上に父の遺体は寝かされていた。先に着いて私を待っていた母も弟も何故か全く涙など浮かべていなかった。家族たちにとっては来るべきものがやはりとうとうやってきたという感慨だった。私はそのまま遺体に駆け寄って何故かいきなり父の冷たい頬に手を伸べて触ってみた。亡くなってからも伸びたのだろう、濃く堅い髭の手触りがあった。そしてその瞬間、何故かはっきりと自分とこの父との関わりはこれで絶対に終わったわけではないと感じていたのだったが。

この文章を綴っている私は今すでに身罷った父の年齢をはるかに過ぎて八十四の年齢にあるが、私がやがて間もなく死ぬだろう時、その後の私と子供たちの関わりについてあの時のような一途の強い確信も感慨もありそうにない。この齢になれば当然私は私自身の死についての強い関心があるが、未だに「死」なるものについては想像もつかない。

しかし私は人間の想念なるもののエネルギーを信じるというより認めている者だから、場合によったらこの世に残した者たちのために幽霊になって現れてやることが出来るのかもしれぬとも思うのだが。

私は人間の想念なるもののエネルギーに強い関心がある。その力は人間の理性の結晶とされている科学の説く合理をはるかに超えて不思議に働くもので、小林秀雄が信奉していたベルクソンも科学的には不可知なある力の操作については認めているが、私自身が死んだ後の子供たちとの私の関わりについては今からでも尽きせぬ興味があるが。

教師たちを含めての他者たちとの関わりが不毛に近く思われた高校時代にも、ある救いはあった。

前任の写実一点張りの俗物美術教師が急死した後、私が休学中にやってきた奥野肇という先生は俗物たちが高校の教師として普遍していた当時ではまさに型破りの人物で、彼については『私の好きな日本人』という著書にも記したが、すでに光風会に属して作品を発表して注目もされていた人で、山梨の市川大門の造り酒屋の息子で家も裕福だったせいか当時まだ名も知られていなかったビュッフェなどの画集まで持っていたもので、彼の写実を無視した画風に傾倒していたりしてい、私たちを前に前任とは全く逆に、「芸術なんてものは丸い物でも四角に見えたら四角に描けばいいんだ。それが本物の芸術だよ」と言って憚《はばか》らぬ人だった。彼のそのひと言で私としては密かにどんなに救われた思いをしたことだったろうか。

船舶界で屈指の配船屋として著名だった父の若死にを惜しんで、残された私たち家族のために父の友人たちが、とりわけ二人の息子の先を慮《おもんぱか》って醵金《きょきん》してくれ、会社からの弔慰金に加えて、家には父の死後かなりの蓄えがあったと聞かされていた。しかし当時の金融機関は粗雑なもので、銀行の施設など普遍しておらず、もっぱら手近な郵便局への貯金しかなかった。それに付け込んで弟の放蕩が始まっていった。

弟は慶應高校に通っていたが、友人たちはそれぞれ裕福な家の子弟で彼等と対等に付き合って遊ぶための見栄からしても、弟は母親に無断で竹の三文判を持ち出して郵便貯金を下ろして道楽のために使い出した。母が気付いて判子を隠しても当時の事だから竹の判子などすぐに出来てしまい、限りがなかった。母も将来を案じて父の上司だった二神範蔵《ふたがみのりぞう》社長に相談したが、父親の直の説教ならともかく他人の小言など一向に効果がありはしなかった。

そんなある時、私は我が家の将来を案じた二神さんに呼ばれて進学について質され、予定していた京都大学の仏文と答えたら、言下に、「とんでもない。家を離れて京都で一体どうやって暮らすのか。下宿にしても出費はかさむし、第一、文学部など出た人間の就職など限られていて、そんなことではとても残された母親を支えていけるわけがない」と言われ、当時の大卒の初任給の平均額はせいぜい一万四、五千円だし、それで母と弟の生活を支えることなど到底不可能だ、まず京都大学の受験は諦めるように諭された。そして代案として、その当時新しい国の制度が出来て、「それに合格したら当時としては破格の給料を手にすることが出来る。その額は最低二十五万円だ。君なら努力すれば必ずその試験に合格すると思うし、是非ともそれを志して家を支えなさい」と説得されたものだった。

そう聞かされてそんなぼろい話があるものかと思ったが、一体その新しい仕事とは何ですかと尋ねたら、「公認会計士」という新種の仕事だそうな。しからばその資格を得るためにどんな学校を選ぶべきか、弁護士を沢山育てている中央大学ですかと尋ねたら、「いや私の母校の元の商大、今の一橋大学に限る。君なら必ず合格すると思うから、一橋に進んでおおいに勉強し公認会計士の資格を取って親孝行をしなさい」と言われて、家の窮状を身にしみて感じていた私としては急きょ京大の仏文を諦め、一橋を受ける決心をしたものだ。

あの選択は今振り返ってみると私の人生にとってまさに僥倖と言えたに違いない。

後述しようが、結果として私は仏文を振って進んだ公認会計士への道を在学中に途中で踏み外してしまい、偶然と言うか、在学中に物書きになりおおせることになった。あれは大学の選択を途中で変えたことと、皮肉な話、物書きになるきっかけになってしまったとも言える、弟の止めることの出来ぬ放蕩のせいだったと言えそうだ。

それは、しかしそれでもなお東大や京大ならぬ、同じ国大ながらも他の二つと全く気風の違う一橋という学校が、さまざま私にもたらしてくれた、あの学校ならではの有形無形の恩恵のお陰だった。

国家の定めた新しい職種の公認会計士なる仕事に就くべく新大学生の私は中学生時代からやっていたサッカーの経歴を見込まれ勧誘の激しかった、部員も少ないサッカー部からの誘いを頑に断って、向こう半年はその資格取得のために必修の簿記と会計学の勉強に専念したものだったが、夏前に至って会計とか簿記などというものはこの私に全く不向きな学問と自覚して、我が家のために私を亡き父親に代わって説得してくれた二神さんの好意と期待を裏切って公認会計士なる職業に就くことを完全に放棄してしまった。

しかし皮肉な話、在学中に放棄した生半可な学問の余韻ははるかに年を経て私が東京都の知事に就任した後、思いがけぬ形で蘇り、都の財政再建のために決定的に役立ったものだった。それは国も都も財政運用のために踏襲している単式簿記なるものが、発生主義による複式簿記に比べていかに効率の悪い制度かという認識をもたらしてくれたことだった。人間の人生にちりばめられた出来事がいかなる伏線となって後に役立つかは、まさに神のみぞ知る人生の妙味とも言えそうだ。

念願していた京都大学の文学部から一橋の法学部への転身は、結果として私の運命を変えてくれた。一橋で過ごした四年の歳月はある意味で豊饒なものだったと言える。そこで得たさまざまな友人たちとの出会いや、それがきっかけとなって私を物書きに仕立てたさまざまな偶然には感謝というか、人生における幸運なるものを信じ直さぬわけにはいかないような気がしてならない。

私が入学した頃の大学は四つの学部がそれぞれ定員に満たぬ有様で、全学部の学生の数が二千人に満たぬ小体なもので学内に不思議な親近感が相互にあった。授業は前期後期の二つに分かれ、前期は小平、後期は国立《くにたち》にそれぞれの校舎があったが、グラウンドや図書館を含めて部活の施設が国立に集中していたために相互の行き来が頻繁で、後期の先輩学生たちとの交流も盛んで、全学部の学生が互いに顔見知りというようなインティマシーがあり得た。

いずれにせよ、一橋大学への進学は結果としてそこでの人との出会いや、あそこならではのさまざまな体験によって私の人生を決めたとも言えそうだ。何よりも弟と対照的に私が後に入った学生寮で味わった貧困は現代の過剰な奢侈と物の氾濫の中で思い返せば、なんとも懐かしく得がたい、ある種の豊かさだったとさえ言える。

私が幸いに入居できた学生寮の部屋はいくつかあった寮の中でも最悪の、昔の運動部の部室のための建物を無理やりに改造してつくった一画で、その中でも最悪の棟割りの四人部屋だった。しかしそこでの生活はそれまで生まれつき神経質で寝付きの悪い私の神経を鍛え直し、四人並べて敷いた布団にくるまって眠る私の枕元で同室の仲間が、やってきた他の部屋の仲間と大声で雑談していてもなお平気で眠りにつけるように私を改善してくれた。冬場は北風がまともに吹きつける部屋はいくら窓の隙間に目張りしても、夜中に一階のトイレに用足しに出かけるのが億劫で誰しもが窓を開けて身を乗り出し二階から地上に向けて寮雨を降らすために隙間が塞がらず、夜間吹き込む雪が朝には布団の襟元に薄く積もっているような体たらくだった。

そんな有様でもなお一冬のために各部屋に支給される燃料は一部屋に炭一俵ということで、ある年の冬の寒さにたまりかねて無謀は承知で鉄の火鉢の中に空になった炭俵を立てて据え、火をつけたらそれが火柱になって燃え上がり、そのまま畳の上に崩れ落ちたのを慌てた仲間の一人が洗面器で掬《すく》って無人の廊下に掻き出した作業で両手の指に火傷を負ってしまい、しばらくの間、同室の我々が代わる代わる彼に食事を箸で摘《つま》んで食べさせるという始末になったものだった。

寮の食事も格安の寮費からして粗末な物で、朝は簡単な素ウドン、それも寝坊の学生が時間までにやってこないとコックが面倒がって厨房の窓を閉めてしまい、余った分は外側のカウンターに放り出して並べてしまう。その権利放棄されたウドンをまた狙ってやってくる寮生も後を絶たなかった。寮にいる誰もがいつも空腹を抱え貧乏していたものだが、そんな寮生たちの合い言葉は誰が言い出したのか、顔を合わす度に「消耗っ！」「消耗っ！」だった。

そんな中で私は応募した奨学金制度に幸い合格し、毎月たしか三千数百円の収入が保障されてい、なおしばらくして知った家庭の事情次第では許される学費免除にも、父を欠いた母子家庭ということでこれも合格したので、なんのことはない、極安の寮費を払う以外は学校に通いながら採算としては給料をもらうというありがたい羽目になった。

と言って、この私が他の学生に比べて成績がずば抜けて優秀だったということでは絶対にない。他の学生たちの大方がしていたようなアルバイトも当然やってはいた。週に一回一時間高校生の受験のための家庭教師も二口持ってはいたが、なんのことはない、大学の授業で教科書として使われていた、サマセット・モームの『コスモポリタンズ』という洒落た掌編小説集をちゃっかりテキストとして盗用していたものだった。このテキストは後々作家として立っていくために、前にも述べたモンテクリスト伯の中の山賊ルイジ・バンパの洒落たエピソードの例のように長編小説の中に不可欠な気の利いた挿話の発想の役にきわめて貢献してくれたと思う。

もっとも後々になって遊び人の弟が思いつき言い出した悪辣でさらに効果的なアルバイトを始めたら、週一度で千円のアルバイトなんぞする気もなくなって放り出した。しかしいずれにせよ、あの粗末な学生寮で味わった貧乏のある種の陶酔感は忘れられないものがある。

Ⅳ

私が最初に住み着いた一橋大学の学生寮に関して未だに懐かしくきわめて印象的だったのは、寮の入り口の真上にいつか誰かが窓から身を乗り出し逆さ吊りになって書き記した「ああ、悦ちゃん！」という落書きだった。あれは未だに未成年として性に渇き憧れている貧しい若者たちの心象を表象する、なんとも微笑ましい落書きだった。

そんな中で大崎という結核で二年ほど入院して入学が遅れた、端整だが強《したた》かな顔つきの男がいて、彼の告白だと、入院中にかなり年上の看護婦に誘惑され、童貞を失ったということだった。そしてその言を証すように彼には他の学生には全くない、いかにも大人の風格のようなものが備わってみえた。

それを証すようにある時、国分寺から寮のある田舎の小平まで戻る多摩湖線で一緒になった彼が、小さな車輌で乗り合わせた小綺麗だが見るからにすれた印象の女に話しかけられ、私と一緒に降りたが寮に戻らずそのまましばらくして戻ってきたら、まだ肌寒い春先なのに寮の戸口にある水道でしきりに股間を洗っているのを訝《いぶか》る仲間に、例の女に誘われるままに、その先のどこかの畑の中で性交して戻ったと嘯くのを皆が聞き耳立てる中で、電車で一緒だった私が彼に促されるまま証言したものだった。

そしてその時に抱いた羨望の念を込め、絵の得意だった私は部屋の板の壁に全裸の女を描いて、横に「我らが視姦に耐える永遠の処女よ」と書きつけ、「湘南の色事師SIN、DE、ISHI伯爵」と記した。それが寮全体で評判になり、眺めにやってくる寮生が引きも切らずに、中には無人の部屋に入り込み、その絵を眺めながらオナニーまでした男もいたそうな。

と言うように貧乏の中で誰しもが渇《かつ》えていた時代だった。

この豊饒な今の時代になってみれば自らも信じられぬくらいの貧乏に関する懐かしい思い出は沢山ある。この時代ともなれば私は時折親しい友人の主催する断食のサナトリウムに金を払ってまで出向いて断食に努めたりもするが、そんな折にもかつて抱いた飢餓について思い出すことなどありはしないが。

貧乏と飢餓についての思い出の最たるものは、ある時いよいよ金がなくなり、どうしてもほしい間食に嚢中《のうちゅう》に残ったわずか十五円の金で何を買おうかと迷いに迷ったことだ。当時、菓子パンの値段は一番高価な垂涎のカレーパンが十二円、普通のジャムパン、アンパンはどれも十円、格安は甘食と呼ばれたサイズの小さいパンで五円。食べたいカレーパンを選べば残りの三円では何も買えない。そこで思案の末、当たり前の選択としてジャムパンを選び、残りの五円は甘食ということで我慢したものだった。

好きな酒に関して、ある鮮やかな思い出がある。ある時いよいよ持ち金が底を突き小平の駅の前に一軒だけあった、寮生なじみの居酒屋に一人で出かけた時、いつもの冷や酒は外して格安の合成酒を注文した。すると店の親父が訝って、「なんで合成酒なんか飲むのよ」と尋ねるから「いや、今日金がないんだよ」と正直に答えたら、親父が「そんな酒は体によくないよ。飲むならなんで焼酎にしないのよ」と質すので、「いや、寮に入る前にお袋や弟から仲間に誘われても決して焼酎などというものは飲むなと言われてきたんでな」、言ったら一笑に付されて、

「それは昔の話で今時の焼酎は昔みたいに飲んで目が潰れるなんてことは絶対にありゃしないよ。その証拠に寮生の多くは焼酎党だよ。とにかく一度試しに飲んでごらんよ。じゃあ今夜は試しに一杯奢るからさ」

言われて「そうかそれじゃあ」、つい頷いたら「なら葡萄酒割りと梅割りのどっちにするかね」、問われても分からずにいた私に「俺は梅割りがいいと思うがね」「なら、まかすよ」、頷いた私の目の前に置いた受け皿にコップを据え、そのコップに抱えた一升瓶を傾けなみなみと中身を注いでくれた。それがコップから溢れて受け皿にこぼれて落ちる。「おい、溢れてるよ」、注意した私を制して「これが奢りなんだよ。飲む時はまずコップを外して受け皿にこぼれた分を飲むのさ」、言われていかにもと納得してコップを外し、受け皿を掲げいぎたなく口をつけた。思いがけなく実に美味かった。

以来、私は安くて飲み出のある焼酎に転じたものだ。

同じその頃、弟のほうは年上の、当時出来たてのナイトクラブのホステスをしていた彼女の店に入り浸りで、彼女の奢りで一杯いくらするのか見当もつかぬカクテルを飲んでいた。

彼の当時の彼女というのは青森の五所川原の町長の娘で、どんな理由でか姉と二人して東京に憧れ家出してきて都会を満喫している実に気のいい女性で、当時銀座に出来たての『ディンハオ』というナイトクラブのホステスをしていた。彼女にしてみると男前で並よりも背丈の高い慶應の大学生で、しかも高校の頃からバスケットボールで注目され、大学選手たちに混じって合宿にも参加させられていた運動神経抜群の男の子は、年下にしても惚れ甲斐のある相手だったろう。弟にしても仲間を引き連れて彼女の奢りでナイトクラブで遊べるのは大層な沽券だったに違いない。

弟の運動神経には同じ兄弟ながら瞠目させられるものがあった。あの頃の日本の道はまだまだ未舗装なところが多く逗子の駅から家までの路上もアスファルトの部分が少なく、そこにかかると当時の当たり前の履物の下駄をわざと鳴らして歩いたものだが、弟はよくそこでこれ見よがしに助走をつけて倒立転回をしてみせた。私の知る限りあんな芸当の出来る子供はいはしなかった。

そんな弟に年上の綺麗な彼女が出来るのは当たり前のことにも思えたが、それにしても粗末な学生寮で冷や酒を飲み、持てあます時間には肩を組み太鼓を叩いて寮歌を歌って過ごす日々とは忌々しいほどの格差があった。

それでも週末に私が逗子の家に帰るのを見越して、時折寮に弟から電話がかかってきて有楽町あたりで途中下車して夜に付き合えと言ってくる。こちらの持ち金は知れているが、どうせ弟のあの彼女の奢りだろうと当て込んで、ついふらふらと途中下車してしまい、行く先はと問うと彼女の勤めているナイトクラブだ。そこで何を飲むかと問われてもまさか焼酎の梅割りと言うわけにいかず、彼女に勧められるまま口にするブランデーサワーとかシンガポールスリング、ドライマティーニなどというカクテルは、まさに未知の世界の未知の味わいだった。そしてその場で好奇心に駆られ、彼女に生まれて初めて口にする酒の名前を聞き出し、なんのためにかコースターの裏にそっと書き留めたものだったが。

酒が回ると当然その後はフロアでダンスということになる。ところが私は全く踊れない。身を固くしている私を弟の彼女が私が手ほどきしてあげるということで、フロアに出てまずフォックストロットなる四角に回るステップを教え込まれた。その時の曲が『オンアスローボートトゥ チャイナ』なる曲で、あの頃フロアダンスの手ほどきには何故かいつもこの曲が使われていた。

豊満な体つきの香水の匂いのきつい彼女に抱かれ踊る最中の緊張というのはなかった。その途中、私がステップを間違い彼女が私の足を強く踏んでしまった。それに気付いて席に戻ってしきりに詫びてくれる相手にこちらも恐縮だが、彼女が強く踏みつけた私の靴を気にして確かめてくれた。私の履いている靴は青みがかったフェルトの上張りが粗末なもので彼女が踏みつけた跡が凹んで残って見えたが、彼女が「あら、お兄さんが履いてるとスウェードの靴に見えるわね」と真顔で言ってくれたのに、すっかり気をよくしたのを覚えている。というくらい他愛ないものだった。

あの頃の若者が渇仰した新しい趣味なるものは社交ダンスで、そのための場所と言えばナイトクラブなどとはいかず、新橋の『フロリダ』とか五反田の『カサブランカ』などというダンスホールが有名だった。もっともそんな場所を使うのはもっぱら大人たち、それも殆ど夜ということだったが、学生の身分では程遠いところで学生主催のダンスパーティなるものもありはしたものの、踊りのための音楽もせいぜい学生たちの素人バンドの域は出ず、フロリダも昼間は手持ちぶさたで閑散としていた。そこで誰が思いついたのか、昼間に格安の値段で若者を呼び込んで踊らせるという試みが始まった。

それを聞き込んだ遊び人の弟が、いんちきな学生クラブでもつくって田舎者の多い学生たちに誘いをかけて彼等には敷居の高いフロリダへ臆することのないように呼び寄せて、入場料の差額の上前を撥ねて小遣い稼ぎをしようと言い出した。東京の郊外にある一橋のような学校の生徒たちは都会の世事に疎いので、これはいい金儲けになりそうだと私も合意、早速『スプラウトクラブ』なる有志クラブを促成して、校内や行き来の多い隣の津田塾女子大や近くの東京女子大にポスターを張り出したら、たちまち大きな反響があった。

問題はその頃の東京の各大学にはチンピラ学生のグループが割拠していて、学生たちの種種催し物の度に押しかけ、ゆすりたかりが常だった。中でも一番質の悪いのが明治大学菊水会なる存在で、その対策をどうするかということで考えた末に、東大法学部の頭の固い学生を受付に雇って対処させることにした。事は大成功で、当日押しかけてきて落とし前を手にしようとごねてすごむ相手に受付を受け持ったエリートたちは、客のふりをして揉め事を横で眺めている私たちの前で何やら法理論を唱え、しだいにうんざりする相手を体よく追い返してくれたものだった。

あの試みの上がりはおよそ三、四万円で、弟の入れ知恵は地道な家庭教師のアルバイト料をはるかに凌いで、私に世渡りなるものにさまざま啓示を与えてくれたような気がするが。

しかしなんにしろ私の大学生時代は寮で味わった貧乏生活を含めて今振り返ればいかにも懐かしいが、金銭的に言っても私は大学生活を送るになんの不自由を味わうことはなかった。第一に奨学金を申請して受け入れられ、第二には学費免除の恩恵までこうむった。これについてはある訳がある。

私の属していた学年のクラスの担任根岸教授は大学ではフランス語の先生で、父親は同じ一橋で他の専門学問を教えていたかなりの学者だったそうだが、息子の彼は道楽者で若い頃フランスに滞在留学していたらしい。その先生が私たちのクラスの担任ということになって先生を迎えての恒例のクラスコンパの席で、学生の一人一人が簡単な自己紹介をした時、私は自分は実は京都大学のフランス文学科を目指していたのだが、父親が急逝して一橋に迷い込んだと自己紹介した後、京大を目指していた頃、子煩悩な父親が買ってくれたフランスのシャンソンのレコードを繰り返し聞いて覚えたいくつかの歌の中のティノ・ロッシの「トアケデスタン・アプレタンアバンテューレ・アンテユルボアンアン・ジュクロアブリュスキュマン・セクノートルロマンクデユューレ」という文句で始まる『巡り合い』をいきなり歌ってみせたものだった。

他のクラスメイトはまだフランス語のＡＢＣも知らぬ入りたての中で一年生の私が、

先生が若い頃パリでぶらぶら放蕩していた頃に聞き覚えた、ひと昔前のシャンソンを正確に歌い出したのだから、先生にすればまさに驚天動地のことだったに違いない。以来、先生はこの私に一目置いてくれて奨学金や学費免除の申請に関して優先し格段の手配をしてくれた。ということでなんのことはない、私は大学に通いながら逆に給料をもらうような形になった。

根岸先生を含めて大学にいる間、出会った何人かの友人たちとの関わりは、その後の私の人生を大きく変えてくれた。

その中の一人は同じクラスに籍を置いていた西村潔という、あまり目立たぬ寡黙な男だった。彼は後に私と一緒に映画会社東宝の助監督の試験を受けて合格し、その後、日本の映画界の不況の中で長い間助監督として呻吟した後、数本の映画を監督として仕上げた。彼の作品はアメリカの暴力映画の監督ペキンパーの作品をリリックにしたような才気を感じさせるものだったが、その後不運な出来事に続いて遭遇し、ある年の冬、海岸に近い展望台の石の椅子の上に遺書を残して葉山の海に入水して死んでしまった。

彼は傑出した博学で、あの頃あまり人の読まぬ本にすでに精通していたものだが、私など全く知らぬユングとか人間の臨死体験に関して情報を集め独特の解説を施した著書でアメリカでは有名になっていたキューブラー゠ロスなどについて教えてくれ、以後の私の発想に大きな影響を与えてくれた。

それ以上のことに私に小説を書かしたのは他ならぬ西村だった。当時、上級生のある者たちがかつて伊藤整や瀬沼茂樹などがつくった同人雑誌『一橋文芸』の復刊を企てているという噂を彼が聞き及んで、仲間に入ろうと私を唆した。私もたちまち興味をそそられその仲間入りをしたが、学校が学校だけに同人も少なく、ろくな原稿が集まらない。いざとなったら百枚ほどの原稿が足らず、西村に唆されて私が穴埋めの原稿を書かされる羽目になった。

人間と人間の出会いというものは往々その当人の人生を決めかねないものだが、不毛に近かった高校時代にも今思い出すと偶然のようすがと言えば偶然だったろうが、まだほんの小僧でしかなかった私は後に人間的に傾倒することになった、あの岡本太郎と出会ったのだった。あれは日本で初めて催されたピカソ展で岡本太郎が解説するというので出かけていった時のことだった。そしてその場で私が岡本さんの解説に異議を唱え、彼がムキになってそれに答えてくれた。後々世の中に出て彼と知り合った時、私が高校時代の彼とのやりとりの思い出について明かしたら、彼もその時の小生意気な学生を覚えていてくれたものだった。

さて、懸案の同人雑誌の穴埋め原稿だが、私たち同人の学年も進み、私や西村が四年生になってしまった今では誰かが始末しないと肝心の雑誌も出ず、積年の努力も水の泡になりかねない。ということで、私が安請け合いして生まれて初めての小説を書く決心をしたものだ。

そこでその年の夏休みに妙高高原の大学の寮に泊まり、持ち込んだ原稿用紙を広げて書きはじめた。その前に西村がひどく感心していた応募作品がセンチメンタルな他愛ない純愛小説だったのを思い出し、あんなものを上回る何かをと思い、もっと乾いたシチュエーションをと、相変わらず道楽を続けている弟の周辺の仲間たちの挿話を拾って一種の群像を描くことにした。弟から聞き及んでいた挿話の中で一番印象的だったのは、今日でいうリストカットに似た、自己確認のためにいわれのない自殺をなんども試みていた少年の存在だった。

そんなことで約束の穴埋めの百枚は割と簡単に出来上がったが、印刷屋に納めた原稿が製本されたのにそれを引き出すのにまた金が足りず、前にも先輩の一人として狙いをつけて押しかけた伊藤整氏の久我山の新邸に西村と二人で出向き、最後の最後に金が足りずせっかく出来上がった雑誌が手に出来ないと訴え、金を手にすることが出来た。

その時、大先輩の伊藤氏が「商業学校のくせに文学をやるのはあまり感心できないなあ」と言い、奥にいた奥さんを呼び出し、「お母さん、この学生たちにお金を出してやってよ」と言い、私たちがせびった一万円を奥さんが割烹着のポケットから大きな札束を取り出し数を確かめ、手渡してくれた。それを眺めながら、さすがに流行作家は違うものだと密かに感心したのを覚えている。

後々私が世に出た後、伊藤氏が当時のことを回顧し、「やってきた学生が金をせびったが、その態度が妙にさっぱりしていて、変わった学生だなと思った。あれが石原君だったのだから、あの時頼まれるままお金を出してやっていてよかったとつくづく思った」と何かに記されていたが、こちらもようやく手にした大金を抱えて雀躍し、西村が俺たちが苦労して集めた寄付はその一割は勝手に使っていいのだと突然言い出し、私もそれにしたがって帰りに飲み屋で祝杯を上げたものだった。

待望の復刊誌の表紙は高校時代の恩師の奥野肇先生に頼み、洒落たものが出来上がった。

と苦労の末に出来上がった復刊『一橋文芸』は左翼学生が牛耳っていた大学新聞ではさんざんの不評で、私の書いた処女作の『灰色の教室』は堕落したプチブルの学生を描いた駄作という酷評だった。文学部を持たぬ社会科学専門の大学だけに学生たちの反応も鈍く、せっかく復刊できた雑誌も学生たちに黙殺されたという形だった。同人仲間も意気消沈で、中でも西村が一番結果に打ちひしがれていた様子だった。年度も暮れに近く、誰しもが卒業後の就職に気を奪われていて雑誌どころの話ではなかったろう。

ところがある日、学生食堂で昼食をとっていた私のところに西村が息せききって駆け寄り手渡してくれた、出たばかりの雑誌『文學界』の当時から始まった同人雑誌評欄に、浅見淵《ふかし》氏が「生硬なものと旧套《きゆうとう》なものとが一つに融け合わずにぶつかり合っていることなどが欠点だが、注目すべき新人の登場と思われる」と記してくれていた。

「いやあ、俺の判断が甘かった」と西村はしきりに謝ってくれていたが、私としてはなんの実感もないまま渡された雑誌に見入るだけだった。

部屋に戻ってその雑誌を改めて開いてみたら新設されたばかりの文學界新人賞なるものの募集の広告が出ていた。年に四回の募集があり、すでに一度目の当選作品が掲載されていた。その選考委員は伊藤整、吉田健一、平野謙、武田泰淳、井上靖といった顔触れで選評としてはかなり高く評価していたが、その当選作なるものは作者の名前も忘れたがどうにも退屈なもので、読み終え、「なんだ、こんなものなら俺でも簡単に書ける。いやもっと面白いものが出来るな」と思った。そしてそれなら自分も一つこれに応募してみようと心に決めた。

で、題材として最初の小説に描いた群像の中から一番インモラルな挿話を選ぶことにした。

書き上げるのにたいした時間もかからず、およそふた晩で書き上げたが、何しろ私は左ききの悪筆で投稿するための清書に三日かかったのを覚えている。題名は臆せずに『太陽の季節』としたが、多分多いだろう応募作の中から注目されるべく、当時はまだこの国ではあまり知られていなかったジャン・ジュネか、彼に影響を与えたマルキ・ド・サドのどちらかの刺激的な言葉を選んでエピグラフに載せようと思い、サドの言葉にした。百枚近い原稿を丁寧に梱包し自転車に乗って離れた郵便局まで出かけ、小包として投函したものだった。

後で聞いたら、届いた原稿を読んで編集部のスタッフは字のまずさからして多分若い作者だろう、それにしてもある部分の言葉使いが古いところもあり、結構な年齢の男かもしれぬと判断に迷ったそうな。それからしばらくして文學界の編集部から連絡があり『太陽の季節』が今回の新人賞に決まったのだが、掲載に関して相談したいことがあるので是非来社願いたいとのことだった。

ということで、ある日学生服は控えて父親の残してくれたブレザーコートを着込み、当時は銀座の並木通り近くにあった文藝春秋の本社に出向いた。当時の尾関栄編集長に面会したら私を見回していきなり「あの作品はあなた自身の体験ですか」と問われ、手を振って否定したが、どうやら相手は半ばその気でいた様子だった。そしてさらに、選考委員の武田氏の意見では冒頭のあのサドの言葉のエピグラフは外したほうがいいとの意見だがどう思うかと問われ、内心あれは一応の効果はあったらしいなと思いながら、「あれがついていると落選ですか」と質したら、相手は慌てて「いや決してそんなことはない」と言ったが、その場で簡単に同意して出てきた。

ちなみにこの作品の陰の産みの親とも言えそうな選考委員の一人だった伊藤整氏の作品評は「この程度の新しい作品を後いくつかものしたら作家として確かな地位を得られそうな気がしている」とあったものだった。

当時の新人作家の原稿料なるものは一枚四百円が相場で、それを手にした私が真っ先に考えた親孝行は、父が亡くなった後、女中もいなくなり弟の道楽のせいで傾いた家計の中での節約を強いられ、洗濯屋もろくに使えず私たちの下着や弟が海水浴に連れてくる友達たちの下着の洗濯まで洗濯盥《だらい》の中の洗濯板を使う手仕事を強いられていた母親が気の毒でたまらず、手にしたおよそ四万円の原稿料で臆せずに真っ先に電気洗濯機を買い込んで家に届けさせた。その時の母の喜びようは今でも忘れられないし、私自身も思いがけずにこれで人並みの親孝行なるものが出来たというしみじみした実感があった。

先輩たちに金をせびりまわってどうにかものに出来た同人雑誌の復刊は、私にとってみれば奇跡と言うか、狐につままれたような事態を続けて到来させてくれた。私の結婚もその所産のひとつと言えたろう。その前提として新人賞を取った『太陽の季節』に思いがけずに映画会社の日活から映画の原作として買いたいという申し出があった。日活企画部の荒牧なる人物からのオファーで近日中に面談したいということだった。

面会の場所は当時出来たての日活ホテルの七階のバーでと。私にとっては初めての場所だが、弟のほうは今までの放埒の中で場所の心当たりがあったようで、「兄貴、あそこは最高だぜ。六階と七階の吹き抜けのラウンジがあってな、それを見下ろすカウンターのバーがあるんだよ。なんなら俺がついていってやってもいいぜ。映画の原作料となればただの金額じゃあるまいしな。俺がいたほうがいいと思うぜ」、言われてみればなんとなくそんな気になって弟を同伴することになった。

その日、弟は母親の金をごまかしてつくってしまった兄弟共通の一張羅の背広、私は親父のお古の例の明るい紺のブレザーコートといういでたちで出かけていった。初めて行った出来たての日活ホテルのバーなるものは、たしかに弟の言った通り普通のバーとは格段に違って洒落て贅沢な雰囲気だった。

ふたりで先に座ってハイボールを口にしているところへ件の荒牧氏がやってき、互いに名乗った後、弟がいきなり相手に「何を飲みますか」と質し、面食らった相手が「じゃあ、私も同じものを」、そう聞いて弟がバーテンダーを促し、

「で、早速お話を伺いましょうか」

いきなり切り出した弟に相手は驚いて、

「あなたがあの小説を？」

「いやいや、あれは私の作り話を兄貴が小説に仕立てたんですがね」

「それにしても読ませてもらって驚きました。今まではなかった、新しい小説ですなあ」

「まあね、しかしあれを映画に仕立てるにしたら誰が役者をやるんですかね」

「いえ、それはこれからこちらも考えて」

「で、原作の契約の件ですが、普通原作料ってのはいくらくらいなんですかね」

いきなり切り出した弟をあっけにとられて見直したが、相手も真に受けて、

「それは作家さんによって違いますが、新人の方の場合は大方……」

相手がコースターの裏に書いて見せた数字は三〇だった。

それを見て弟が、

「ああ、そんなところか。実は大映からも話が来ているんですがね、向こうとは少し話が違うなあ」

驚いて見直す私に肩をゆすって牽制すると、

「だからもう少し乗せられませんかね。大映でやるとしたら川口浩あたりかなあ」

嘯いて言う弟をしげしげ見直し、

「ならば、これではどうですか」

相手はコースターの裏に四〇と書き直してきたものだった。話が決まった後、

「それじゃ、それでよろしく」

言われて立ち上がりかける相手の前で、「おい勘定」、バーテンダーに声をかける弟を相手は慌てて遮って、

「いやいや、ここはこちらでしますから」

そそくさと立ち去る相手を見送りながら、

「どうだうまくいったろうが、兄貴は馬鹿正直だからなあ」

弟は嘯いてみせた。


その翌年の春に新人賞に続いて私は芥川賞を受賞した。その頃の芥川賞はさして世間で注目されるものでもなしに、私にとってそれほどさしたる出来事には感じられな

かった。むしろ作品の内容が世間の耳目を集めての評判となった感がある。特に選考委員は年配の文壇の大御所が殆どで私が描いた若者の風俗には顰蹙《ひんしゅく》反発しての毀誉褒貶《きよほうへん》が話題になり、選者の佐藤春夫氏などは私のことを慎太郎ならぬ不慎太郎だと罵って、私の受賞は一種のスキャンダルともなったものだった。そうした非難については彼等よりも少し若い世代の文壇人が援護に回ってくれ、中村光夫氏などが私を非難した選者について「年はとりたくないものです」と評して反発を買い、大騒ぎにもなった。

当節、芥川賞の行方は社会的出来事にまでなってしまい、授賞式は大イベントとなり、受賞者の中には当日親を同伴する者までいる体たらくだが、私の時はごく簡単なもので、芥川賞の選考委員は一人も顔を見せず、直木賞の選考委員の吉川英治氏と村上元三氏だけで、ビールで乾杯の後、サンドイッチをつまんでのお開きだった。

印象的だったのは私の前に座っていた吉川英治氏が何かで口を拭った後の紙ナプキンでそのまままた目の辺りを拭くのを見て、かつて少年の頃熱読した、あの『宮本武蔵』の作者の国民作家が不作法というか磊落《らいらく》に振るまうのを眺めて、密かに文壇というのは気のおけぬいいところなのかもしれないと思った。

その後の記念撮影で直木賞の邱永漢と新田次郎の両氏が几帳面に威儀を正して座っているのに私のほうは賞状を斜めに持ったまま両足をばあっと広げて、まるでサッカーの試合の後の記念撮影のような野放図な姿勢で写っているのを後で母親が見て、「私はおまえをもっと礼儀正しい人間に育てたつもりなのに、これを見て悲しい」と嘆いてくれたものだったが。

さて、その授賞式についてだが、その日はあいにく私の新婚旅行に重なっていた。これをどうしたものかと迷ったが、当時三笠書房の編集長だったクライマーの長越氏や同じクライマーで山岳小説を書いていた瓜生卓造、コレットの翻訳者として知られていた川口博などがつくっていた同人雑誌『文學者』の同人たちに相談したら、旅の行く先が熱海に近い伊豆山の旅館なら、せっかくの授賞式に一度顔を出してその後タクシーで帰れば問題なかろうということで、新婚の妻を海に臨む『樋口』という旅館に残して東京まで出かけ、その後銀座で飲んだくれて夜中過ぎに旅館に戻ったものだった。迎えに出た部屋係の年配の女中に新婚早早こんなことではいけませんと説教されたが。

スキャンダルに近かった私の受賞は作品の性格上か大騒ぎになり、以来、芥川賞は世間の耳目を集めるようになったもので、嘯いて言うわけではないが、私が有名になったのは芥川賞のお陰というより、逆に芥川賞こそが私のお陰で有名になったのだと自惚れてはいるが。

芥川賞を受賞した年の一月に私は結婚した。したと言うより、してしまったという成り行きだった。相手は私の母が浄霊という、今で言えば気功に通っていた先の世界救世教の教会主の娘で、母は戦争中から当時としては手の施しようもなかった腎盂炎で苦しんでいて、戦後もその予後で体調がすぐれなかったが、ある人の勧めでそこに通うようになり体調を取り戻すことが出来た。父も高血圧の対処のために通うようになっていた。

そして母が教会の娘にとても利発な可愛い子がいると言っていたので、その頃はまだひ弱だった私も母の回復を見てその気になり自分の健康のためにもと、時折通うようになった。そこで知り合った彼女に大学生になった私は学校の勉強で何か分からぬことがあったら教えてあげると言って彼女が何度か私の家に通ってくる内に親しくなってしまった。女の身内のない私にとって彼女は段々妹のような存在となってきたものだった。

当時、私は高校時代のある友人を介して近くの葉山に住む一つ年上のタイピストから付け文されたりしていたが、弟はそれを面白がってけしかけたりしたがあまり気が進まず、一種の反作用で妹のような相手に気持ちが傾斜していってしまった。そして私から彼女を誘惑してしまい、ある時デートで横浜に行き映画と国体のボクシングの試合を見た後、彼女を強引に誘って横浜の外れのラブホテルに行って出てきたところを、彼女の親戚の誰かに見られて事が発覚してしまった。

それは、言わば身寄りの少ない彼女にとって正しく許されざることだった。彼女の父親は彼女の兄が生まれてすぐに応召されてしまい、彼女がまだ母親のお腹の中にいる間に中国の激戦地で小隊長として戦死していたのだった。その後、割と裕福な親戚一同が残された一族をみてくれてはいたが、まだ高校生の彼女が事もあろうに父親を欠いた、まだ先も知れぬ大学生とそんな関係にあることは許されざることには違いなかった。

ということで、私は彼女の実家に呼び出されて気性の激しい彼女の祖母に詰問され、以後二人の関係を一切断つように言い渡されたものだった。当然の成り行きだったろうが、そうなると逆に互いの思いは募るもので、以後二人は彼女の親友を介して当てもないのに文通を続けていた。私のほうも身の上も知らずに寮で暮らしながら、気のあった仲間に彼女の名前まで口にし、のろけていた。今思うと、無鉄砲と言うか無責任と言うか、卒業前に一応東宝の助監督の試験に合格はしていたが、その先彼女に対してどんな責任が持てたものか危ういと言うか無謀きわまる話としか言いようもない。今思い返してもゾッとするような話だ。

しかし救う神はあるもので穴埋めに書いた小説がきっかけで、思いもかけず私は世の中にまかり出ることが出来たのだった。

というこことで、私から彼女に結婚を申し出て世の中を知るよしもない彼女は頷くしかなかったろう。ついでに芥川賞ももらって手探りで世の中に出てしまった私とはいえ、収入はまだまだ知れたもので、結婚式はごく限られた互いの身内だけで、式に出る私はモーニングも持たず、ある人の紹介で同じ町の見知らぬお医者さんからなんとか背丈の合うモーニングを借り受けて式に出た。しかし後になって写真を見直すと借り着はどう見てもツンツルテンで、見られたものではなかった。

その後の私の人生の展開はまさに天佑神助という以外にありはしない。そしてそれを証すような出来事が結婚の前夜に家で起こった。

その夜、当時家に下宿して東京の本社に通っていた従兄《いとこ》が前祝といって持ち帰ったウイスキーを飲んでいる内に、泥酔した弟が「俺は兄貴の結婚には反対だ。とにかく早すぎる」と喚き出し、止めようとする母や従兄に逆らって、その内振りかざした手で目の前の杯を叩き割り、手に大怪我をして血が溢れて止まらなくなった。慌ててタクシーを呼んで従兄と二人して嫌がる彼を抱えて町の随一の外科医のもとに駆けつけた。

ところがそこでも泥酔の覚めぬ弟が、出てきた医者に毒づき、喚いて止まらない。医者がたしなめても喚き返す。傷を縫うために麻酔を打とうとする医者の手を払いのける弟に怒った医者が、「ならば麻酔なしでいいのか」とたしなめても聞かない。「よし、それならば覚悟しろよ」と医者が言い返しても「ああけっこうだ、そんなもの」と喚く。医者が皆して押さえつけた彼の手を麻酔なしで縫いはじめても、「ああ全然痛くもない」と喚いて変わらない。その内、医者もあきれてむきになりそのまま五針ほどを縫い上げてしまった。ということで、翌日の結婚式に弟は片腕を白い布で吊って出て、記念の写真にもそんな姿で写っていた。
あの時、彼がどんな心境でいたのか、実は分かるようで分からない。

V

我が生涯を振り返り記す時、私の人生の基盤としての結婚生活について省くわけには到底いきはしまい。私の人生は数多くの僥倖に支えられていたといえるだろうが、私の結婚もまたその最たるものの一つだったと言えそうだ。

昔見たアメリカのある世界チャンピオンのボクサーの生涯を描いた映画の題名が『サムバディ アップゼア ライクス ミー』なるものだったが、私の人生もまた物書きとしての出発からしてそうで、それがもたらしてくれた結婚もまたその最たるものと言えたろう。私たちの結婚は世にいう学生結婚のはしりとも言え、私は大学の四年生、妻はまだ高校の三年生だった。前述の通り彼女は私の母親の親しい友人の娘で、彼女の父親は彼女がまだ母親のお腹の中にいる間に中支戦線の激戦地呉松《ウースン》クリークでの戦いで前日小隊長が戦死し、先任将校として急きょ隊長を務め、翌日の戦闘で胸に貫通銃傷を受けて戦死した。

すでに男の一子をもうけていながら新婚早々の妻と別れて戦地に赴いた男の愛妻への思慕を綴った数十通の往復書簡を、後年まだ四十半ばで早世した母親は死に際、彼女の兄に自分の死後必ず焼き捨てるように言い残したそうだが、兄はそれらの手紙のあまりの悲痛さに心打たれて焼かずに残していたそうな。私も一読し、あの戦争の悲劇を象徴するそれらの手紙をなんとか後にも残したいと思って、ある出版社に依頼し一冊の本にまとめて世に出したが、大きな感動の反響を呼んだものだった。

世の中に出てすぐに、私を自分に代わる文壇の次の連隊旗手に見立ててくれた三島由紀夫氏と対談した時、氏が「君は結婚したそうだが、いかにも早すぎたのじゃないの」、忠告めいたことを言ったものだったが、その実、彼はその時未婚で最近になって知れたことだが実は三十歳近くになるまで童貞だったらしい。

『仮面の告白』や『禁色』などという作品で世間を騒がせていた彼は男色好みの貴公子というイメージで世間を騒がせていたが、実は赤坂の有名な料亭『若林』の娘さんと熱烈な恋愛をしていて、そのデートのために毎週借金を重ねていたそうな。そのことは後の作品『鏡子の家』の女主人のモデル、アッチャマこと湯浅あつ子さんがある本の中で克明に語っている。アッチャマは私も知己のある姉御肌の女性で、彼女の家は当時の名の知れた遊び人たちが集まる一種のサロンの様相を呈していたものだった。

そのアッチャマの紹介で彼は画家の杉山寧《やすし》氏の娘さんと見合いし結婚するが、何故か見合いの後、結婚は見送ると言い出す。そして杉山家のほうから持ちかけられて結婚に踏み切る。しかしその後も結婚生活はあまりうまく運ばず彼は離婚をしかけたが、奥さんが妊娠していて思い止まる。夫人のほうも三島さんの過去の恋人への未練について感づいていて、結婚生活はあまり幸せなものだったとはいえなさそうだ。


私が何故他人の結婚の実態についてここで記すのかは、敬愛していた三島氏の早すぎると評した私の結婚が妻のお陰であまりにも満ち足りたものだったせいもある。

私の好色の報いは庶子までもうける羽目にまでなったが、当時の中選挙区制度の中で選挙区対策は殆ど妻に任せっぱなしにしており、私に代わって甲斐甲斐しく務めてくれていた彼女の、私へというより子供たちを含めて家族全体への危機感こそ、後述するが、あの女への経済的な対処を含めて、私への献身というより私に代わる実質的な家長としての使命感によるものだったに違いない。

　私の親友の幻冬舎社長の見城徹が、私を羨み、

「あなたの家庭は奇跡ですね。私も有名人の家庭をいろいろな関わりで知っていますが、四人も男の子がいて、それがすべてまともに育っているのは、あの奥さんのお陰ですよ」

　何度も慨嘆して言ってくれるが、言われなくても私には身にしみて分かっていることなのだが。その彼女も結婚して長男を産んだ後、私に、

「この先あなた次第で何人の子供をもうけるかは分かりませんが、子供を全部育てきった後に必ずどこか大学に行かせてくださいね」

　言ったものだった。私も当然頷くしかなかった。そして四男が小学校に入った時、彼女は当時は手狭で騒がしい家の中で寸暇を惜しんで勉強し、慶應大学の法学部に入学を果たしたものだ。そんな彼女への評価の中で私が一番嬉しかったのは、人気の絶頂の時にあっさり引退して結婚してしまった山口百恵さんが「自分にとって理想的な家庭の妻は石原夫人です」とどこかでコメントしてくれていたことだったが。

　この齢になって己の生涯を振り返ってみる時、さまざまな人たちとの奇跡的とも言

える出会いに形づくられてきた私の人生の過半は、のろけではなしに妻の背に負うたものだということがよく分かるが、今更彼女に向かって手を合わせるわけにいくものではあるまいが。

さて、結婚の後、私は脱兎の如く世の中に飛び出していった。斯《か》くなってみれば書くという仕事は私の天性に似合って楽しく、依頼された仕事はなんだろうと貪欲に引き受けてこなしていった。書くことが楽しく収入につながる限り私にとって娯楽小説とか純文学なるものの差別はあり得ずに、物語を創り出すことそのものが楽しく面白かった。

『太陽の季節』で世間に大騒ぎを引き起こした後、世間は同じような作品を期待しただろうが、私の第二作は世評では期待に反しての親しい友人の身に起こったスポーツの試合の中での出来事、激しく接触した相手が脳出血で死亡したという出来事の責任を負わされ苦悩するという人生の不条理を取り上げた『冷たい顔』という作品になった。それを載せた『文學界』の尾関編集長が私をかばってか、「あれはいい作品ですよ。あなたがあんなものを書けるということが私にも意外だったたし、作家としてのあなたの幅を十分見せたと思う」と言ってくれたのが嬉しかったのを覚えている。

ということで、娯楽小説の専門誌だった『オール讀物』から依頼があった時も躊躇《ちゅうちょ》せずに引き受けた。それがまた評判となり、日活の映画担当の江守清樹郎専務から当て込みで作品の内容は問わずに映画化の契約をしたいという、まさに不見転《みずてん》の申し込みがあった。締切りが迫っていたので近くの旅館の離れを借りて徹夜でおよそ百枚の作品を仕上げたものだった。速成の娯楽小説だからプロットは世界の名作から借りることにして、さしずめドストエフスキーの『白痴』の純粋と極悪の対照である二人の主人公、ムイシュキンとロゴージンを選び、一人の女を巡る三角関係で相克する二人の兄弟の物語にし、舞台は湘南の葉山に据えて『狂った果実』なる作品を仕立てた。


この作品の映画化は思いがけぬ果実を生み出したものだった。

日活が先物買いして映画化した『太陽の季節』にちょいの間出演していた弟に目をつけていたプロデューサーの水の江滝子さんに持ちかけ、二人の兄弟の兄の役に弟をつけるなら日活に映画化を許す、さもなくば他の会社の依頼に応じて転売すると、以前弟があのホテルのバーでやってのけたブラフを真似して脅しをかけてみた。

結局それがまかりとおり弟の出演は実現してしまい、後はもう一人の兄弟の弟役を誰にふるかということで、最初は弟役を裕次郎、兄のほうは当時専属で抱えていた三國連太郎にということだったが、さすがに三國氏は自分にはとても不向きと固く辞退してしまい、弟役を誰にするかの問題となった。それであちこち探し回った挙げ句、私がある会場で見初めた、長門裕之の弟、津川雅彦を強引に口説いて引き出した。
長門（沢村）一族は彼にはまだ早いということで映画出演には反対したそうだが、原作者の私が強引に主張し、とうとう口説き落とした。ということで彼の芸名までを私が請け合い、日本では代表的な演技者になりおおせた津川雅彦の誕生と相なったものだ。

この作品には予想外の産物が多々あった。第一に俳優石原裕次郎の誕生。そして津川雅彦、優れた映画監督としての中平康の登場。さらには後々私自身が監督を務め参加したフランス主催の日・仏・伊・西独・波五国の若手監督による『二十歳の恋』というオムニバス映画の総主催者で、ヌーベルバーグの創設者として有名だったフランソワ・トリュフォーから直に聞かされたことだが、彼はヌーベルバーグのタッチを、なんとフランスでは『浜辺の情熱』という改題で上映されていた中平監督の『狂った果実』からヒントを得てつくり出したそうな。

しかしこの撮影の最中の諸々の出来事のせいで中平監督は腹を立て撮影の後、今後は石原兄弟とは一切仕事をしないと宣言してしまった。それはむべなるかなという気がしないではない。

当時は時代の先端をいく仕事をしていると思われていた通称活動屋と言われていた映画人にとっても、湘南という先端的な土地の風俗はまだ情報が枯渇していた当時にあっては馴染み薄いものだったに違いない。その一つの事例に、彼等にとって日本のヨットの発祥地とも言える葉山の港に並ぶクルーザーなどは生まれて初めて目にする代物で、葉山にロケーションに来ている活動屋のスタッフが目にしたクルーザーヨットを眺めて驚き、仲間に、「おいすげえもんだな、寝床（バース）のある船があるぜ」と言うのを脇で聞いて失笑したものだった。

たしかに当時の映画会社のスタジオはどれも多摩川の川沿いにあって一番川下は東宝、次いで日活、大映、東映に至っては東京の場末の練馬区の一角にあって、言わば田舎の会社でしかなかった。だから湘南のような先端的な地域の風俗の情報には疎く、私たちから見ると言わば田舎者の集まりでしかなかった。

　だから、いざ撮影となるとヨットなる乗り物の機能には疎く、逗子湾での撮影でハーバーの岸壁にカメラを据えて待ち受けているスタッフに、弟の操るヨットが向かってくるシーンの撮影で向かい風のコースではカメラに向かって切り上がってくるヨットはタック（反転）を繰り返す内にカメラのフレームから外れてしまう。それで苛々した監督が弟に向かって「何故真っ直ぐ走ってこないんだ」と怒鳴ると、弟が「あんたね、ヨットというのはモーターボートと違って風に向かって真っ直ぐには走れないのよ。なら、あんたがやってみてよ」と言い返し、監督はしゅんとしてしまう。同じようなトラブルが湘南族と田舎の活動屋との情報や感覚のギャップでいくつもあった。

　例えば鎌倉の家から葉山の港のヨットに乗るために急ぐ兄弟が逗子の駅の改札口で並んでいる他の客たちを無視して改札口の横の柵を飛び越して駅から走り出てしまう。それを見て監督が激怒し、なんでまともに改札から出てこないのだと叱りつけたそうだが、後にラッシュでそのシーンを見たら明らかに彼等の咄嗟の動きのほうがヴィヴィッドで素晴らしい。他のスタッフも同意見で監督が押し切られる体たらくになってしまった。

それともう一つ、作品の最後に弟を置き去りにして兄と女がヨットで逃げ出してしまったのに気付いて弟が半狂乱となってモーターボートを仕立ててその後を追いかけるシーンで、モーターボートが走り出した後の岸壁に弟が置き忘れたポータブルラジオがぽつんと置かれたまま音楽を鳴らしているシーンのラッシュを見ていて、映画通の裕次郎が「ああこれ、モンゴメリー・クリフトの『陽のあたる場所』のあのシーンと同じだよな」、大声で言い当ててしまい、監督の面子《メンツ》は丸潰れになってしまった。

さらにもう一つ、最後にモーターボートで追いついた弟が兄たち二人の乗った小さなヨットに体当たりし二人を殺してしまうシーンで、当時としては気の利いた試みでヨットの周りをぐるぐる回るモーターボートをヘリコプターで真上から撮影していたが、ラッシュを見た私が、「モーターボートを一度フレームから外して大回りさせ、画面から消えたボートの騒音だけを聞かせておいて、その後またモーターボートがフレームインしてくるほうが迫力があったのになあ」と指摘したら、同席のカメラマンが「いやあ気付かなかったなあ、おっしゃる通りでしたな」と慨嘆してみせ、監督としてはまた傷ついたようだった。

いずれにせよ、私の最初の娯楽小説は思いがけぬ多くの所産を生み出してくれたが、滑稽なことにこの小説を不見転買いしてくれた当の日活の江守専務は何故か一生『狂った果実』という題名を覚えきれずに会う度、「腐った果実」と言い続けていたものだったが。

これを契機に私に関する、いわゆる慎太郎ブームなるものが爆発していき、続いてものした『日蝕の夏』などという、どうということのない娯楽小説をなんと私が企画の顧問を務めていた東宝が映画化することになり、かつての名プロデューサーの藤本真澄《さねずみ》製作担当常務の提案で、ついでに君がシナリオを書き、主演したらどうかということになった。

ということで映画のシナリオという未知の仕事を試みるためにシナリオ作家の井手俊郎さんにレクチャーを受けた。その時習ったのはカットの繋ぎ方にワイプ、フェイドアウト、フェイドインなどいくつかあるが、カットからいきなりカットに移るというのは乱暴で、見る側の観客には不親切な構成となるからあくまで控えるようにと教えられたものだった。

ところが昨今の映画を見るとそんなシナリオ作法はもはや陳腐なものとなり、作品のテンポを稼ぐためにカットからいきなりカットを繋ぐ作品が氾濫するようになって隔世の感があるが、これは観客もまたテンポを求めて昔からすれば乱暴なカットの繋ぎに容易についてきているということなのだろうが。

私は小学校の頃からかなりませていて学校の行事としてよく行われていた学内の芝居の名優とされていたものだ。ある時は小樽市内でのコンクールで唱歌を伴ったミュージカル仕立てのヤマタノオロチ退治のスサノオノミコトの役を張り、担当の先生に肩を抱き締められ、「おまえは役者だなあ」と感心されて、いい気になったのを覚えている。

ということもあって藤本常務からの依頼は簡単に引き受けたが、その後ふと自戒して心配が兆してきた。娯楽小説を書き飛ばしシナリオまで手がけるのはいいが、役者を張るというのは、その前に文士劇なる余興の付き合いはまあいいにしても、本の出版とは違って俳優として映った作品が世に出回るというのは行きすぎではあるまいかという躊躇が兆してきた。そこである日、意を決して結果として私を世に出してくれた恩人とも言える伊藤整氏を訪ねていった。

そこで私は率直に今あちこちから依頼を受けている文学にはおよそ関わりない仕事、決して興味が持てないわけでもない文学以外の雑事をどう扱ったらいいものかを尋ねてみた。その時の伊藤氏の答えは明快だった。

「私は今翻訳を手がけた『チャタレイ夫人の恋人』のお陰で裁判をしていますが、これは私の文学には本質関わりない雑事と言えば言えます。しかし私は私なりに良い経験をさせられているとも思っていますよ。あなたの場合はどんな作家も味わうことのない機会に恵まれていると思います。興味がわいたらなんでもやったらいいと思う。失敗したっていいじゃないですか。だって俺は作家なんだからと居直ればいい。そして物書きなんだからなんで失敗したかを書けばいいんですよ」

この強かな忠言はどれだけ私を刺激してくれたことだったろうか。ということで、私は臆することなく映画だの歌謡だのという、いささかの興味をそそる世界からの依頼に応えて跳ね回ることになった。

ただしこの選択は後になって思い返すと私自身の文学にとって痛恨の代償を払わせられたことになる。丁度その頃私の手元にアメリカの、当時は超一流のハーカット・アンド・ブレイスという出版社から『太陽の季節』ならびにこれから執筆するだろう作品に関して優先出版の契約をしたいという書類が届いていたのだ。飛んだり跳ねたりしていた当時の私にとって何やら分厚い英語の書類は手にとって眺めるのも億劫でそのまま放置しておいた。それからおよそ一年間に及んで同社からのオファーの手紙が続いて届いていた。

そして最後の手紙には、皮肉なことにその部分だけ私の目にとまり座り直して読み直したものだったが、「あなたには全く誠意がない。我々の申し出について何故一行の返事もないのか理解に苦しむ。これをもって我々のあなたへの関心は完全に消えてしまった」という最後通牒が記されていた。その時のショックは今思えばたいしたものではなかったような気がするが、それから時を経て、この今になるとなんと大切な機会を私自身の粗忽《そこつ》から失ったものかとつくづく惜しまれる。

それから年を経て政治家としてのメッセージを記した『「NO」と言える日本』はサイモン・アンド・シュースター社から出版されて、おそらく日本人の著書としては記録的な部数だと思う五十万部を売り尽くしたが、私としては私の文学がアメリカをかき混ぜるほうが本質嬉しいはずなのに。

あの時ハーカット・アンド・ブレイスと契約を結べていれば、私が後に書いて物議を醸した『処刑の部屋』とか『完全な遊戯』、あるいは『刃鋼《はがね》』『聖餐』といった作品は、アメリカでごく最近サイモン・アンド・シュースター社が『アメリカン・サイコ』という作品を一年間躊躇の末に出版したら大評判になったというニュースがあったが、それならば必ず物議を醸していたに違いないと、今更悔やんでも自業自得ということか。

もともと映画好きだった私の映画界との関わりは、伊藤整氏の御墨付きをもって始まっていった。私が企画の顧問として関わりあった東宝の藤本真澄氏は私にとって、足長小父さんのようななんともありがたい存在で、私のような若造をあちこち引き回してくれ、評判の作品の試写会にも誘い出してくれ、作品を見終わった後、要所要所のカットの批判を口にし、映画製作に関する機微を伝授してくれた。ということで後には君自身で一本撮ってみろということで、夢にも思っていなかった自分の手での映画製作という機会を与えられたものだ。

その前に自作自演の映画に関してプロデューサーの仕事まで仰せつかった。『日蝕の夏』の相手役は売り出し中の司葉子さんと決まっていたが、もう一人の不良の主人公を拾い上げてくれる年上の成熟した女性、私のイメージとしてはスタンダールの『パルムの僧院』のファブリスの叔母の公爵夫人を演じたマリア・カザレスの如き女性で、当時離婚したばかりの、喉を痛めて歌や映画から遠ざかっていた高峰三枝子さんという高望みだった。

ということを藤本氏に打ち明けたら、「それなら一つ、君が僕の片腕になって彼女を口説いてみろよ」ということになり、怖いもの知らずで彼女の家を訪ね、彼女を前に『パルムの僧院』におけるマリア・カザレスの魅力を滔々と述べて、ついに彼女の快諾を得たのだった。その時の私の印象がいかなるものだったのかは知らぬが、この挿話には実はある秘めたる余韻があるのだが。

作品は原作が原作だけに知れたものだったが、俳優としての出来栄えは当時洒脱な論評で有名だった徳川夢声さんがあるところで「いや、なかなかなものだ」と誉めてはくれた。そのせいでかどうか、それ以後、何を見込まれてか俳優の私としては悪徳新聞記者の役で『危険な英雄』なる作品と私の原作の小品『婚約指輪（エンゲージリング）』なるものに主演したものだった。特に『危険な英雄』では今では名優の仲代達矢と、これもひと癖ある小沢栄太郎を相手に主演を務めた。

前述の初主演の映画に関して名女優高峰三枝子さんに関する思わせぶりの挿話とは、なんと私があの高峰さんに口説かれたのだった。

撮影中のある日、午後の予定が何かの都合で中止となり、次の仕事は夕方からのアテレコとなり、時間を持てあました私は何か冷たい物をということで彼女の私邸に誘われた。当時、彼女は渋谷の私邸を当時の岸首相に貸していて、住まいは聖路加病院に近い大きな一軒家で旅館を兼ねていた。そこで冷たい物をご馳走になり、その後、彼女が翌々日に予定されていた二人のラブシーンの段取りについて考えたことがあるので相談にのって、ということになった。「ラブシーンの稽古だから、よかったら私の寝室でいかが」ということで二階の寝室に上がっていった。そこのベッドの上で「私の考えた段取りは、こうして私があなたの腕をとって引き寄せ、その指を軽く噛んで」云々、という段になって気が付いたのだ。広い家全体が水を打ったように森閑として静まり返っているのを。その時私が考えたことは、これは逆だ、順が違う。男が女を口説くのが順だということで、私はおずおずと身を引いたのだった。

この今になってみれば慚愧《ざんき》に堪えぬというか、馬鹿で愚かしいというか、あの時の彼女はまさに女盛りの、一人の女として絶頂期にあった。くだらぬ男の沽券でみすみす長蛇を逸した自分を後でどれほど呪ったことだったろうか。彼女の男性遍歴は知らぬが、彼女との最初の出会いからして彼女にとっての私の印象はかなり特別なものだったに違いない。今でもそう信じている。その話をすると、晩年テレビの番組でよく彼女と外国にまで出かけていて彼女にぞっこんだった弟はムキになって否定してかかったが、そのことをはるか後になって私は知らされたものだった。

彼女が亡くなった時、私はその通夜にうかがった。別室に設けられた葬壇で焼香した後、弔問客を迎えていた妹の高峰麻梨子さんが何故かそっと私を招いて別室に横たえられていた姉の死に顔を見てくれと言った。晩年太り気味だった彼女は何か怪しげな減量法で身体を壊したと聞かされていたが、そのせいかその死に顔は元のように痩せて素晴らしく美しかった。「綺麗だなあ。昔のままだ」と思わず一人ごちた私に「綺麗でしょう」、妹さんも言った。そして向き直ると「姉はあなたのことをとても懐かしがっていたのですよ」、そっと告げてくれたものだった。

前述のように、私はもともと東宝に映画監督たらんとして入社していたので東宝を足場に映画界との関わりはますます深いものになっていった。それはなんと言っても私にとってまさに足長小父さんのような存在だった、かつての名プロデューサーの藤本真澄氏が折節に私を引き立ててくれて、いろいろな機会を与えてくれたお陰だった。何が気に入られてか、ある時は私まで映画関係の重役会議に臨席して意見を述べさせられることまであった。

そんな関わりが後々、弟が独立プロをつくって『黒部の太陽』をつくる時、五社協定が邪魔をしてこれを阻もうとした折、後述するが、私が弟を助けてあるブラフをかけてまず東宝を説得し、東宝専属の三船敏郎を出演させることに成功したきっかけともなったものだった。

藤本さんからこうむった恩恵はなんと言っても若い才能の登用ということで、周囲の反対を押し切って私に自作のシナリオの監督をさせてくれたことだった。この発案には当然下積みを重ねてきている助監督たちからの強い反発があった。会社の幹部はそれを押し切って新しい試みとして、言わば外部からの才能の登用の糸口としてそれを許してくれ、東宝のスタジオは外して外の連合スタジオを借り、撮影スタッフもすべてフリーの連中を駆り集めたが、これがまた逆の刺激になってカメラや録音、その他の専門スタッフたちが会社子飼いの、言わば正統派の連中に対して意地を張って、張り切って私を支えてくれた。

作品の題材は私が愛好していたボクシングの世界の不条理な仕組みによって、阻害され挫折してしまう若い選手の物語だった。

私は弟や従兄と見物に行ったプロ野球の試合の後、同じグラウンドでナイターとして行われた拳闘の試合を初めて目にして病みつきになり、以来ボクシングの虜《とりこ》となった。当時の社会では拳闘なるスポーツにはある種の偏見があって、その試合を眺めにくる客はある種族に限られていて、言わば良家の子弟の趣味の対象とはされていなかった。そんな私を見初めたあるスポーツ紙が、ある試合の観戦記を依頼してきて、その記事が評判になった。

当時のボクシングの評論家なるものは平沢雪村と郡司信夫の両氏に限られていて、戦評もステレオタイプでしかなく、私のそれは時には敗れた側の選手に肩を持ったりレフリーを批判したりで型破りと言うか、選手や選手を抱えているクラブのオーナーたちに評判がよかった。それを脇から眺めて知って羨んだ、自分一人ではそんな修羅場に出かける勇気のない物見高い作家の三島由紀夫とか有吉佐和子などから同行をせがまれて、ある時には彼等の初体験の相伴をしたものだ。

その頃、私は拳闘界ではすっかり顔になっていて会場の木戸を潜る時、戸口にいるその筋の柄の悪い連中が私を見るとわざわざ頭を下げて、居並ぶ他の客たちを押し退け、優先して案内までしてくれたものだった。

ある時それを見て同行の三島さんがすっかり感心してしまい、おまけに並んで座っていた私たちのところへ柄の悪いちんぴらが「兄貴がちょっと顔を貸してくれと言ってますので、どうか」と案内に来る。しかたなしに三島さんを伴って案内されていくと、選手のジムの抱え主の一族の兄貴がいて、「おう、あんたのこないだの記事で選手を誉めてくれ、ありがとうよ。まあ、一杯奢るよ」と気になる四回戦ボーイの試合の間に飲みたくもないビールを付き合わされて、ついでに連れの有名なる三島先生を紹介したら、なんと三島さんが何を真似てか腰をかがめ仁義を切るように手刀を切って挨拶してみせるのには驚かされた。

一方、私の処女監督作『若い獣』の撮影は順調に進んでいったが、途中であの世界ならではの思いがけぬ出来事が起こった。なにしろ素人の役者を選手に仕立てての試合の撮影だから相手をしてくれるプロの選手にさまざま手加減というか、演技の指導もしなくてはならない。そこで見知りのこれも本物の某レフリーにそれをこまごま依頼していたが、その男がついいい気になって選手たちに恩を着せ、選手たちのギャラをピンハネしていたのが露見してしまった。

それを知った私の大好きだった、個人的にも懇意だった中西清明選手が彼を人気のない一隅に呼び出し殴り倒してしまったそうな。それをたまたま敷地の裏手の編集室に入る階段から目にしてしまったスタッフが後で顔色を変えて報告してくれたものだった。

「監督、それはもの凄い迫力でしたよ。あんな喧嘩は滅多に見られるものじゃありませんよ。体が震えましたよ」と。

映画は、減量で苦労した選手が最後の試合で相手のラッキーパンチを食らってぐらつき、セコンドのタオルが遅れ打たれ続ける。その結果、選手は半盲となりクラブのオーナーの店に勤めていた恋人もオーナーに横取りされ、その身はクラブのボーイに転落する。そして最後に目の不自由な彼がトレイに載せた品物を運ぶ途中、店のフロアのコードに足を引っ掛けて転倒し高価な酒をぶちまけてしまい、オーナーに「このぼんくらが」と怒鳴られて激昂し、「返せ、みんな、俺に返してくれ」と叫びながら手当たりしだいに辺りの客たちを殴り倒すシーンで終わるという、かなり陰惨なものだった。後に私の弟分となり、私の原作の『秘祭』や『俺は、君のためにこそ死ににいく』を撮った新城卓監督が「あなたは残酷だなあ。なんて残酷なんだろう」と評したほど徹底したシークエンスの積み重ねだった。

作品はお陰でその週の各社の新作を凌いで一番の興行となったが、その結果思いがけぬ事態が到来した。作品に協力してくれたプロのボクサーたちは日頃鬱積しているものがこの作品で晴らされた思いでか感謝してくれたが、彼らの周りの反応はがらりと違ったのだ。

その証しに気付いたのは、映画が封切られた直後に観戦に出かけたボクシングの試合で、木戸で私を迎えたその筋の連中の態度が今までとはがらりと違ったものになったことだった。日本ではおそらく未曽有のボクシング映画についてなんの賛辞も聞こえず、私に向けられる連中の視線は思いがけず冷やかなものだった。中には、「おいっ。とんでもねえ映画をつくってくれたなあ」という聞こえよがしな非難の声まであった。そしてリングサイドに座った私に向けられる周囲の視線はあきらかにいつもと違っていた。

迂闊な話だが、その時になって私はようやく自分があんな作品をつくってしまったことで、この世界の連中のタブーに触れてしまったことに気が付いたのだった。それは座っているままに感じ取られる、一種の殺気のような肌触りだった。そう悟った時、私は最後の試合が終わった瞬間すぐに立ち上がり、人ごみをかきわけて玄関に走り、会場の日大講堂を走り出て隅田川を渡る橋向こうまで一目散に走ってタクシーを拾い、姿をくらました。

その時の私の予感はまさに当たって、もっと重く厄介な事態が真正面から到来してきた。あの作品には我慢がならないから当の監督石原の身柄を渡せ、という申し入れが暁ジムの主宰者の一門から東宝にあった。相手は戦後幅を利かせて無法なことを続けていた外国人に対抗して銀座を守るために結成されていた通称『銀座警察』と名乗る一派だった。会社も驚いて合議し、幸い拳闘を含めてスポーツの興行に関して睨みの利く後楽園スタヂアムの田辺宗英社長の娘婿が会社の常務をしていたのを幸いに、事の沈静化を田辺氏に依頼し、東京會舘で手打ち式と相なった。

そしてその前夜、かねて顔見知りの暁ジムの責任者の滝川から電話があった。

「なあ、あんたが選手の立場であんな映画をつくった気持ちは分からないではないが、内の兄貴の土谷はとにかく一途な男でね。明日あんたに何を言い出すかは分からねえが、とにかく明日だけは何を言われてもただはいはいと聞いておいてくれよな。そうしてくれれば事はすむ段どりになっているんだよ。とにかく逆らわずに、はいはいとな。頼むよ。そしたら、また試合の会場で互いに美味い酒を飲もうよ。だから頼むぜ」と。

その滝川というのはこれがまた引き締まった顔の二枚目な男で、加えて左のこめかみから顎にかけて縦に一文字、絵で描いたような大きな刀傷のある男だった。

緊張して出かけた当日、指定の場所の東京會舘には彼、滝川と初めて目にする初老の銀座警察の親分の土谷と、もう一人厳《いか》つい体の見るからに用心棒という風体の険しい顔をした若い衆が付き添って来ていた。テーブルに着いて私は滝川に目で促されるまま親分の土谷に向かってふかぶか最敬礼をしてみせた。それを見て滝川が目で笑ってみせるのが分かった。

そして開口一番、土谷が、

「いいか、これが東映や松竹、大映だったら、ただではすまなかったと思えよ、田辺の父っつぁんが間に入ってくれたからこそ、こういう席になったんだぞ。土台なんであんなでたらめな話をでっち上げたんだよ。いいか、この俺はボクシングクラブの会長だぞ。その俺がいつ選手のファイトマネーをピンハネしたというんだ。俺がいつ選手の女を盗ったというんだよ。言ってみろよ、この野郎」

言われたら私の前に森専務が、

「いやあ、そんなつもりでは毛頭ございませんで、あれはあくまで映画という作り事の世界のことでして」

言いかけたら、

「作り事！　作り事とはなんだよ。この俺がいつ選手の金をピンハネしたというんだ、俺がいつ選手の女を盗ったんだよ。神に誓ってもそんな汚ねえことをしたことなんぞありゃしねえんだぞ」

居丈高に言い募る相手を眺めて、これではとてもと思ったので、私がいきなりテーブルに両手をついて、

「申し訳ありませんでした。皆私の責任です。皆私の勝手な作り話で、ご迷惑をおかけしました」

自分でもびっくりするような大声で言ったら、なんと相手が、

「よし、それでよし。最初からそう言やいいんだ。当人がそう言うならこっちも我慢して顔をたててやらあ」

そしてすかさず仲人の田辺氏が、

「それじゃ、ここらで何とか収めていただこうじゃありませんか」

言ったら脇にいた滝川がすかさず、「いいですね、兄貴」、口を添え、私に向かって目で頷いてくれたものだった。

それでめでたく収めの乾杯ということになったが、当時の東京會舘はまだ冷房の設備が完備しておらず、部屋がいかにも蒸し暑く、森専務が、

「どうもこの部屋は暑いので、みなさん上着をとらせていただこうじゃありませんか」

言い出してくれ、全員が上着を脱いだら随行してきていた用心棒の大男が一人だけ何故か遠慮して上着を外さない。

「あなたもどうか遠慮なさらずに上着を」

と森さんが勧めても脱がない。

それを見て親分の土谷が、

「てめえ、何を遠慮してやがるんだ。旦那衆が言っておられるんだ、さっさと脱ぎやがれ」

一喝したら男は観念しておもむろに上着を脱いだ。なんと男が上着の下に着ていた半袖のシャツから出ている両の腕には手首までびっしりとクリカラモンモンの入れ墨が描かれていた。あれは息のつまるドラマのエンディングとしては、なかなか印象的なカットだったと思う。


しかし事はそれで終わらずにまだ後を引いたものだった。

それからしばらくして日比谷のアウトドアのコンサートホールで絶好のボクシングのカードが組まれ、私はかねて約束していた有吉佐和子を同伴して試合の観戦に出かけたが、何故か私の横に折り畳みの椅子を据えて顔見知りの二人のチャンピオンが座ってしまった。一人はバンタム級のチャンピオン石橋広次、片やフェザー級の元チャンピオンの中西清明。突然現れた彼等に訳を質したら、あの映画の評判がまだ後を引いていて土谷の暁ジムとは違う筋の悪いジムの連中が私の姿を認めて痛めつける算段をしているという。それを聞いた正統派の帝拳の本田明会長が諫めにかかっているらしいが、押さえが利かずに馬鹿な奴等が襲ってきたら私たちが身をもってあなたを守ってみせますと言う。

それを聞いて有吉さんは身勝手に面白がったが、こちらはそれどころではなしに試合が終わったら二人のチャンピオンに囲まれながら彼女の手を引いて野外の会場からそそくさと逃げ出した。

私の性癖のせいか、血なまぐさいスポーツとの縁はそれで終わらず後年、縁があって私はしばらくの間、台頭してきたキックボクシングのコミッショナーを務めることになったが、映画『若い獣』での種々苦々しい経験を踏まえて、ある意味での善政を敷いて他のリーグのフェイクのチャンピオンを真似て架空のヒーローをつくりたがったスポンサーのテレビ局を押さえて、選手の意向を背にして間違った企みを潰し、選手たちに感謝されたものだったが。

Ⅵ

結婚を含めて人間の人生を形づくるものは人との出会いに他なるまい。世間は不倫とも呼ぶ妻以外の女たちとの出会いもまた人生をさまざまに彩る要因だろうが、その意味で私の人生を端から眺めればおそらく多彩に彩ってくれた他者との出会いも、この今になって振り返れば奇跡とも言えるのかもしれない。この象徴的な出来事として、後に『経済界』という経済誌を創設した佐藤正忠という人物の登場があった。

私が『太陽の季節』という小説で芥川賞を受賞し世間をにぎわせていた頃、仲間と逗子の海岸で野球をして遊んでいた時、突然見知らぬ男がやってきて少し大事な話をしたいという。私は即座に、人がせっかく遊んでいるのに失礼ではないか、とにべもなく断った。相手は憮然《ぶぜん》として引き上げていったが、後になって懇篤な詫び状が届き、

「先日は大層失礼した。あなたが言った通り遊ぶということは誰にとっても大切なこ

とで、それを無視した自分が悪かった。あなたの率直さには改めて感心したのでまた是非時間をとってもらいたい。斯くいう自分は著名な人間に興味があり、そうした人間を互いに結びつけることを生業にしている人間なので、世の中で蜜蜂のような仕事を果たすことを天職としている者だ。あなたがもし文学以外の世界で興味のある人物がいるならば、誓って必ず紹介を果たしたいので近々に是非お目にかかりたい」とあった。

私としては狐につままれたような話で興味をそそられ、承諾の返事をしたものだった。その後、再会した私に「あなたが政治家と経済人の中で興味のある人物がいますか。会ってみたいなという人物がいたら是非その名を教えてほしい」といきなり言うと言われても当時世の中に出たての私に政治や経済に関しての具体的な痛痒があるわけではなし、政治や経済にさしたる関心がありもしなかったが、問われるまま若造の自分に近い年代の人物を考え、当たり障りのないところで五島昇と中曽根康弘の名前を上げたら即座に「それはあなたらしい実に良い選択だ。必ず早速に対面の場をつくりましょう」と言う。そして間もなく五島氏との面談の場を設《しつら》えたので某日、赤坂のどこそこの料亭に来いということに相なった。

言われるまま、こちらも駆け出しの物書きとしての見知らぬ人間へのただの興味で出かけていったが、初対面の五島さんとどんな話をしたかはあまり定かではない。ただ対面の最中、実は同じ料亭に五島さんの父君の五島慶太氏もいて当時売り出し中だった有吉佐和子を招いて対談をしていたらしく、陪席していた秘書の後の東急ストアの社長になった中原功氏がやってきて、父君の招いたお客の才気煥発さには驚いたということで、こちらは初対面のぎこちなさもあってごくごくとりとめのない話題に終始していたのに恐縮したのは覚えている。

佐藤氏は実直にもう一つの約束も果たしてくれたが、中曽根さんとはどこで初対面を果たしたのかは覚えてもいない。

後々になって分かったことだが、私と五島さんとの出会いは私の人生に計り知れぬ大きなものをもたらしてくれた。それは私の人生にだけではなしに、後の日生劇場の誕生も含め、日本で初めての本物のカントリークラブ『スリーハンドレッドクラブ』の創設など新しい趣味の世界の開発も含めて日本の文化全体に巨きな恩恵をもたらしてくれた。

しかもそうした画期的な取り組みに知遇を得た後、互いに大好きな海での遊びを通じて気の合う彼の若い取り巻きの仲間に入り、屈託のない会話を通じて年齢や立場の差を超えて本当に気の合う間柄となったお陰で私の思いつきがまかりとおり、密かな夢が現実となって出現するという至福を相伴させてもらうことが出来た。私自身も気ままで得手勝手な男だが、そんな男の一人とし今更に思えば彼ほど魅力に満ちた男との出会いの、意味の大きさを改めて噛み締めぬわけにはいかない。あんなに洒脱でタフで万能な男は滅多にいるものではありはしない。そしてそんな私の何を見込み見通してか、彼は実にさまざまな人生の機会を開いてくれたものだった。

今思い出すとその最初のきっかけはある時、突然五島さんから電話がかかり、

「君、トンネルの貫通を見たことがあるかい。あれはなんとも痛快なものだぜ」

突然言われてもこちらはそんな経験があるはずもなく、

「一体なんの話ですか」

「いや明後日、開発中の伊豆急行の一番長いトンネルがとうとう抜けることになってね。その開通のボタンを俺が押すんだよ。ちょっとした見物だから眺めにやってこないか」

ということで、好奇心の強い私としては二つ返事で引き受けた。

当時としては不便きわまりない伊豆半島を縦に結ぶ交通の便は皆無で、伊豆の観光の発進地だった伊東と半島の南端の下田を、半島の西側に比べて人口も多く半島の内部の魅力的な観光地を訪れるのに便利な東側の海岸線で結ぶ鉄道は、伊豆半島全体の開発にとっては垂涎のものだった。

それに目をつけてかねてから海好きで、当時としては最大級のクルーザーを下田の港に置いてトローリングに熱中していた五島さんにしてみれば当然の発想だったろうが、もともと鉄道屋の後継者の彼としては伊豆急行の創設は父君を継いでの初の大仕事だった。ということで当日私は稲取あたりから彼の車に同乗し、トンネル開通の現場に赴いた。すでに完成に近い長いトンネルの中を歩いてダイナマイトの仕掛けられた切り端間近までたどり着き、全員の見守る中で大プロジェクトの主催者の五島さんがボタンを押して爆音が轟《とどろ》き、念願のトンネルが貫通した。

その瞬間、工事の関係者たちは躍り上がって万歳し互いに抱き合って肩を叩き合っていたが、私が間近からうかがってみた彼の顔は妙にさりげないものだった。なるほどこれがトップリーダーのマッチョというものかと妙に感じ入ったのを覚えているが、その後選ばれた側近だけを引き連れて赴いた今井浜のホテルでは、先刻は耐えて表には出さなかった秘めていた満足が爆発したように大はしゃぎで大酒をあおり、最後はふんどし一つになって座敷の中をビール瓶に乗って走る競争で並み居る若い部下たちが転げてしまう中で、五島さん一人が無類の運動神経を発揮し見事に走り回ってみせた。そんな光景の中で私としてはこの無類な男の真髄にあるものに触れて理解できたような気がしていた。

あの頃の五島さんには個性のある若い取り巻きが大勢いて、そんな連中のために彼は銀座につくった新しい東急ホテルの社長室の隣の1010号室をサロンみたいに開放してい、部屋での集まりは有名無名の者たちを混ぜ合わせて、まさに梁山泊《りょうざんぱく》の集まりの如き態様だった。そしてその中の何人かは後に私の人生をさまざまに彩る、他の人々とのさらなる出会いをもたらしてくれた。

その中の一人に通称ドコドン、田中睦夫《むつお》という私と殆ど同年齢の男がいた。彼がなんで五島さんの知遇を得てその取り巻きとなったのかはよく分からない。ともかく異色の男で何かの弾みでアメリカ人のヨットに乗って日本人で初めて太平洋を渡った経験の持ち主で、その後長らくアメリカに住み着き、いろいろ新しい風物の情報をもたらしてくれていたが、後には五島さんを唆して南太平洋の手つかずの島を紹介して買わせたり、後にホノルルにハワイアンリージェントホテルを五島さんと二人だけで作って社長に収まったりしたものだった。

五島さんもこの男を大層可愛がり評価していたが、後に彼が癌にかかり日本で一人寂しく死んでいった時には、五島家の菩提寺で自ら葬式を出してやったりしたほどの間柄だった。

このドコドンを五島さんに紹介したのは当時日本で初めて本格的ステーキハウス『フランクス』を開いて大はやりして財界人にも顔の広かった通称フランク榊原で、彼もまた私にとって思いがけぬ人物との出会いの導き手だった。この二人が海好きな五島さんに海での新しい遊び道具を仕入れてきて教え、私もその相伴に与《あずか》り、結果としては本格的なダイビングの世界に迷い込ませられた。

無類にタフなスポーツマンの五島昇という人物との出会いは、私をそれまで未知なる世界に招き入れてくれたし、海だけではなしに伊豆の山中での鉄砲の猟にまで付き合わせられ、一時期鉄砲にも凝って逗子の周りの山を猟銃を手にして歩いたりしたこともある。五島さんが凝っていたアラスカでの狩猟は、これまた私にとって天からの恵みの一つといえる他のある人物、大学の先輩でもあるアペックスの創業者の森一氏との出会いでアクセラレートされ、命懸けで大熊まで撃ちに出かけることにまでなった。

それらを思い返してみればみるほど、私の人生ほど多岐にわたる肉体的な道楽に彩られたものはなさそうだ。その最たるものは私の人生の光背ともいえる海だが、その海への人生を賭けての道を開いてくれた者の一人は、あの五島昇という、きらめくような男の存在だったといえる。

そして彼を取り巻いていたユニークな同世代の仲間たちも立派な幹から生える強い枝のようにそれぞれの個性でまみえてくれ、私の人生への代えがたい贈り物をしてくれた。後に相手から言い出して私の親代わりになってくれた、当時の財界の重鎮の一人だった産経新聞の社主の水野成夫《しげお》氏との出会いも五島さんの取り巻きの一人のフランク榊原の手引きによるものだった。

榊原のレストランはたまたま水野さんの別邸のすぐ近くにあって評判を極めていたが、そんなことで彼も水野邸によく出入りしていて、たまたまある時、彼と懇意だった弟の裕次郎を水野邸に連れていったのが縁で弟が妙に水野さんに気に入られ、特に弟がどこかに書いた亡き父の思い出の中に、父がよく私たち兄弟と一緒に風呂に入る時、ヘアの生えだした年頃の我々としては気恥ずかしかったのを構わず捉えて体中を丹念に洗ってくれた、というものがあった。

もちろん我々倅《せがれ》たちもそれに応えて父の背中を流したものだが、若くして倒れてこの世を去った父が生きていれば水野さんと同じ歳ということで、当時は本妻さんとは別居し芸者上がりの愛人と一子をもうけて暮らしていたために、まだ若い息子の先を思ってのせいもあって弟の記した父の思い出話にはいたく共鳴してある時、榊原と一緒に水野邸を訪れた弟に、これからはお前たち兄弟の親代わりになってやると一方的にのたもうたものだった。

弟のほうは仕事柄、その後水野さんにさしたる面倒はかけずにすんでいたが、私のほうは物書きとして、またその後、政治を志す段に至って親代わりの水野さんには一方ならぬ世話になった。そして、それには私の大兄貴分の五島さんもさまざまに絡んできてくれた。

後日、私は読売新聞に頼まれ、ベトナム戦争の取材に出かけ現地の知識人たちと懇談し、彼等が己の国の有様にきわめてシニックでいるのに驚き、併せて日本における べ平連なる手合いの安易なシニスムとの類似に気付き、日本という国家の将来に強い危機感を抱いて政治家になる決心をした時、参議院の全国区に出るという私のために、ならばおまえに二、三十万の票をつくってやると水野さんが言い出し、私をいきなり、彼が懇意にしていた霊友会の小谷喜美《きみ》会長に引き合わせてくれたものだ。

水野さんと小谷開祖は彼に言わせると義兄妹ということだった。それは水野さんがかねて産経新聞の新しい事業として目論んでいた伊豆の山中での別荘地の開発のために多量に買い込んだ土地が思うようにはけずに困惑していた頃、霊友会がかねて会員のための研修センターを計画していたので、その候補地として小谷開祖がその土地を購入してくれ、水野さんとしては干天の慈雨ということで二人の縁が成り立ったそうな。

私自身はすでに小谷開祖の知遇を得ていた。その以前に私は産経新聞に霊友会をモニターに据えて日本の新興宗教に関するルポルタージュを連載していたものだった。当初の企画は水野さんにとって恩義のある霊友会の言わば伝記をということだったが、私としてはそれでは飽きたらずに最初に霊友会の小谷開祖に会って会の創設に至るまでの体験談をいろいろ聞いている内に尽きせぬ興味がわいてきて、既存の大宗教に対抗してこの世に数多くの新しい宗教団体が派生している現況に最初は社会学的な興味があり、小谷開祖の修行体験について聞いている内に彼女がその結果体得していった霊感と言おうか、人間にとって所詮不可知なるものの存在について、総じて新しい宗教の誕生の実態をもっと多岐にわたって解明したいと思うようになった。

そんな際、そうしたリサーチの大切な鍵になったのが哲学者にして神霊や霊感といった本来人間にとって不可知とされてい、物事に尽きせぬ関心を抱いていたベルクソンと、プラグマティズムの始祖でありながら合理的な手法で神秘なるものの解明に尽くしたウィリアム・ジェームズの存在だった。

そして、この二人の手法と言おうか発想を踏まえて日本の新興宗教の分析と総論をものしたものだ。これは端から眺めれば私という人間の仕事としては意外と言うか、そぐわぬものに見えたかもしれぬが、私としては実に良い仕事をしたものと自信がある。と言うより私自身にとっても実に得難い経験だった。

という経緯もあって水野さんに連れられて霊友会に赴いたが、小谷開祖に会うなり水野さんがいきなり、

「私とあんたは義兄妹だよね。そしてこいつは俺の義理の息子というか、俺が実はこいつの親代わりをしてるんですよ。ということは、つまりこいつはあなたの義理の甥

っ子ということだ。実はこいつが今度参議院に出ることになってね。だからあなたも少し力を貸してやってくださいよ。会員さんから少し票を出してやってほしいんだけどね」

「あらそうなの、あなたがね。で、どれくらい票がほしいのよ」

「そうだな、二十万くらいは頼めませんかね」

「あら、そんなものでいいの。そんなこと言わず全部出してあげるわよ」

「本当かね」

「ああ本当よ。でもあなたキリスト教じゃないの」

いきなり言われたのでこちらも面くらって、

「いえ、うちは仏教です。たしか曹洞宗です」

「ならいいわよ。じゃ、あんた私の弟子になりなさいよ」

ということで、その場で小谷開祖の受記を得て彼女の仏弟子ということになった。

これは私にとってまさに人生の活路とも言えた。以来、小谷喜美という巨きな霊感者に間近にまみえることで、そのお陰での選挙の結果などよりもはるかに貴重な、さまざまな体験をさせられたものだ。これは教祖たる人間が不可欠なものとして備えた、霊感とも呼ばれる不可知な力の体現による如実に見る奇跡の体験だった。例えば他の運命への予知であるとか、科学や技術で予知や立証不可能な物事の実現等々。それは小谷開祖に限らず『巷の神々』と題した多岐にわたる新しい宗教の創設者たちに関わる不思議な出来事と言うより不可知な現実の体験だった。その中には前述の佐藤正忠氏の仲立ちで面会できた相手も何人かいたものだった。

斯くして私の労作『巷の神々』は出来上がったが、水野さんの斡旋のお陰で選挙のほうも霊友会の協力もあって最高得票での当選と相なった。

その水野さんを私の大兄貴とも言える五島さんは常々伯父上と呼んで敬愛していたが、そうした縁が後に私が五島さんの肝煎《きもい》りで日生劇場づくりを任せられた時にもいろいろ絶大な効果をもたらしてくれた。

そもそもあの劇場の誕生出現もまた私にとっては人生の奇跡とも言えるものだった。私が物書きとして世の中に出た頃は芸術の世界でも一種の端境期で、文学に限らず映画や演劇の世界でも同世代の新しい人材が登場してきていた。文学では開高健、大江健三郎、小田実、有吉佐和子、曽野綾子、谷川俊太郎、寺山修司、演劇では浅利慶太、映画では篠田正浩、吉田喜重、大島渚といった顔触れで、それぞれがそれぞれの感性に則った新しいメッセージを持ち、誰もが饒舌で顔を合わせるといつも激しい討論をしたものだ。

そんな中で若くして劇団四季を主宰していた浅利に私がある時、なんで日本の新劇なるものはいつもチェーホフとかイプセン、アヌイ、ジロドゥといった外国の作家のもの、つまり赤毛ものばかりを上演しているのだ、なんでこの新しい時代に日本の若い作家に新しい戯曲を依頼して上演しないのだと非難したら、浅利がそれなら君がまず書いてみろということで、私も処女戯曲『狼生きろ豚は死ね』を書き下ろし、これが意外な成功で、上演の最中二幕で拍手がわいたりして浅利も興奮し、それがきっかけで谷川俊太郎、寺山修司、河野典生といった顔触れが創作劇に取り組むことになった。

私自身もともと演劇が好きで高校時代、学校が嫌で一年仮病を使って登校拒否している間、東京に出かけ新劇やオペラを観て回っていたが、当時は新劇を上演する劇場と言えば第一生命ホールか三越劇場くらいで、ある時、名女優と言われていた田村秋子の凱旋復帰公演で『ヘッダ・ガーブラー』が五百人を超す客を入れる小屋がないために有楽町の有名な映画館を借り切ってなんとか公演を実現していた。それとて映画館のことなので舞台の奥は高が知れていてスクリーンの前に薄っぺらい書割を立ててのお寒いものだった。

それからしばらくしてある日、評判の映画を見ようとして有楽町近辺の映画館を回ったらどこも満員で席がない。家に帰る時間の都合もあって次の回では間に合わない。次の日の大阪での講演の参考にしようと思っていたのでなんとかその日の内に見たかったので新聞を買って広告欄で確かめたら、渋谷のパンテオン劇場でやっているのが分かったので急いでタクシーを拾って駆けつけたが、案に反して渋谷の劇場はがら空きだった。その頃の渋谷は銀座周辺に比べるとはるかに場末で、現在の盛況と比べようもなかった。そこでふと思いついて後日、五島さんに突然面会し、いきなりとんでもない提案を切り出したものだった。それはあのあまりはやっていないパンテオン劇場を新劇のメッカにという申し出だった。

パンテオンと同じビルの上には当時日本有数のプラネタリウムがあり、その向かいの東横デパートにはあくまで商業演劇専門の東横ホールがあって、東急としては本拠の渋谷の文化施設を充実させ、やがてはハイブラウな客を呼びたいという魂胆に違いなかった。そこで未だにそれほど客層をつかんではいないが、やがては今よりも大幅のインテリ層をつかむに至るだろう新劇のメッカを渋谷に設けるために、あのパンテオン劇場を少し改装して新劇用の大劇場に仕立てたらと思いついてのことだった。

五島さんに会うなり、

「あの劇場を少しの改装費をつけて私にくれませんか。そうすれば、あそこは日本で随一の新劇用の劇場になりますよ。そうなればプラネタリウムと並んで東京の名物になりますし、東急のイメージアップにもなるはずです。なに改装費と言っても前の客席を少し潰して、裏に役者のためのささやかな楽屋をつくれば立派に役に立ちますから」

言ったら五島さんはしばし沈黙の後に、

「なるほどそれは一つの案だな。分かった、あの活動小屋は君にやるよ。座席も五、六十削れば芝居小屋にはなるだろうからな」

即座に頷いてくれた。こちらはまさに鬼の首をとったような気持ちで、これであのヘッダ・ガーブラー公演よりはるかにましな、大きな新劇の舞台が開けるだろう。これで貧相な日本の新劇も活路を見出すだろうと心躍る思いでいたものだった。

ところがそれから数日して、五島さんからとんでもない電話がかかってきたのだ。いきなり、

「おい、あのパンテオンよりももっといい話があるぜ。あれよりこっちのほうがはるかにましだな」

「一体なんの話ですか」

「あのな、日本一金持ちの会社の日本生命が、儲かりすぎて東京に本社を移すそうだ。そこでな、その本社ビルの中に利益還元のために劇場をつくりたいから俺に相談に乗れという。社長の弘世現《ひろせげん》さんは俺のポン友なんだが、俺にしてもデパートの中にちちな劇場を持っているだけで劇場のことなんぞ素人だからな。で、その話、君がぶん取っちまえよ。場所も渋谷なんぞよりいい日比谷、それも帝国ホテルの隣だとよ。どうだい、こっちの話のほうが山はでかいぞ。是非そうしろよ」

「ぶん取ると言ったたって、どうすりゃいいんですか」

「それはな、その劇場会社の社長を俺が引き受けることにするから、君らがその下で好きなことをやりゃあいいんだよ」

いきなりそう言われても、こちらとしては狐につままれたような気分でいた。

「どうだい、やるかい。君がやらなけりゃ、どうせ松竹とか東宝なんてとこに相談を持ちかけるに決まってるだろうが、ここらで君ら若い連中の新しい知恵を出したらどうだい。どうだ、やるかね」

「そりゃあ、もってこいの話ですが」

「ただ一つ条件があるな」

「なんですか」

「相手は保険屋という手堅い商売だからな。あそこに劇場をぶっ立てても割が合う、商売にはなる、という計画書というか、説明の案をしっかりつくることだぜ」

言われてこちらもその気になり、降って湧いたような話だが話をふってくれた相手が五島さんだから、これはよもや夢ではあるまいと芝居屋の浅利慶太に持ちかけてみた。浅利も呆然としていたが、五島昇なる人物について縷々《るる》説明してやり、彼とてこんな絶好な話に飛びつかぬわけはなかった。

そこで彼の信頼するスタッフで照明の名手の吉井、芝居の大道具の名人の金森など、心の知れた仲間を集め、箱根の宿屋に数日間合宿して日比谷における新劇場の可能性についての論文をしたためた。これは我ながらなかなかの出来で一種の都市文明論文化論の如きもので、素人が読んでも分かりやすい論文だった。これを五島さんに手渡し、それが施主たる日本生命の社長の弘世さんに届けられた。

それから数日して五島さんから連絡があり、弘世さんが是非とも会いたいということで、ある日の夜、新橋の料亭で弘世さんに引き合わされた。その席で弘世さんが、

「いやあ、あの報告書には感心しました。私は保険屋という石橋を叩いても渡らぬような種族ですが、あの報告書を読んで納得安心させられました。うしろに五島さんもおられることです。あなた方にお任せしましょう」

ということで夢のような話が本当の事になった。

こうして総工費が当時の金で四十五億円の劇場が私たち若造の手に委ねられることに相なった。そしてこのプロジェクトの応援団として財界の大物たちがチームをつくってくれることになった。顔触れは弘世さんの実兄の第一火災海上社長の成瀬雄吾氏、経済界の大御所の渋沢秀雄氏、そして音楽監督の小澤征爾の義父に当たる江戸英雄氏といった若造のバックとしては盤石のものだった。

ただ新しい問題として浅利が、新劇場はオペラやコンサートも開ける万能の性格のものにすべきだ、それが経営の上でも絶対の必要条件だと言い出し、そのためには楽

屋の広さが肝心だと言い張り、設計者の村野藤吾さんと言い合いになって、素人の我々がやれ「この柱は邪魔だ、このスペースは無駄だ」などと言うもので、村野さんがつむじを曲げて施主の弘世さんが往生させられたものだった。

その結果出来上がったのは比類のない素晴らしいもので、後に町で偶然出会った村野さんが「私はあれから劇場という建物に興味を抱いて新しく出来た劇場を一つ一つ訪ねて調べてみているが、私の手がけた日生劇場ほど機能的で素晴らしいものはないね。あれは君たち若者の言い分を聞かされたお陰だとつくづく感謝しているよ」と言われて面目を施したものだ。思い起こすほど、あの頃のこの国にあったダイナミズムに我が事ながら感嘆せざるを得ない。まさに良き時代の良き青春だった。

その日生劇場のこけら落としは、ベルリン・ドイツ・オペラの、大道具や衣装係といった裏方全員も招いての大興行となった。これは日本の演劇史上初めての試みで、ドイツでは大評判になり、結果当時のリュプケ大統領までが来日することになり、それに応えて天皇陛下も来臨となり、初演当日のカクテルパーティには内外の名士が呼ばれ、なんと来賓たちはそれぞれが所持している勲章を身につけてくるという大騒ぎになった。

その様子を下見に行って戻った浅利が興奮して「おい、これじゃあタキシードだけの俺たちはただのウェイターにしか見られないぞ。こんなことなら小道具に頼んで、勲章らしきものをつくらせておけばよかったなあ」、慨嘆していたものだった。

その言葉の通り会場の広いホワイエに降りていってみたら、並み居る招待客たちは殆どが燕尾服に勲章、女性はイブニングドレスどころか、ある者はローブデコルテといった有様で、その印象は時代を遡って明治時代の鹿鳴館といった印象だった。若造の私にしてみると初めて目にする勲章なるものはいかにももの珍しく、目に入るものを見比べてみたら一番目立ったものは、なんと戦での功績を称えて軍人に付与されたはずの金鵄《きんし》勲章だったが。

それでも見知りのある人がつけている勲章がいかにも珍しいものだったので、その謂《いわ》れを質してみたら、なんと戦争中、日本が支那ででっち上げた傀儡《かいらい》政権の汪精衛が出したものと聞いて勲章なるものへの人間たちのフェティシズムには改めて感心させられた。

劇場の初公演は巨匠カール・ベーム指揮による私の注文演目のワーグナーの『トリスタンとイゾルデ』『さまよえるオランダ人』、そしてベートーベンの『フィデリオ』でいずれも超満員の大当たりだった。初日の開演の前には両国の元首を前にしてドイツと日本両国の国歌の演奏があり、ベルリン・ドイツ・オペラ専属のオーケストラによる両国国歌の演奏は荘重なもので、後に文藝春秋の池島信平さんから「いやあ、久し振りに素晴らしい君が代を聞かせてもらったよ」という賛辞をもらったものだった。

ベルリン・ドイツ・オペラに次ぐ興行は当時大流行の武智鉄二氏による武智歌舞伎の上演で、演目の一つには私の創作歌舞伎芝居、一ノ谷で滅びた平家の怨霊が登場する耳なし芳一をアダプトした新作の『一ノ谷物語』もあり、これまた人気の映画俳優市川雷蔵主演で評判となった。しかし何よりもとにかく金には糸目をつけずに世間をあっと言わせてくれという注文に応えたのは、武智さんが明治時代以来初めてという『娘道成寺』の三本掛け公演で、これまたその世界のマニアには垂涎の大人気となった。

三本掛けというのは劇場特設の三つのスライディングステージに、それぞれ長唄、常磐津、浄瑠璃の三チームが座って次々にせり上がってきての合奏となる。例の「花の外《ほか》には松ばかり」というくだりが三チームの大コーラスとなって響きわたる様は、先般のベルリン・ドイツ・オペラの大演奏に勝るとも劣らぬ迫力で、日本固有の情感の大合奏は日本人の胸に熱く響く迫力だった。以来、外国物に限らず日本製の新作ミュージカルや異色のキャスティングに新作の戯曲の上演が続き、新しい劇場の新しい性格が着実に造成されていった。

思わぬ副産物としては、従来映画界で横行していた五社協定なる俳優の幅広い共演を阻んでいた拘束が、評判の劇場の大舞台に映画界が左寄りとして嫌っていた民芸や俳優座の役者が晴れて立つようになった結果緩んで、俳優たちの活躍の場が広がったことだ。それに加えて浅利慶太も演出家としてではなしに、経営者としても大成していった。彼が『劇団四季』を従え、演劇の世界で大きな存在となりおおせたのは、日生劇場の支配人としての経験を積んでこそのことに他ならない。

しからばこの私は何をしたかと言えば、あくまでの火つけ役ということで、最初この夢のような話が決まった時、五島さんはこの私が当然劇場の責任者になるものと思っていたらしいが、私はそれを固辞してしまった。なんと言っても当時の私は売り出し中の作家で新聞や雑誌に何本もの連載を抱えていて、とても常勤の劇場の番頭なんぞ務まらない。ならば誰がその務めを果たすのかと質されて私は即座に、まだ無名に近かった浅利を登用するように建言し、それがかない、それで浅利という男が出来上がったということだ。

いずれにせよ、今もなお帝国ホテルの隣に聳えるあの劇場を眺める度、私としてはすでに亡き五島さんや弘世さんをたまらなく懐かしく思い出すし、わずか二十七歳の若造の夢を受け止め、かなえてくれた先人たちの器量の大きさに改めて感心感謝せざるを得ない。あれこそはまさに良き時代の良き者たちの夢の結晶と言うべきものだと思う。そしてもうあんな時代は二度とやってはくるまいとも思う。あれはまさにこの日本という国の青春時代と言うべきものに違いあるまい。

人生における人との出会いが思いもかけぬ夢を育み、与えてくれるという体験を、幸運にも私はもう一つ与えられたことがある。それは当時まだ存在していた文壇という一種のサロンの年中行事の一つ、文士劇なるもので知り合った東京工業大学教授の桶谷繁雄さんの手引きによるものだった。桶谷さんは冶金《やきん》学が専門の学者だったが、若い頃道楽で書いた小説が夏目漱石賞なるものをもらったという型破りな学者だった。

その彼と、文春主催の文士劇でミュージカル仕立ての漱石の『坊っちゃん』で共演し、私が坊っちゃん、そのバアやが森田たまさん、そして坊っちゃんをいじめる赤シャツを桶谷さんが務めた縁だった。

その前年、東工大の学生を率いて富士重工のスクーターのキャンペーンでヨーロッパに出かけて戻った桶谷さんが、ヨーロッパでの試走で自信をつけた会社から、場所を変えてもう少し道路条件の整っていない南米か中米でキャラバンを組み、試走させたいというプロジェクトの人選の相談を持ちかけられ、彼がそれならば若い石原君に依頼したらと献言して、富士重工から話が持ち込まれたものだった。

これもまた降って湧いたような話で、とにかく費用から機材から何から何まで大企業の乳母日傘《おんばひがさ》で未知の外国を走り回り、存分に遊んでこいという企画なのだから、夢みたいな申し出で飛びつかぬ者のいるはずもなく、母校の一橋の自動車部なるものに声をかけたら、就職や卒業なんぞは無視して部員の高学年の幹部たち四人が名乗り出てチームが出来上がった。未知の外国での長旅に何があるか分からぬから随行する医者も募ったら、これまた何十人もの応募があったが、その中から腕のたちそうな胸部外科の三十代のドクターを選んで加えた。

そこで思いつき、中南米というならそう進んだ国でもあるまいから、せっかくの長旅に日本製品の宣伝もしてやろうと企業に呼びかけたら、ハンドマイクロホンとか新型の録音機とかさまざまな提供を受けた。中でも最大のヒット製品は、あるメーカーから提供された当時出来立てのナイロンのスカーフで、これを首に巻いて走っていくと行く先々で女性たちの目を引いて、目の色を変えたセニョリータたちから是非ともそれをくれとせがまれ、その引き換えに隊員たちは随分いい思いをさせられたものだった。

隊の構成は排気量の違う二種類のスクーター四台にドクターを含めた五人と隊員が交替で乗って走り、隊長の私は日産のウェポンキャリアという中型の屋根付きトラックに日本製品を満載し、旗艦として運転して走る。乗り物や他の物資は隊員たちと一緒に船に積んで先発させ、私は書き物を締切りぎりぎりまでに仕上げて、後から飛行機で出発地のサンティアゴまで飛んだ。

私たちのキャラバンはまだまだ田舎の南米では大評判となり新聞に書き立てられ、何を間違ってか、日本の有名な作家の石原がポケットマネーでキャラバンを仕立ててやってきたということで、それが出発地のチリの国中で大評判となり、サンティアゴを出発してからの行く先々でセニョール・イシハラは矢面に立たされ、その内に面倒臭くなって時折お調子者の小林マネージャーをダミーに仕立てて応対させたりしたものだった。

しかし予想に反してパンアメリカンハイウェイなるものは未だ建設の緒についたばかりで、我々の走る道路の殆どは日本の田舎のそれと同じダート道で大往生させられた。特にチリから国境を越えて入ったアルゼンチンで縦断した、海原に似た大草原のパンパはすべてダート道で、それを一日平均二百キロ走ってこなす強行軍だった。

そんな道中にはろくな道路標識もなく、印象的だったのは一度チリの田舎で道に迷って勘を働かせてたどり着いたメインロードに、道の選択が誤っていなかったのを証すように路上に一枚ただ「アル・スール（南へ）」とだけ記した看板がかかっていて、たしかにその上に憧れの十字星が光っていた。

チリは世界でも有名な美人国だが経済的にはかなり遅れていて、当時の一ドル三百六十円のレートで携えていった外貨予算も十分に事足りてしまって、前述した通り私が調達した現地ではまだ見られぬナイロンの柄もののスカーフは最高の通貨だった。

隊員たちもそれを活用して行く先々でおおいにもてていたものだ。四人の内の三人は聞いたところまだ童貞で、中の一人は太平洋を渡る船の中で暇を持てあました駒井ドクターに旅先でのいざに備えて包茎の手術を受けていたそうで、ある町で男となる宿願を果たしに出かけ、その前に私から教わった体位を活用したら絶妙の効果があったらしく、有頂天になった彼が深夜私の部屋に伝授のお礼にとワインを買って届けにきたりしたものだった。

斯く言う私もチリ中部のオソルノという町で知り合った町の女子大生に惚れられて、結婚してくれと口説かれた。彼女の曰くに「私の父はこの県の知事をしている。父は日本人が好きでその能力をとても評価している。あなたが私と結婚すれば必ず父の跡を継いで知事になれるし、この県はチリでも大きくて裕福な県だから、あなたはその後ひょっとしたら、この国の大統領になれるかもしれない」と。彼女の名前はカルメン・マリア・テレサという、莫連女《ばくれん》と有名などこかの女王の名前を合わせたものだったが、それでも私は日本に残してきている妻と子供のことを考えてチリの大統領になるのは思い止まった。

その後キャラバンの旅は波乱万丈で続いたが、なんと言ってもあの広大なパンパを小さな二輪車で喘ぎながらも縦断したのは多分世界の中で我々が初めてだったはずだ。これはあのギネスブックにも登録されていいはずの記録だと信じているが。

Ⅶ

私はヨットレースも含めて世界のあちこちを旅してきたが、小さなスクーターに乗ってのあの長旅に勝るものはなかった。ヨットで太平洋を半ば渡るトランスパック・レースを二度経験したが、あのアルゼンチンの大草原のパンパの気が遠くなるような旅の経験に勝るものはありはしなかった。

真っ平らな草原の彼方に見える小高い陸の島にたどり着くのに丸四日もかかったのを覚えている。しかもその道の殆どは未舗装のダート道だから、小さなスクーターが高速で走るには難儀きわまる。さらにはその道が決して真っ直ぐではなしに地形によってクネクネ曲がってもいて、その見通しのきかぬ曲がりの部分に、夜間に通過する車の光に誘われて草原の茂みの中から這い出してきて車に轢かれ死んだ野生の動物、大きなものは野生の牛の死骸まであって、それを餌として群がるコンドルなどがいて、隊員の何人かは慌てて飛び上がる大きな鳥と衝突して転倒したりする体たらくだった。

十日近くを費やしパンパを縦断し、パンパの北端の町で一泊し、翌日は東に向けて針路を変え大西洋に近いバイアブランカを目指したが、ここまできたら首都ブエノスアイレスまで一気にたどり着こうと、強行軍でその道程のなんと四百キロを走り切ったものだった。トラックならともかく小さなスクーターとしてはかなりの強行軍だった。そしてなんとかあのパンパを走り切ってブエノスアイレスにたどり着き、私は当初の目的だったリオのカルナバルの見物のために仲間と別れブラジルに飛んだが、隊員たちは遅れて全員無事帰国できた。

あの旅で最後の収穫といえば、リオのカルナバルでの最後の催し物のリオ市長主催のテアトロ・ムニシパルでの徹夜のドンチャン騒ぎのバイレ（舞踏会）の後、車を運転してホテルに帰る途中、コパカバーナの海岸まで来たら前を行くバイレ帰りの二人組の車が突然急停車し、乗っていた連れの女が靴を脱ぎ捨て裸足で砂浜を横切って、イブニングドレスのままいきなり酔いを覚ますためだろう、そのまま海に飛び込んで泳ぎ出し、と思ったら連れの男もそれを追ってタキシードのまま女と一緒に泳ぎ出したものだった。私は感心したまま呆然とそれを眺めていた。なるほど、これこそ遊びの極致だなと思った。

そしてそれを真似して日本に帰った後、女友達を誘って彼女に盛装させ私もタキシードで横浜のナイトクラブに出かけたが、私たちの座っていた席の隣にいかにもヤクザっぽい男が女連れでやってき、なんとその男が被っていたハンチングも脱がずに女とフロアで踊り出したのにはつくづく幻滅させられた。

人間誰しも旅に出たい、長い楽しい旅に出たいと願うものだろうが、思い返せば思い返すほど、あの旅は夢のまた夢のような紛れもない現実、私たち青春の掛け替えのない記念碑だった。

それを克明に記した講談社の『南米横断一万キロ』なる旅行記は、最近ある必要があって探したが手元になく、ようやく田舎の古本屋で珍本として見つかった。取り寄せ読み直してみたが、涙が出るほど懐かしく嬉しかった。あの旅の記憶というものは薄れながらも体のどこかに染み込んで残っている。あの未曽有の旅に関して私たちはまさしく天に選ばれた者たちだったことを疑わない。

人生の青春は二十代と言うなら、私の三つ目の大きな出会いはNとの出会いだった。人生の見境もなく闇雲に結婚した妻とその間に生まれた子供たちは別だが、人を熱愛するという体験を味わったのは彼女が初めてであり、最後だったと思う。

出会った頃、彼女はまだ新劇の女優の卵で俳優座の研究生だった。後には選ばれて正式の劇団員となったが、出会いの頃は未だ生計が立たぬままで、ある小さなバーでアルバイトとして働いていた。そのバーというのは変わった存在で、店のオーナーは女性の歯科医で、内科医の夫と共に新劇の愛好者、未だ世に出る前の女優の卵たちを可愛がり、彼女たちの生計のためにカウンターに五、六人が座れ、土間に三組ほどのテーブルのある『カメリア』という名の小体な店を開いていた。

場所は銀座一丁目の裏路地で、客たちはごく限られていて居住まいのいい店だった。当時、読売新聞の本社が近くにあって、読売の幹部たちや、後に読売の社長になった渡邉恒雄氏や日本テレビの社長になった氏家齊一郎氏、テレビ朝日の専務になった三浦甲子二《きねじ》氏といった気鋭のジャーナリストの溜まり場で、そこで彼等との知遇を得たのも後々私の人生の財産ともなった。

彼女は聞いたところ父方の遠い祖先にロシア人がいたとかで目鼻立ちのはっきりし

た当時としては大柄で豊満な美人で、おそらく当時の新劇の世界では一番の美人と言えたろう。一期上に先輩のやはり大柄の美人女優がいたせいであまり配役に恵まれずにいて、他の劇団に移ろうかと悩んでいたものだが、それを聞いて浅利慶太がそれなら自分に引き受けさせろということで、劇団四季に移籍して大きく花が咲いた。

日生劇場ではサルトルの大作『悪魔と神』で主演の尾上松緑と組み、彼の情婦役を熱演して評価されたり、『ハムレット』ではハムレットの母親、あの悲劇の引き金となる不倫の母親ガートルードを演じて、それまでの新劇の舞台では端役でしかなかった人物を美人の彼女が演じたことで悲劇の性格を一層膨らましたものだった。あの配役は浅利の英断だったと思う。

他にもデュマの『椿姫』では主演の水谷八重子演じる椿姫のサロンの女客の一人オランプを演じて、その派手な衣装がまた彼女の容姿に似合いすぎて主役の椿姫を喰ってしまい、水谷に嫌われたほどだった。舞台監督を務めていた、後にオペラの演出家として有名になった鈴木敬介が舞台稽古の後、その容姿に感心してわざわざ私のところへやってきて「彼女、水谷さんよりも倍も綺麗で、これでは舞台を喰っちまいますていうことで、私は初日にタキシードに着替え舞台の下手の袖で彼女を待ち受けて抱き締め、暗がりの中でキスしたものだ。あれはいつか見たあるアメリカ映画のシーンを真似たものだったが、あの奇跡の日生劇場をつくった思いがけぬ落とし前と言えたろう。

熱愛した彼女との間のさまざまな出来事は今でも鮮烈な記憶として残っている。一九六三年、憧れのトランスパック・レースに出かけた時もレースの初日の夜、興奮の覚めやらぬまま眠りについたヨットの狭いバースの中で、何故かもう日本に帰り着いた私がどこかの寿司屋で彼女と再会している夢を見た。〝そんな馬鹿な、俺は海の上にいるのに〟と夢の中で思いながらも、思わず彼女の名前を呟いていたのを覚えている。

レースの途中、クルーのマネージャー役で乗り込んでいた前述のドコドンこと田中睦夫が、取りつけられた船舶電話でロスの電話局中継で日本とさえ交信できるのだと教えてくれ、信じ切れぬままちなみにと時差を計ってある時間、皆の見守る中で彼女の家に電話してみたら見事に繋がり彼女の声が聞こえてきた。その瞬間、全員が歓声をあげて私を祝福してくれたものだった。

　その彼女はある時、劇団の地方公演の切符の前売りに車で東北のある町に向かう途中、運転していた後輩の俳優のミスで事故に巻き込まれた。幸い打撲ですんだが、車は大破してしまい、駆けつけたパトロールカーの警官が大破した車を見て死んだ者はどうしたと思わず尋ねたほどの有様だったそうな。それからしばらくして彼女の体に異変が起こってきた。最初にそれに気が付いたのは彼女の母親で、彼女が劇団の馴染みのお客に出す次の公演の案内状の表紙への上書きの文字がいつになく片方に歪んでいるのに気付いて注意したそうだが、それが病の兆候だった。

　ある時、彼女のファンで実は彼女に惚れていた詩人で写真家の川村に誘われて三人で食事した時、彼は彼女の舞台写真をいつも入念に撮ってくれていたが、彼が私にそっと「彼女、この頃少し変だよ。どうも気になるな」、囁いた。彼と拾ったタクシーで彼女を大森の家に送ろうとしたが、私と並んで座った彼女が何故か座席から床に滑り落ちてしまう。腕を伸べ引き上げてやったが彼女はそれに気付かない様子で、彼女の家まで前に私も車で送り届けたことはあったが、時が経って町並みが変わっていて私には当てがつかない。彼女に質しても何故か自分の家がよく分からない。家の電話番号は覚えていたので家に電話し、およその見当をつけて母親に近くの通りまで迎えに出てきてくれるように頼んだ。そうやってなんとか母親に彼女を預けたが、深夜彼女を迎えにきてくれた母親の表情が不安そうなのが妙に気になった。

彼女の母親には以前彼女が妊娠して二人の関係が露見してしまい、私はあるところへ呼び出され、事はこれきりにしてきちんと家庭に戻れと説教されたことがあったが、その時の母親の表情はあの出来事とは関わりなさそうな、私を咎めるというよりももっと違って不安そうなものだった。

後日意を決して彼女の家に電話し、あの夜私が感じた彼女の故の知れぬ異変について質したら、母親も最近の彼女の変調に気付いていて逆に私に訴えてきた。彼女が日頃家で娘を眺めていて異変に気付いているのは家での仕草が今までと違って妙にぎこちなく、時折慣れたはずの家の中を歩きながら物にぶつかって転んだりするという。それに自分の馴染みの観客に次の出し物の案内を出す手紙の表書きが今までの達筆とは違って妙に歪んでいるそうな。

そう打ち明けられても私として思いつけるのは、彼女が以前働いていた、あのカメリアというバーの持ち主の内科医の夫くらいで、まずとりあえず彼に相談してはと告げるにとどまった。そしてしばらくしてからあのバー・カメリアのマダムから、彼女の様子がおかしいので至急会いたい、大学の講師をしている夫の研究室に来てほしいとの連絡があった。

約束の日に研究室に行ったら、夫婦と並んで彼女が座っていた。私の顔を見るなり立ち上がって「私を助けてえっ」、叫んでいきなり縋《すが》りついてきた。「一体どうしたんだよ」、抱き留めて質した私に、

「私、この頃変になっちゃったのよ。なんとか助けて」

喘ぎながら涙を浮かべて言うのだった。

そんな二人を固唾を呑みながら見守る二人に、

「彼女、どうかしたんですか？」

質す私に、夫の方が硬い表情で頷いてみせた。

彼女を部屋の隅に座らせ三人だけで顔を寄せ合って座ると、彼が声を潜め、

「友人のそっちのほうの専門医に診てもらったが、言いにくいけれど、彼女は頭に変調をきたしているな」

「どんなです」

「前に大きな事故を起こしたそうだけれど、その衝撃だと思う。今見られる変調は軽い失認だけれど、それが今後どう進むか分からないんだよ。今の医学だと防ぎようがないんだよ」

「防ぎようがないというと、この先どうなるんですか」

「それは分からないが、下手をするとアルツハイマーになって完全な失認、つまり何もかも忘れてしまって」

「何もかも忘れるというと、どういうことなんです」

「自分で自分が分からなくなっちまう、つまり彼女が彼女でなくなってしまうということだよ。つまりあなたのことも何もかも彼女の人生から消えてしまうんだよな」

「そんなっ」

絶句して思わず彼女に向かって振り返った私に、彼女は何故か懸命な顔で笑って頷いてみせた。

そんな彼女にどんな声をかけていいのか分からず、私は当たり障りのない言葉をかけ、近い内の再会を約束して部屋を出てきた。その後すぐに彼女の家に電話し、今日の医師たちとの会話について報告した。その電話に出た彼女の母親と気丈な妹は、誰かから聞いて知っていたアルツハイマーという言葉に激しく反発し、彼女は絶対に違うと言い張っていた。

その後、私は私なりにアルツハイマーなる病について調べてみた。自分で自分を忘れてしまう自己喪失、完全な痴呆、ということは彼女にとっての私もまた忘却の彼方に置かれてしまうということだった。それは私たちにとって絶対にあり得ぬ、許されぬことに違いなかった。

思い余ってある時ふと思いつき、私の親友の戸塚ヨットスクールの主宰者の戸塚宏に相談してみた。彼は彼特有の厳しい方法で、手に負えぬ性格の落ちこぼれの少年たちを立ち直らせていた。そして聞くところ、その手法の延長で癌や精神異常をきたしている患者たちを救っているそうな。それは浅い海の岸に浮かべたサーフボードの上に患者を立たせて揺すぶり患者を海に落とす。その瞬間の緊張と水に落ち込む時の本能的な快感の重複が患者の神経を刺激し、脳から全身を活性化させるという。

藁にも縋る思いで彼女を一時彼に預けることにし、ホテルオークラに相談してお客のいない時間にプールを借り受け、浮かべたサーフボードの上に彼女を立たせて水面に転落させる実験を繰り返した。彼女も縋る思いで何日かの間そんな試練に耐えていたが、結局さしたる効果は見られはしなかった。する内、彼女の失認の病状はますます悪化していき、とうとう家族も決心して彼女を熊谷の郊外のそうした病の専門病院に入れることになった。

私が彼女を見舞ったのは彼女が入院してからふた月ほどしてのことだった。面会の前に院長と会って患者の病気の概略と現況について聞かされた。結果は絶望的だった。彼女の失認は進んでいて不可逆的だという。今の時点で彼女は過去の殆どを忘れ去っているし、過去に取りつく手がかりは殆どありはしないと。

そう聞かされた時、私が思い出したのはあの高村光太郎にとっての生きながら失われた恋人の智恵子の存在だった。彼女は己の病に気付き、彼に向かって何度となく「私はもうじき駄目になる」と訴える。そして「意識を襲う宿命の鬼にさらわれて～この妻をとりもどす術が今は世にない」、光太郎は嘆いて歌ったが、結局彼女は完全な忘却の濃い霧に包まれていったのだったが。

初冬のうららかな陽の射しこむ二階の小広いロビーの隅で彼女に会った。付き添いの看護婦に手を引かれ、彼女はやってきた。向かい合って座りはしたが、目の前の私を見つめる彼女のまなざしは空ろで、私を確かめて見ようとはしなかった。院長の言った通り私は紛れもなく彼女の記憶の外にいた。それでもなお彼女は何か探して求めるように空ろな視線を宙に這わせていた。

思わずその手を取って握りしめ、

「俺だよ、僕だよ。いつかトランスパック・レースの最中、遠い太平洋の真ん中から電話で君を呼んだじゃないか。そして君は東京から答えてくれたじゃないか」

そばに座った付き添いの看護婦に私たちの仲がどう知れようと構わず、握ったままの手を揺すぶりながら私は言い続けた。

「日生劇場の楽屋で椿姫の素晴らしい衣装を着こんだ君が素敵だから抱き締めようとしたら、君は衣装が崩れるから駄目だと怒って俺を突き放しただろう。覚えているだろう。あの時、舞台監督の鈴木敬介が入ってきて二人して慌てたろう」

その瞬間、目の前の彼女が突然体を震わせ、呻くように言ったのだ。

「うっ、嬉しい嬉しい」と。

かたわらの看護婦が小さく叫ぶように、

「分かっていますよ。分かっているんですよ！」

言ってくれたものだった。

あれは壊れた機械が何かで一瞬スパークして繋がったような瞬間だった。しかしその後すぐに彼女の顔は元の無表情に戻り、二人の間に完全な忘却の扉が降りてしまった。私としては彼女の今後のことを託して、いくばくかの金を院長に預けて立ち去るしかする術もなかった。

彼女の病はその後止まることなく進み、やがて拒食症状を併発してしまい、かつて豊満だった体は針のように痩せ細り衰弱の末、蠟燭の火が消えるように息を引きとったそうな。まだ五十三歳の若さだった。私はその一抹を彼女の気丈な妹さんから聞かされた。彼女の曰くに、「あの人は最後はみなさんに感謝して感謝して息を引きとりました」と。

私の好色はその後思いもかけぬ報いをもたらしてくれた。

その頃、私の支持者の中にダイヤモンド観光という名の会社の経営者がいて、何故かしきりに私にすり寄ってきて、いろいろ忠義だてをしてくれていた。

そんな縁でその頃スクーバダイビングを始め夢中になり、ダイビング専用の漁船仕立ての船までつくって伊豆の島々でダイビングを楽しんでいたものだが、ある日彼に頼まれダイビングの手ほどきをしてやったら彼も夢中になり、その頃沖縄の慶良間《けらま》諸島の渡嘉敷《とかしき》島に飛行場をつくる計画があり、玉井という面白い村長と気が合って、しばしば慶良間に出かけダイビングを楽しんでいた。

ある時、次の連休に慶良間に出かけるつもりでいたらダイビングを覚えたての彼も是非同行したいと申し出てきて、それを許したら、どうせ行くなら誰か言うことを聞く女たちを連れていきましょう、そのために、ある銀座のクラブのしかるべき女たちに話をつけてあるから二人の内どちらを選ぶかあなたが下見して決めろと言う。そこでうっかりその気になって店に出かけていき、彼が話をつけたという二人の内の片方の太り肉《じし》な胸の大きな女のほうを選んで決めた。

そして慶良間の村長の経営している民宿に泊まったが、その日のダイビングで私の選んだ女が裸の上にTシャツ一枚の姿で胸の膨らみも露にして見せるのに、仕立てた船に同行した村の若い衆が固唾を呑むのを見て、私としてはますます食欲をそそられたものだった。

しかし夜散歩の後、はやる心に急かされて私たち二人で宿に戻り、明かりを消した部屋でいざという時になったら何故か相手が頑に私を許さない。さんざん苦労しても

のにしたが、翌日彼にてこずった末になんとかものにはしたと打ち明けたら、彼が顔色を変えて、

「先生、俺が間違っていました。金輪際、あの女とは手を切ってください。危ない予感がします」

と言ってきた。

しかしそれでもなお好色な私はその女を手放さずにいたのだ。やがて彼女は妊娠してしまい、中絶を説得したが自分は未婚の母で通すのだと言い張って聞かなかった。往生した私は厄介事のある度相談に乗ってくれていた頼り甲斐のある遠戚に相談し、彼を伴って女の新潟の実家を訪れ、父親と兄に互いの身のためにもと彼女の説得を頼みこんだ。二人とも私の立場に理解を示し同情もしてはくれたが、彼女の日頃の性格からして所詮無理だろうと言われた。なんでも今まで家族全員で決めたことに、いざという時土壇場で彼女がすねて事をぶち壊しにしたことが何度となくあったそうな。そして二人が顔を見合わせ、「あいつは聞かないからなあ」と慨嘆するのを眺め、暗《あん》澹《たん》としたものだった。

そして彼女は間もなく男の子を産んでしまった。その頃、彼女のために白金台の清《せい》

正公《しょうこう》近くのマンションを借りてやっていたが、ある時彼女を見舞って訪れた私と何かで言い合いになり、激高した彼女が生まれたばかりの赤ん坊をいきなり私に向かって投げつけてきた。それを危うく受け止めながら、新潟の実家で父親と兄の二人が慨嘆して漏らした言葉をぞっとして思い出さぬわけにはいかなかった。その瞬間、彼女の資質をつくづく感取させられたが、結局私の好色のせいの後の祭りということだったが。

所詮隠し通すことの出来ぬことと悟っていたので、ある時妻を呼び出し二人で食事した後、思い切って事を打ち明けた。仰天した妻は店を出た後、外の道路でしゃがみこみ吐いてしまった。そして翌日から家を一人で出て、奈良に旅して五日ほど戻らなかった。あの出来事で私の家が崩壊しなかったのは誰よりも健気な妻のお陰と信じている。

政治家という立場もあり、私としては彼女が産んだ子供の認知は出来るだけ引き延ばさぬわけにはいかなかった。そのために月々かなりの金を彼女に払いつづけた。その屈辱的な責任を妻はよく果たしてくれたと思う。

その間、彼女が仕立てた何人かの弁護士との間にもいろいろな悶着があった。その中の一人の弁護士は私が日本外洋帆走協会の会長を務めていた間に起こったグアムレースでの海難事故での遭難者側の、海上保安庁出身という珍しいキャリアの人物だったが、後々互いの立場を離れた頃、私に同情して告げてくれた言葉がきわめて印象的だった。

「私の弁護士経験から言うと、あなたは本当に運が悪いですな」と。

ある時、このことを嗅ぎつけたどこかのメディアが新潟の実家にまで取材に赴いたことがあって、その迷惑に抗議してきた息子が私に是非会って話をしたいと言ってきた時、相手が指定してきた場所に赴く決心をした。

結局二人の会合は実現しなかったが、間もなくこの世を去るだろう私としては、投げつけられた彼を辛うじて受け止めて以来、まだ目にしたことのない彼をもう一度この目で確かめ、私の心の内に鬱積している彼女に関しての言い難いものをせめてわずかでも伝えて身罷りたいものだと思ってはいるが。

その女と己のおぞましい好色故にもたらされた互いの悲劇とも言い切れぬ不条理な出来事に添えて、実は妻以外の女性を巻き込んだ痛恨の出来事もあったのだ。その相手への責任からしても記して残さぬわけにはいくまいと思っている。

Sは私の女性遍歴の中でもっとも長く続いた、私にとってはいつも献身的な愛人だった。

その彼女がなんと例の女が妊娠中に妊娠してしまったのだった。往生した私は彼女になんとしてでも搔爬《そうは》してもらわなくてはならなかった。そしていつも厄介事を相談する男に頼んで彼女を説得し、ある病院に送り込んだ。自責の念に耐え兼ねて彼女の様子を確かめるべく電話した私に、彼女がひと言、「私今、心がとても寒いのよ」と訴えたのが身にしみたのを未だに覚えている。その罪をいかに償ったらいいのか未だに分からずにいるが。

私の好色の遍歴はそれで終わることもなかった。知事時代にあるテレビ番組がきっかけで知り合った私よりも四十五歳も若い、私の文学の熱狂的な愛好者だという女に言い寄られ関係を持ってしまった。

私がその若い奇抜な女性と初めて知り合ったのは二十年ほど前のことだった。

当時、東京都知事をしていた私は、東京の隠れた魅力を分かりやすく紹介するために、才人のテリー伊藤に頼んで「Ｔｏｋｙｏ、Ｂｏｙ（トーキョーボーイ）」という新しいテレビ番組をつくり、そこにいろいろなゲストを呼んで東京の新しい知られざる魅力を紹介する試みをしたものだった。

そのある企画の中で東京に関しての小論文を募集したのだが、その時応募した作品の中で採用されなかったけれども非常に気の利いた視点で物事を捉えている文章があって、テリーがそれに注目し、作者の女性を事務所に呼んで、他の企画について話した時に彼女が、「私は石原さんの昔からの熱烈なファンで、彼の作品はすべて精読しているし石原さんに非常に魅力を感じているので、出来たらいつか是非紹介をしてほしい」と頼んだそうな。

そこでテリーは次の番組の収録の時その現場に彼女を呼んでおいて、私も出演したその番組が終わった後に紹介をしてくれた。その時彼女は私の『太陽の季節』の初版本を手にしていて、それに署名を頼んだので私も快く応じたが、その折彼女がいろいろな話題を持ち出し、その話しぶりがなかなか利発なので、私はその見知らぬ相手にある興味を抱いた。そうしたら彼女が「是非またもう一度お目にかかっていろいろ話をしたい」と言うので私も受け入れて、しばらくし、行きつけの渋谷のレストランで会食をしたものだった。

その時の会話も、私の作品を精読しており、なかなか才気煥発で、私の難しい質問にも臆せずはきはき答えてくれた姿に私は感心して、見知らぬ若い女との会話に興じたものだ。会食が終わって、立ち上がって帰ろうとしたら彼女が突然、「このままでお別れですか。キスもしてくれないんですか」と言うので私はびっくりして立ち止まり、その肩を軽く抱いて額にキスをしたら、彼女がいきなり唇を合わせてきて、ただの口だけでなしに自分から強く舌を差し込んでくるのでディープキスになってしまった。私もいささか驚いて体を離したら、彼女が「またお目にかかれますか？」と聞くので、今のキスの印象からしても、この女はなかなか強かだなと思ったが、「それじゃあ、この次ホテルででも逢えるかね」と言ったら彼女は強く頷いたものだった。

それからしばらくして、私は男なりの興味でホテルをとって彼女に電話したら、約束の時間に彼女は悪びれることなくやってきた。こちらも男なので、目の前の背の高い容姿のいい若い女を抱き締め、男として果たすべきことをしてしまった。しかし、事が終わった後驚いたのは、彼女の横たわっていたベッドのシーツが鮮血で汚れていたことだ。ということは、まさしく彼女は処女だったのだ。

彼女がまた「この次いつお目にかかれますか」と聞くので、曖昧《あいまい》に答えを外して、ある種の警戒心からも二か月ほど彼女と連絡を取らずにいたが、そうしたら彼女はどういう伝手《つて》でか、私の親友の幻冬舎の見城社長に、私とまたもう一度どうしても逢いたいから仲立ちを是非してほしいと懇願したそうな。こうして私はまた彼女とデートして二人の間は肉体的にもまたもっと深いものになっていった。回を重ねるごとに彼女の歳ながらはきはきした勁《つよ》い性格の所以《ゆえん》が分かってきたものだった。

いろいろ聞いてみると彼女の家庭はまさに荒廃したもので、母親は父親ととっくに離婚してしまってい、父親もまた再婚して、その余波でか母親は妹は溺愛しても何故か長女の彼女にはとても冷たく非常に彼女を差別して、家でも与えるものをふつうに与えず、例えば彼女が中学に入学した際にも何故か中学の制服を買って与えることはなかった。そのためにいつも制服を着ずにやって来る彼女は仲間から疎外され、ことごとにいじめられ非常に孤独な月日を過ごしたようだ。

そしてその跳ね返りで彼女は孤独を紛らわすため学校の図書館に入り浸り、あっという間に収《しま》われているすべての本を読みつくし、それでも事足りずに郊外の大きな図書館へ出かけて行って自分でいろいろな本を選んで熱読したそうな。それが彼女の驚くほどの知識の深さ、教養の確かさを培ったのだった。

いずれにしろそうした孤独な中学生活の中で彼女は二度も自殺を試みて、溺れて死のうと思い、溜めた洗面器の水の中に顔を突っ込んだが、結局自殺しきれずに蘇生した。そういう彼女をないがしろにした母親の態度はまさに残酷そのもので、彼女をことごとに叱りつけ、体罰として彼女になんと手錠までかけて家の横にある倉庫に閉じ込めて顧みなかったらしい。これは聞くだに恐ろしいドメスティック・ヴァイオレンスで、そうした生活の集積が彼女を絶望的な孤独に閉じ込め、そして彼女をそれに耐えうる芯の勁い若い女に育ててしまった。

なんと聞くところ彼女はその後、二十歳になった時にはその孤独を紛らわし逃れるために、自分でお金を調達し、貧しい旅としてシベリア鉄道でロシアを横断しモスクワまでたどり着いて、モスクワ大学に一年留学して、みじめな学生生活を耐えながら送ったという。時にはもうすでに腐って人があまり手をつけない肉までも飢えをしのぐために食べて過ごしたそうな。

そうした孤独が彼女をいかに苛んで彼女の反発を助長し、勁い性格を備えさせたのかは言を俟《ま》たないような気がする。そして彼女の孤独を象徴する存在として、彼女はいつも、どこかで仕入れたコアラの小さなぬいぐるみをまるで生き物のように声をかけたり両の手で動かし愛撫したりしていたが、あれもまた彼女の壮絶な孤独を象徴する風景だった。

ともかく家の中は乱れに乱れていて、一種の自我狂の母親は父親を離婚して追い出した後、黒人の友人を家に引っぱり込んで泊めたり、そのうちに、とある開発公団に勤めている男と同棲を始め、彼は家に居ついて数年間も彼女たちと一緒に生活し、時には母親を交えて彼の車で一種の家族旅行をしたという。これまた実に異常な家庭に他ならない。それが彼女のきわめて特異な勁い性格を形づくったということは否めない。それは私のようにごく恵まれた子煩悩な父親母親にあたたかく育てられた人間にとって聞くだに空恐ろしい、また深い同情を禁じ得ない彼女の青春時代だった。

しかし少女時代からの抑圧でか、趣味が異常な犯罪への興味で、その偏った知識には驚かされた。なんでもひと頃、パリで偏愛していたオランダの女を殺しその肉を食べ心神喪失とされて不起訴処分となり帰国した佐川一政という男に興味を持ち、文通していたともいう。ともかく彼女はその頃、特殊なサブカルチャーの世界ではかなり有名なプリンセスだったそうな。何故か知らぬが過激な内容の私家版詩集まであり、その後半部は当時世間を大騒がせした連合赤軍への賛歌に近いファナティックなもので驚かされた。あれも幼少の頃から母親から受けた虐待への反発の所産に違いない。しかし彼女の肉体は驚くほど強靭で水泳が得意で、中学の頃、東京での個人メドレーの記録も出したという。

そうした並外れた過去を持ち、一人で極寒のモスクワまで出かけて腐った肉を食べながらも勉強を続けた彼女の勁い性格に私は驚きながら惹かれないわけにいかなかった。そして同情も含めた友情がだんだん彼女に対する、今までのいかなる女性に対するものとも違った変わった愛情というものを育て強くしていったと言えそうだ。

そうして私たちの関わりは成熟した男の肉体的にも知的にも魅力的な女に対する耽溺となっていき、事あるごとに私は彼女を呼びつけ外泊したり、私の事務所で肉体的に結ばれもした。彼女はそうした私にますます傾斜してきて、私の生活以外の行動に同伴を望み、驚くことに、ある時私が「次の週末は仲間と一緒に伊豆の方の海にスクーバダイビングに行くから逢うことは出来ない」と言ったら、彼女は突然意を決して三戸浜《みとはま》のダイビングスクールに入ってしまって、そこであっという間にスクーバダイビングの資格を取り、併せて私の持っている大きなヨットの操縦をすべく、素人にはかなり難しい小型船舶操縦士の免許もあっという間に取ってしまったものだった。

ある時、彼女を割と平穏に終わるはずの鳥羽からのヨットレースの船に乗せたことがあるが、彼女は終わった後もひどく昂奮していて、「何が一番面白かった？」と聞いたら、「この船に乗って、割と長丁場の鳥羽レースを走ったことで海がいかに広いかということをつくづく感じて知ることが出来たわ。だって、スタートの時あれほど密集して犇《ひしめ》いていた船たちが半時間後にはもうばらばらに誰も見えなくなって、そしてまた遠州灘の沖で何隻かの船に行き合ったり、そしてまた相模湾に集まってくる姿を見ると海というのが本当に広いということがつくづく分かった」と昂奮ぎみに話していたのも、私にとっては彼女の感覚が見事に海の魅力を捉えていることを証明しているようで、聞いて嬉しかった。

さらには彼女の初めてのダイビングに付き合って、新島のごく平穏な地内島《じないじま》のナダラ根《ね》の海に潜ってイセエビや魚を追った時も、「あの海の底であなたと私は本当に一緒にいたのね」と何度も繰り返して昂奮ぎみに話していたものだった。そういう姿は行動派の私にとってみれば、女ながら私の世界を共有し理解してくれているようで無類に愛おしく感じられた。

ともかく彼女は一瞬でも私のそばに寄り添っていたかったようで、ある時どこかで落ち合って事務所に戻る時、夜であったけれども大通りを避けて、裏道の近道を二人して手をつないで歩いて戻った折に、彼女は何度となくその手を確かめるように握り返してきて、「私、あなたとこうやって手を握って歩くのは初めてなのよ」と昂奮気味に話すのも愛おしいものだった。

私はそんな彼女にとって年齢の格差からしても献身の対象の、言わば新しい父親代行のような存在になってしまったようだ。故にも性愛の関わりにおいても彼女はこちらがたじろぐほど献身的で、私の人生の中での女たちとの関わりにおいて未曽有なものになり、私の傾斜も争いようなく深まっていった。

そんな彼女ならではの私への傾斜の実態の一つは、ある時私が風邪をこじらせ往生していた折、思いついての厄払いに巣鴨のとげぬき地蔵に代参して有名な薬代わりの「御影《おみかげ》」を買ってきてほしいと頼んだら、練馬区の実家から巣鴨の寺まで走ってあのお札を買いに行ったそうな。季節外れのクルージングに出かけた時なども、小春日和とはいえ水がまだ冷たい時でも彼女一人が泳いでしまい、周りを驚かすほどタフな女だった。

そんな彼女がある時、私がうっかり打ち明けた悩み事のために異常な献身をして危うく命まで落としかねぬことをしでかしてしまい、その事態への驚きと後ろめたさで私たちの関わりは抜き差しならぬものになっていったのだった。

知事時代に私が発案し、東京中の優秀な中小企業が下請け孫請けの際、押しひしがれ苦労が絶えないのに業を煮やし、彼らを救うための東京プロパーの銀行の設立を思い立ち、資本金一千億円の銀行を設立した。その運営は役所ではとてもままならぬので、当時経団連の会長をしてい、私と一橋大学で同窓のトヨタの奥田碩《ひろし》社長に銀行頭取の人事の相談を持ちかけた。

それが失敗のもとで、奥田は自社トヨタの当時の経理担当常務なる男を推輓《すいばん》してきた。その男を受け入れたのが私の判断ミスだった。銀行業務にはさほど明るくなく、あっという間に一千億円もの資本を食い尽くしてしまった。その間の経過については全くなんの報告相談もなく、銀行法なる法律では資本家は一切の口が出せぬことになっているので、私としては外からただはらはら見守るしか出来はしなかった。

事がもつれ、後に裁判になった時、都側の代表の私の腹心中の腹心で銀行退治のために銀行を相手に行った新規の外形標準課税の折にも活躍し未曽有の成果を上げてくれた大塚俊郎副知事に、裁判長がオフレコとして「あの被告はどうも銀行なるものについて全く知識を欠いているようですな」と同情して漏らしてくれたという。

これも後になってのことだが新銀行の社長の人事が決まった頃、これも私の同窓のトヨタの副社長の一人の男が同窓の仲間の会合の折に、くだんの人事を懸念して「あれで石原さんに迷惑がかからなければいいがなあ」と漏らしていたそうな。

ということで新銀行の破綻は大問題となり、これが潰れれば関係者一万余人の人生の破綻ともなり、立て直しのための追加出資四百億円を議会に了承させるために四苦八苦させられたものだった。都政に携わってから、あの時ほど懊悩《おうのう》させられたことはなかった。

そんな時、私がある折に彼女に心中を語り、「こうなったら神仏に頼るしかありはしない」と漏らした言葉を捉えて、彼女が彼女なりに願をたてて事の安堵を祈願して、あなたのためにこれからふた月、毎日フルマラソンに近い四十キロを走ってみせると言い出した。そして満願に近い前日にはなんと七十キロを走ったという。それは決して嘘ではなしに、彼女のファナティックな性格からして実際のことだった。

そして脚というよりも脚の付け根への過剰な負担のせいで左の付け根の大腿骨部に損傷をきたし歩行が不可能となり、練馬の順天堂大病院でＲＡＯという左の盤腿を大きく切り裂き脚の骨の付け根の先端を削り、さらにそれを受ける骨盤の部分をくりぬき合わせ直すという大手術になった。術後の苦痛たるや大層なもので、見舞いに行った海の仲間たちが思わず目を逸らすほどのものだった。しかもその最中に彼女は他の仲間を部屋から外させ、私にセックスをせがんできたりした。それが苦痛に苛まれている彼女のどれほどの救いになるのか分からぬまま、私はそれに応えてやりまでした。

手術の後、気丈な彼女は長い間予後の痛みに耐え抜きリハビリにも努め、医者が驚くほど回復したが、それでもなお彼女は未だにその脚に爆弾を抱えている。裸になればその若い肉体の一番目立つ左の臀部に近い腰に、肉を切り裂いた大きな傷跡が残っている。

この出来事の余韻として、私は彼女に強い原罪感を抱かぬわけにはいかなくなった。そして他ならぬ私のためにそれだけの犠牲を払ったために彼女の私への傾斜はますます激しいものになってきて、ある時、私と二人して沖縄に駆け落ちして私の子供を産むつもりだとまで言い出し、母親と妹にそう宣言して家を飛び出し、勝手に一人住まいを始めてしまったものだった。

すでにこの齢になったこの私が今更それに合わせての人生などありようもなく、私としては四十五も齢の離れた彼女からの情熱をまともに受け止めようもなく、願うことは彼女がいつか早くしかるべき若い佳き男と出会い愛し合い、彼女が私への妄想から外れて新しい人生を踏み出していくことを先立つ者として彼女のために願い祈るしかありはしない。

あれは何度も経験した神子元島《みこもとじま》レースでもとりわけ印象的なものだった。それまで何度も優勝してきていたが、あのレースには新企画のワントン・レーサーのサンバードとこれまた大型の新艇レッドシャークが出てきていて、勝ち目の薄い試合だった。

しかしその前に私個人としての思いがけぬ大事があった。レースのスタートは午後二時で、それに間に合わせるべく午前十時からの日頃恩義のある宗教団体の大会に出席していたら、開会前に幹部たちと会合していた私に会長の秘書が突然誰かからのメモを持参して手渡してくれた。読むと「アイアム ジャスト ビハインドユー Y」とあった。

Yはその頃親しかったホンコン生まれの女で、気の強い彼女とは時折喧嘩していたものだが、その彼女が突然こんなところにやってきたことには驚かされた。不意の来客について質されたので私の中国語の先生だと嘘をついてすませたが、壇上での挨拶をすませて急いで玄関に出てみたら、まさしく彼女が立っていた。午後の予定を告げていて中座するはずだった私のために会長が東京駅まで自分の車を使えと言ってくれていたので、その好意を受けて彼女を乗せてとりあえず東京駅にたどり着いた。

車の中で訳を質したら、彼女はこれからホンコンに帰るという。車を降り、とりあえず駅の中の喫茶店を選んで座り改めて訳を質したら、彼女は決心した挙げ句、日本にいる家族とは別れて、その日の午後の飛行機でホンコンの彼女の本家に帰って暮らすことにしたという。突然の決心の訳を尋ねたら、間近に向かい合った私の顔を見つめて「あなたとこのままいたら絶対に幸せにはなれないのが分かったから」と言う。

こちらも驚いて「君はこの俺が好きだったのではないのか」と咎めて質したら、いきなり滂沱と涙を流して、

「好きよ。この国の他のどんな男よりもあなたが好きよ」

「それなら何故だい」

「あなたがこの国の男の誰よりもわがままで芯が強いからよ。あなたみたいな男は、この国にはいないのよ」

「なら……」

「だから好きになってしまったのよ。でも、そんな自分が憎いのよ。このままだと私は絶対に幸せになれないと思うから離れていくことにしたの」

「君はまだあのことを気にしているのかね。あれは君の罪でも俺の罪でもありはしないよ。君が打ち明けてくれていたら打つ手はあったはずだぜ。君の家族も傷つかずにすんだはずじゃないのかね」

「そんなことじゃないの。私には私の行くべき道も、そのための判断もあったはず」

「じゃあ、何故今急にそんなことを言い出すのかね」

「それでも私はあなたが好きなのよ。そんな自分が許せないの。ただそれだけよ」

言いながら私を正面から見つめ直すと、再び彼女は身を震わせて泣き出した。

実は彼女は前の年の秋口に妊娠に気付いていながら、それを私にも家族にも隠し通していて、暮れ近く家の棚の荷物の片づけの作業の折に乗っていた脚立から落ちて流産したのだ。そして、それに気付いた母親に事を確かめられ、しばらく家から追い出され、友達の家に転がり込んで体を養ったそうな。私はしばらくして彼女からさりげなくそれを知らされたのだ。そんな気の強い女だった。

周りには客が立て込んでいて、私たちの様子を詮索して見直す他の客たちに気付いて、私は彼女を促して席を立ち、別の店を探して連れ込んだ。しながら手元の時計で残されている時間を確かめながら、午後のレースのスタートまでこの女を繋ぎ止めることが出来るかを息をつめる思いで懸命に計ろうとしていた。それは参加艇の犇《ひしめ》くレースの短く限られたスタートラインの手前で、時計を手にしながら際どいスペースを狙って割り込もうとして、苛々しながら固唾を呑む瞬間にも似ていた。

私にはまだ彼女への未練があった。なんとか今この女を自分のために引き止めたいと願っていた。しかしその一方、間近に迫っているレースのスタートがあった。

「何時の飛行機だって？」

そう尋ねたことで結局、私は彼女を促していたのだと思う。それを感じ取ったように、

「六時のキャセイよ」

投げ出すように彼女は答えた。そして立ち上がると「じゃあね」、座ったままの私を見下ろした彼女の目にはまだ光るものがあった。「そうか、じゃあな」、私も言った。立ち去る彼女を見送りながら手元の時計を眺め、なんとかスタートに間に合いそうなのを確かめほっとし、そんな自分をもう一度確かめるように目をつぶってみた。そして自分を慰めるように「しかたねえよな」、呟いていた。

レースにはなんとかぎりぎりに間に合った。試合は予想していた通り新艇二つが先行していき、それでも南からの向かい風に難航する他艇を尻目に、独自の戦略で北上している黒潮の分流を避けて伊豆半島からの吹き下ろしを捕らえるために岸べたにタックを繰り返して先行した私の船は、結果として三番手で神子元に取りつくことが出来た。そして間が悪いことに丁度そのタイミングで風が落ちてしまったのだ。

神子元にはいつも西から東にかけての強い潮の流れがある。微風の下でその潮に逆

らっての島の回航は至難で、何度繰り返しても船は敢えなく元に押し戻される。先行していた二艇はとうに島をクリアしていて、もう姿も見えない。およそ二時間もの間、無駄な試みを繰り返し、ぎりぎりに島をかわそうとしていた間に点在していた浅根に三度キールをこする始末だった。

何度目かの試みで今まで以上に島から離れて潮の反流をつかもうとしていた私たちの目の前で、後続艇の一つが私たちと同じ試みで島ぎりぎりに突っ込んでいこうとした。それを眺めながら「おうい、そこらは危ないぞっ」、彼等からかなり離れたあたりから声をかけてやったら、連中はそれを牽制と受け止めたのか手を振り返し突っ込んでいった。「見ていろ、あいつら吠え面かくぞ」、クルーの誰かが笑って叫んだ瞬間、彼等からはるかに離れていた私の船が突然予期もしていなかった隠れ根にのし上げ、船全体が身震いするほどの衝撃があって激しく傾いた。

それを見た島の間近にいた他艇は慌てて反転して退いていった。クルーたちは大笑いしていたが、私はたった今、激しい衝突の瞬間、高い女の叫び声をはっきりと聞いたのだ。〝あれは誰の声だ。いや、あれは彼女の声に違いない〟と一人思った。そして何故か慌てて手元の時計を確かめてみた。時計の針は彼女の乗り込んだ飛行機が発っていった六時丁度を指していた。〝なるほどな〟と私は一人で思っていた。

彼女はあの後どうしているのだろうか。両親や兄弟のいる、この国にもう戻ることはないのだろうか。私がこの国にいる限り、あの気性からすればもう戻ることはないのかもしれない。そうすることで彼女は自分を保てるのかもしれない。そんな女だと思う。

私はあの後スクーバダイビングを始め、何度もあの神子元島の海を潜ってきたが、改めてあの島の周辺がいかに危うい隠れ根が多いかには驚かされる。ヨット乗りたちは海底も知らずにあの島を絶好のレースのマークに仕立てているが、あの海の底を知れば知るほど空恐ろしい。そしてあの海の底で険悪な隠れ根を眺めれば眺める度に、彼女との際どい別れを思い出さぬわけにいきはしない。

皮肉な話だが、彼女を私に引き合わせたのは死んだNだった。

ある時、彼女と二人で山中湖の別荘に行き、町のレストランで偶然同じように山中湖に別荘を構えている大学後輩の事業家と彼の同級の外交官と出会った。旧交を温め、夜には私の家で少し豪華なバーベキューでもするかということになり、私は一人で近くのテニスクラブでテニスをして約束の時間に家に戻って玄関の扉を開けたら、見知らぬ背の高い女が私を咎めて誰何《すいか》してきた。私はこの家の主人だと答えたら、彼女が慌てて中に戻り後輩を呼んできた。

彼等は夜の宴会に女一人では興がなかろうとNに言われて、町で適当な女客を私を待つ間の手持ち無沙汰で物色している間に、Nが見初めたYとその連れの女性を誘うことにし、Yのほうは私好みだろうとNが言ったそうな。

私としてはその後の会話の中で最初に事情を知らぬとはいえ高飛車に私を咎めた背の高いこの若い女に惹かれるものがあった。聞けばホンコン籍の中国人だという。英語が達者で後輩の二人と時折英語で冗談を言い合い笑ったりしている様は、こちらにももの珍しく初対面の彼女に初めから興味を惹かれた。

そしてNが地方の公演で東京に不在の間に彼女を誘い出し関係を持った。彼女もNと同じように処女だった。今まで知らぬ気性の激しい彼女は私にとって珍しい存在に思えてならなかった。何かにつけてよく喧嘩し言い争いをしたものだ。

いつか伊豆の稲取からゴールの油壺まで追っ手一本のヨットレースに彼女を乗せる

約束で、前夜友人の宿屋に一泊した時も朝何かで言い争いになり、熱海の駅に向かう途中大声で英語で争い、結局彼女はそのまま東京に戻ってしまい、私は一人で伊豆急で稲取に向かう羽目になったこともあった。

その後、彼女は漢字で綴った長い詩を送ってきた。私には意味が分からず、行きつけの中国料理屋の主人に解読してもらったが、その男が読みながら声を上げて感心し、彼の解説によると私への謝罪と改めての愛の告白だそうで、その男が膝を打ちながらしきりに感動してくれたものだったが。

しかし私を見込み、天から愛してくれた何かが私の人生に最後の奇跡をもたらし与えてくれたことを私は疑わずにいる。私の妻やNやSやあのYにせよ、私が強いたわけではないが私のために多くの犠牲に耐えてくれた彼女たちのお陰で、私の人生はかなり深く彩られたものとして在ることが出来たとは言えるに違いない。あの一人を除けば私が関わった女たちを私は真剣に愛したし、彼女たちも愛してくれた。その華やいだ至福さを私は彼女たちへの感謝とともに他の男たちに向かっても誇れる思いでいるが。

人生はさまざまな他者との出会いによって形成されていくものだが、私の人生も素晴らしい女たちとの出会いによって形づくられてきたことは確かだ。何かの歌の文句にもあったように「所詮この世は男と女」であり、あの心に残るハリウッドの名作『カサブランカ』の主題歌『アズ タイム ゴーズ バイ』にあるように、

Woman needs man
And man must have his mate
That no one can deny.

とすれば、私の放蕩も人生の公理に添ったものと言い逃れできるに違いない。斯く振り返れば、私の人生もなかなかのものだったような気がするが。しかしこの齢ともなれば最後の未知、最後の未来である「死」についてしきりに思わざるを得ないこの頃だ。

Ⅷ

彼女との出会いの項を書き終えた今、私は八十三歳の誕生日を迎えることが出来た。私の父はわずか五十一で早世し、弟もまた父とほぼ同じ若さで亡くなった。ということで私はかねがね自分は多分母と同じ年で死ぬだろうと思ってきた。

しかし二年前に軽い脳梗塞を起こし早期に気付いて軽い後遺症ですんだが、利き腕の左手は一部麻痺して昔のように闊達には動かない。故にも編集者を泣かした悪筆の原稿はしたためられず、脳の一部の海馬が毀損されたせいで漢字を忘れ、平仮名さえにわかに書けない。この痛痒は校正のゲラをすぐに自在に直せず往生している。

しかしそんなものは思いもかけなかった私の人生での挫折の、ささやかな余録でしかありはせずに、あの病の後遺症は、若い頃から手がけてきた、上手下手は別にしてもいくつかのスポーツを通じて味わってきた己の肉体の存在感を喪失させてしまい、若くして身罷った父親や弟、さらにかなりの高齢まで元気でいた母親を凌いでの高齢を授かりながら、なお「死」への強い予感の内に忌々しい喪失感に苛まれている。それは驕《おご》った言い分に聞こえようが、他の仲間たちに比べれば、あまりにも幸運と多彩な出来事に彩られてきたとも言える私の人生の最後のつけとも言えるのかもしれないが。

脳梗塞による挫折は、その後遺症に耐えながら過ごす老年の日々にこうした回想録を綴りながら、その作業の中でかつての歓楽の日への苛立たしいほどの郷愁に苛まれながら過ごす日々を、神がかつて私を選んで与えた恩寵への償いとするのだろうか。寝つこうとする度、私はあの青春の輝く記念碑とも言える南米でのキャラバンの旅、あの心地よい貿易風にさらされながら続けた地球の海が丸くて遠いという実感に浸されながらのトランスパック・レースの思い出を、せめて夢に復元して味わいたいと願うのだが、それはあり得ない。何度も蘇るものは若くして非業の死を遂げてしまった、妻以外に熱愛した女ばかりなのは何故だろうか。女への熱愛は妻や家族への愛着とは本質別の何なのだろうか。

それら異次元の歓楽の思い出の狭間でこの齢になってなお右往左往しているこの自

分の様は未知とも言える「死」を決して恐れてはいないが、この晩年あの病に加速されて日ごとに老いていく肉体をよろける脚で支えながら、己の生涯を振り返るこんな文章を綴りながら、この回想も含めて己の意識が途絶えた時、己の意識を支えながら在った私の肉体が消えた後の虚無の空しさの予感を残された日々どう支えていけばいいのだろうか。

この今になって同じ脳梗塞で倒れ、今の自分は昔の自分ではなくなったと自戒して自殺してしまった江藤淳を思い出すが、正しく今はかつての私ではなくなった自分を咎めて自殺するつもりは絶対にありはしない。

畏友の江藤淳は脳梗塞を起こした後、彼の文章としては最高の『幼年時代』を書き上げたのに自殺してしまった。幼くして母親を亡くし、晩年愛妻を亡くしてしまっていた彼が己の肉体への不満だけで自殺したとは思えない。私もまた以前のように自在には動かぬ己の肉体に業を煮やし自分自身に苛々しつづけているが、もし今私の手元にワープロなる新しい機材がなければ物を書けなくなった私は当然自殺していたことだろう。江藤は梗塞で倒れた後、『幼年時代』を書き上げた時、親しい編集者に作品の文体が乱れていないかを一番気にして何度も念を押したそうだが、皮肉なことにあの作品は彼の書いたものの中で実に平易で心情の溢れた傑作だった。なのに彼は何故死んでしまったのだろうか。

　私は脳梗塞を起こして入院中、江藤のことを思い出して部屋にワープロを持ち込み、海での遭難を扱った『隔絶』といった短編小説を二つ書いてみた。私の身の周りに起こった生死に関わる際どい出来事についてのもので、幸いその後出した『やや暴力的に』という作品集に収めたが、他のものよりもそれらが好評だった。ということでその後も物は書きつづけているが、八十を超し年齢の必然だろうが身体の衰えは隠しようもない。散歩の途中、かなりの年齢の男が走っているのを見るとねたましく己に腹が立つ。この荒涼とした人生の季節にある者の体の芯にある空虚さをどうやって補えばいいのか一向に分からない。ままに日々が過ぎていくことの疎ましさを江藤も予感して自殺してしまったのだろうか。

　しかし今こうやって己の人生を振り返り、素晴らしい人との出会いや、それがもたらしてくれた懐かしい出来事や懐かしい旅、愛の思い出を綴っていると、回帰することの出来ぬ時間なるものの無慈悲さ無残さ、存在なるもののはかなさ哀れさを感じないわけにいきはしない。あのNは完全な忘却という慈悲によって、今この私が味わっているような焦りや空しさを知らずに去っていったのだろうか。

それにしても何故、私は実に度々彼女の夢を見るのだろうか。そのことについては、ある小説の中にも書いたが、彼女に関する夢は実に多様で不思議な形をとって現れる。それはいつも際どいすれ違いなのだ。あれは納得できぬ喪失の記憶の変形なのだろうか。

例えば夢の中で私は彼女に会うため彼女の家に電話をかける。その家はあの大森のかつての自宅などではなしに、どこかのマンションなのだが、電話番号だけは今でも古い電話帳に載っている正しい番号だ。私は彼女の住む建物に出かけていく。見覚えのあるエレベーターを降り何部屋かを通りすぎ、横の壁にある配電盤を過ぎてすぐ先の部屋の扉を叩く。返事はない。ついさっき電話に出た彼女の返事がない。すれ違いの予感がして廊下のテラスから身を乗り出してエントランスを見下ろして確かめると、彼女はたった今、建物から出て歩いて遠ざかっていく。

またある時、私は劇団の事務所に電話して彼女の所在を確かめる。彼女は丁度ある劇場の稽古場で芝居のリハーサルをしている。今は彼女の出場の二幕で、この時間ならまだ間に合うと思って私は駆けつける。稽古場への階段の途中で見知りの彼女の同僚の役者に出くわす。短い立ち話で彼は彼女はもう稽古を終えて立ち去ったばかりだと教えてくれる。その相手がいつの間にかもう年をとってすっかり老けているのに気付いて、その瞬間、私はその場で彼女が実はもう死んでこの世にいなかったことに気付かされるのだ。

またある時、ようやく彼女と出会ってどこかの宿屋の部屋に入る。すぐに彼女を抱き締めようと倒れ込むのだが、なんと部屋の窓は開いていて、すぐ横の道を通行人が次々に通りすぎていく。忌々しい夢はそこで終わってしまうのだ。何度もそんな類いの夢を見た。求めていた相手はいつも何故かたしかに彼女だった。

Ⅸ

後で調べたら、その島はマリアナ諸島の北にあるマウグという島と知れた。マリアナ諸島は殆ど未開の島々で北端はパハロスといい、全島活火山の島で、それに続いて南にマウグ、さらにパガン、アラマガン、ググアン、サリガン、アナタハン、そしてサイパンと続く列島だ。この奇怪な無人島はかつて第一次世界大戦の時、ドイツの仮装巡洋艦エムデンがここに隠れて偽装して出撃し、連合国側の輸送船を撃沈した曰くつきの島だそうな。とにかくこの奇怪な島をこの目で見てその海で潜りたいと思い立ち、仲間を募って出かけることにした。

その計画を打ち明けたら家内が即座に反対した。彼女に言わせると、彼女の信奉している気学ではその月日は五黄に暗剣殺と最悪で、一年前に親友のフィリピンの上院議員ベニグノ・アキノが独裁者マルコスに暗殺された時と同じ星回りだという。そう言われてさすがに私も薄気味悪くなって、とりあえず予定をひと月延ばして、その月は仲間のパワーボートでこれも秘境の一つ、トカラ列島をくまなく探るダイビング旅行に切り換えた。その上で家内にお伺いを立てたら、先月ほどは悪くはないがまだかなり際どい。死ぬことはないが、せいぜい気をつけてくれとお墨つきはもらったものだった。

そこで大京観光の横山修二社長の汽船を借り受け出発したが、この船が昔の水産高校の練習船を改良した代物で船足がなんとも遅い。九ノットは出るはずだったが、泊めていた間に船底が汚れていて八ノットという始末で、途中船を止めてスクリューに取りついた貝を落としたが、それでも一ノット上がっただけだった。その間、私は船の甲板を走り回って憂さを晴らしていたが、ともかくもようやく念願のマリアナ諸島の北端のパハロスにたどり着いた。

この島も噂の通り奇怪な島で、南の側のほんの一部が草つきで全島が活火山で膨れ上がっている。聞いたところ、遠洋漁業に出かける日本の漁船が半年近い操業を終えて引き返す時、見たら行きと帰りとでは島の形が変わっていたというほど火山活動の激しい島だそうな。とにかく夜、近くを通ると島全体が火山の火でぼうっと赤く染まって見えるとか。そうした火山が軒並みに連なっているのが秘境マリアナ諸島なのだ。

目指すマウグもかつては大爆発を起こした火山島の残りで、あの切り立った断崖に囲まれた深い湾はかつての火山の火口だという。そして調べると、なんと周囲数百メートルの水深の湾のど真ん中にはかつての火山の頂上が水深わずか十五メートルの浅瀬の岩となって残っているそうな。そしてともかくも、やきもきやきもきしながらも念願の北マリアナ諸島にたどり着いたものだった。

ようやくたどり着いたマリアナ列島の北端の島でダイバーとしては気が焦り、早速ゴムボートを下ろしダイビングに取りかかった。せっかちな私は本船の上でフリッパーを着けて備えたが、ボートに跳び移る時、同伴していたカメラマンの加納典明が下から私を写そうとして一瞬早く跳び移りカメラを構え、それでタイミングが狂って飛び下りた瞬間フリッパーが何かに引っ掛かり、体が半転して仰向けに背中から彼の膝の上に落ちてしまった。その瞬間、何故か〝女房の言ったことが当たった〟と思った。

急いで船に上がって仲間に調べさせたが、薄い痣《あざ》が出来ていただけで、仲間もそこをさすってくれて、ただの打ち身ですよと誰かがサロメチールを塗り込んでくれた。

そのまま安心して風呂に入り、海から上がってきた仲間から海にはろくな魚もいなかったと聞かされて得心し、夜は仲間と酒を飲んで夕食をとり、その後はデッキからの夜釣りを楽しんでいたが、何やら鮫らしい大物が喰いついて手こずる仲間を助けてリールを巻いている最中、突然金槌で殴られたような痛みが背中を襲った。

激痛は堪えきれぬほどのもので、船長は手当てのための病院は列島の南端のサイパンまで行かなくてはないと言う。呻きながら一夜を明かしたら、なんと偶然にも同学の先輩のアペックスの社長の富豪の森さんが、以前私も同道して調べたサイパンに置かれていた、昔ミシシッピ川のフェリーだったという厚手のアルミ製の百フィートほどの中古の船を気に入って買い入れ、日本に回航し釣りのための客船に仕立てるということで、北上してきてマウグに立ち寄っていた。私たちと出会った森さんは男気を出して、私たちの船よりは船足の速い船で怪我人の私をわざわざサイパンまで運んでくれるということになったのだ。

それにしてもサイパンまでの長旅にはたして耐えられるものかと思っていたが、同行していた仲間の女友達がアメリカ生まれのアメリカ育ちで、無線でサイパンの病院の手配をしてくれた。サイパン側の曰くに、緊急の怪我人なら途中のパガン島まで来れば、火山の爆発で未だ半分は残っているパガンの飛行場に救急用の飛行機を飛ばしてやると言う。ただし爆発で無人となった島だから、昔住人が飼っていた牛たちが野生化していて危険なので上陸には気をつけろと。なんであろうとサイパンまで、それもせいぜい十一ノットそこそこの速度の船での長旅に耐えられるものかと思っていたが、天の恵みに思わず手を合わせた。それでもなおマウグからパガンまでの四十数時間の船旅はまさに業苦だった。

しかし念願のパガンにたどり着いてみたら、これまた思わず息を呑んだ。南北に長いパガンの島は聞いていた通り火山が煙を吐きつづけていて、本船からゴムボートに揺られて上陸した島には聞いた通り沢山の野生化した牛たちがいて、いかにも険悪な様子だ。そして辺りには仲間同士の争いで殺されたらしい牛の死骸がごろごろしている。彼等に襲われたら仲間は木にも登って逃げられようが、怪我人の私ではとてもそうはいかない。

それでもなんとか山へ這い上がり、鞍部の平地の飛行場を見たらこれまた息を呑んだ。かつては五百メートル近くはあったと思われた滑走路は火山の爆発で殆ど埋もれ、残る距離は三百メートルほどしかありはしない。これではとても無理だと絶望しかけたら、くだんの女性がサイパンを呼び出し現況を伝えてくれ、相手は「大丈夫だ、救急用の特別の飛行機だから安心しろ」と言う。言われて待つほどに、間もなく翼が太く短い妙な形をした小型機がやってきて、なんとか着陸したものだった。

短い滑走路は海に向かって傾いてい、はたしてこのまま離陸できるものかどうか、墜落したらパイロットは這い出して助かろうが、怪我人の私だけは死ぬに違いない。あの時だけは他人の目の前で手を合わせ、懸命に神に祈った。

そしてなんとかたどり着いたサイパンでまたもや思いもかけぬ事態が起こった。私を診てくれたインド人の老医師が、「もしも背骨に異常があったら、ここでは処置は出来ないからグアム島の海軍病院に行け」と言う。愕然とした思いで見直したら、それまでの辛抱に痛み止めの注射をしてやろうかと言われて、ここまできたら後わずかの辛抱だと断ったところ、「お前は勇気のある若者だ」と肩を叩いて励まされたものだった。くだんの女性が無線で、私が日本では有名な政治家などと伝えてくれていたお陰でグアムでの扱いは手厚く素早いもので、飛行場で待機していた救急車でサイパンに比べればはるかに立派な海軍病院に運びこまれ、即座にレントゲン室に入れられ背中の写真を撮った。

待ち受ける私の前に間もなく撮りたてのフィルムを手にした五十年配のベテランらしいレントゲン技師が出てきたので、焦って「背骨に怪我はありますか」、質したら彼が大きく手を振って「大丈夫だ、余計な心配はするなよ」、言ってくれた瞬間、体が崩れ落ちそうになるほど気が抜けた。そして、「ただし診断は専門のドクターがするから、それまで待っていてくれ」と。間もなく若いマレーシア人の医者がやってきてフィルムを手にかざして眺め、「ＯＫ、ＯＫ。ノーハーム」と言う。しかしくだんの技師が若造の医者にフィルムを指さして何か言ったら、その医者がやっと気付いて、「ああ、ここに一か所だけひびが入っていますな」との御託宣だった。

その後タクシーを呼んで日航ホテルにチェックインして久し振りに柔らかいベッドに身を沈めた時の、あの感慨をなんと表現したらいいのだろうか。ただの命拾いなどというものでは全くなしに、あれはまさしく再生、生まれ変わった自分自身への知覚、あれは完璧な解放感とも言うべきものだった。

フロントに言いつけ翌日の東京への便の予約をすませ、ダイニングルームに出かけ、何日ぶりかの食事らしい食事をし、分厚いステーキを貪り、ついでに思い切ってカンパリソーダを飲んだ。酒なるものがあの時ほど身にしみ渡ったことはない。体が蘇生するのがしみじみと感じられて分かった。いい気になって、さらにダブルのスコッチのハイボールを注文して二杯飲んだ。これまたさらに身にしみ渡るものだった。部屋に戻りながら私は自らの完全な蘇生を実感していた。

そして久し振りにゆっくり眠ろうとしてベッドに横たわった瞬間、またあの金槌で殴られたような痛みが背中を襲ってきた。後で聞いたら骨折に酒は絶対の禁物だそうで、しかしなおその痛みを落ち着いて受け止めながら、その時の私は〝なに、こんなもの慣れたものだ〟と嘯くことが出来た。死線を彷徨《さまよ》うなどという言葉があるが、あのマリアナ列島での遭難とその脱出はまさにそれそのものだった。

この出来事には実はとんでもない後日談がある。

東京に戻り、さる病院に通って怪我の治療を続け、何度かレントゲンを撮ったが、そろそろ治療も終わりと告げられた時、医者に最後にいつもと違う角度から撮影してみたらどうですかと注文したら、医者が「ああ、それはいいですな。念のためにそうしましょう」ということで今までとは違う角度から写真を撮った。その映像を見て医者が「ああ、いいことを思いつかれましたな。これだともう一か所小さなひびがありましたな」、言ったものだった。

そしてさらにその年の暮れ、行きつけのクリニックで定例の全身検診を受けた時、肺癌を調べるべく胸のレントゲン写真を撮ったら、掛かり付けの医者が「あなた、海での怪我で二か所のひびと言ったけれど三か所ありますよ。この三つ目のひびが一番大きいな。肋骨が割れる寸前で止まっているが、もしひびがもう少し長かったら骨が肋膜を傷つけて血胸を起こすところだったのにね」、言われて見たら、ひびが治った跡を石灰が塞いでくっきりとした白い線となって写し出されていたものだった。

二〇一三年、私は軽い脳梗塞を起こして入院したが、その翌日、何故か集中治療室に移されたほど実は際どい症状だったそうな。しかし私自身にはその実感はおよそありはしなかった。その後も何かで気分が優れぬ時、床に入りながら〝明日朝、はたして生きて起き上がれるものか〟などと思うこともありはするが、あのマリアナでの遭難の渦中の時ほどの緊張感などありはしない。あれはまさに命の綱渡りとなる実感だったが、今思い出してもぞっとさせられる。

あれに比べればあの後、読売新聞に依頼されて取材に出かけたベトナム戦争で興味に駆られて出かけた最前線の待ち伏せ作戦で味わった緊張など知れたものだった。マリアナ列島での遭難で肋骨三本傷つけただけで終わった至福を今懐かしく思い出せるというのは人生への驕りかもしれぬが、私の人生には他の者たちに比べれば実にいろいろなことがあったということだけはたしかに言えそうだ。

そのくせに、この老齢の今になって昔のように自由のきかぬ体を持てあまし、苛々しつづけている様は驕りと言うべきなのかもしれないが、それでもなおこれを綴りながら回想の中で今の自分に苛立っている自分をどう治めることも出来はしないでいるのだが。

私のベトナム体験は私の人生に結果として悪い引き金を引いたと言えるかもしれない。滞在中の緊張と食中毒の激しい下痢のせいでか、知らぬ間に実は肝炎に感染していたのだった。

日生劇場での会議の時、部長の吉井が私の顔が妙に青いぞと警告してくれた。それから間もなく、ある日妙な倦怠感に見舞われて食欲が出ずに、無理やりにウイスキーをがぶ飲みして夕飯をすませたら夜中に高熱が出た。近くの医者が来て採血の結果GOT、GPTなる数値が一〇〇〇を超していた。即日絶対安静を言い渡され、それから半年好きな酒も飲めぬ生活となった。

それを聞いた三島由紀夫氏から、「自分も『潮騒』の取材で離島に長く駐在していた時、何かが祟《たた》って肝炎にかかったが、実に嫌な病気で往生したものだったから心から同情する。しかしこれを人生の時の時と心得てじっくり養生し今後の生き方について考えてほしい。君はあんまり速く走りすぎたのではなかろうか」という心のこもった励ましと慰撫《いぶ》の手紙をもらったものだった。

そのお陰で私は心を休め、その結果今まで考えたことのない事柄、特に己の属する国家なるものについて、つい先日まで見聞したあのベトナムという国との比較で考えてみた。あのサイゴンで出会った、当時ベトナムでもフランス語に翻訳されて出ていた私の小説に興味を抱いて接近してくれた大学の教師の、自国に起こっている戦争にひどくシニックなインテリたちと、日本でベトナム戦争に反対して騒いでいるインテリたちとの奇妙な類似性に気付いて暗然とした思いだった。私はベトナムでの体験からあの国が共産化されるのを確信していたし、二つの国のいわゆる知識人の類似からして、下手をするとこの日本も同じ運命をたどるのではないかと思い至ったのだった。

そしてそれをなんとか食い止めるために何をすべきかを、そしてそのために自分に出来ることはなんだろうかと、そしてそのためのコミットメントとして政治への参加を決心してしまったのだ。あれは今思えばなんとも拙速と言おうか、幼稚な決断だったとも思う。

しかし後になって知らされたが、私が立候補した参議院の全国区の選挙に三島さん自身も出馬するつもりでいたそうな。後に議会で知り合った、日本レスリング協会の会長だった八田《はった》一朗氏は、剣道仲間だった三島さんから以前、参議院への立候補について費用の額に至るまでの相談を受けていたという。しかし同じ選挙に同じ文士の私と今東光が少し早く立候補を決めたと聞いて諦めたらしい。もし私がそれを事前に知っていたなら、私は三島さんの選挙を熱心に手伝うことになっていたに違いない。

私は参議院を一期務めた後に衆議院に移り、品川区大田区と伊豆七島から小笠原までを含む東京都第二区から立候補して延べ二十五年間国会議員を務め、永年勤続で表彰されたのを機に議員を辞めた。議会生活への回想は『歴史の十字路に立って』なる回想録に記したのでここでの記述は省くが、今思えば愚痴とも聞こえようが政治家になったお陰で私の小説はある種の被害をこうむったとも言えそうだ。

日本という社会の狭量さは著名な政治家が優れた小説を書くことを許容しない節がある。在任中、私は私なりの作家としての衝動に駆られて多くの作品を描きはしたが、自信のある作品に対しての評価は自惚れではなし、かなり不当なものだったと思う。例えばすでにいくつかものしていた短編小説を集めて出した作品集の中で、私なりに一番密度の濃いと思われる作品集『遭難者』などは、私の属していた自民党が折から金丸信と小沢一郎なるもっとも唾棄すべき政治家に牛耳られ、その金権性が暴かれ、世間の指弾の対象にされていた最中だったせいだろう、いかなるメディアにも一片の書評も出ることはなかった。

もう一つ、古い友人だった大江健三郎にいつかドイツで、久し振りに再開したダイビングで体験した猛毒を持つオキノエラブウナギの話をしたら、彼が面白がって「そうしたあなたならではの経験は是非掌編小説として書き溜めておくべきだ」と忠言してくれ、お陰でその種の体験を集めた作品集『わが人生の時の時』はある文学賞の対象となったが、最終の選考で選考委員の「これは小説とは言えぬ」という意見で抹殺されたそうな。笑止といえば笑止な話で、そうした偏見の所以は政治家に成りはてたとされる物書きとしては強く感じられてよく分かる気がするが、哀れなのは私の小説ということか。

政治家として在任中にものした著作の中で皮肉なことに圧倒的に評判となり、続編も含めれば二百万部を超えて話題となったのは『「NO」と言える日本』だった。この本はソニーの会長の盛田昭夫氏との共著だったが、後に氏の会社のアメリカでの存在に響くということで私一人の著作として書き直し英訳されて、評判となったものだった。中身は当時勃発した湾岸戦争の虚構とその中での日米関係における日本のアメリカへの隷属性を暴き、日本の先端技術の多大な恩恵によってアメリカは一方的な勝利を収めたという内容だった。

アメリカ人にしてみれば、敗戦以来隷属していたと思われる日本と彼らの位置関係、日本はあの戦争が勃発した時、来日したブレディー財務長官に脅しをかけられ、二度にわたったが最後は臨時国会まで開いて補正予算まで組んで合計百三十億ドルという戦費を強奪されたもので、それでも彼らは日米の関わりが意外なことになっていたという事実を突きつけられた思いだったろう。以来、彼らはあの戦争で心ならずも恩恵をこうむった半導体なる新しい技術体系の遅れに気付いて、その挽回を図り出したものだったが、それでもそれを日本人に指摘されたというのはいかにも業腹だったに違いない。

そのついでに私がアメリカ版の中で未だに歴然としてアメリカに存在する人種偏見について指摘したのも彼らの癇に障ったのだろう。それによって私の悪名はアメリカ中に轟き、あるメディアは私のことを「ジャパニーズデビル インカーネイト イン ウエスタン コスチューム」、背広を着た日本の悪魔の生まれ変わりとまで持ち上げてくれたものだったが。別にことさらの自慢ではないが、アメリカでもっとも発行部数の多い『USA TODAY』の一面に写真が載ったのは私くらいだろう。

本来ならば、こうしたことは他のもっと大物の政治家なり名の通った学者なり言論人がなすべきものと思われるが、私がいたく失望したのはこの本に刺激されたアメリカの議会が私に断りなしにこの本の誤訳に満ちた省記を重要文書として登録したこと。この暴挙に著作権を盾どって抗議しようと協力を求めにいった、私も会員の一人であるはずの日本ペンクラブが恐れをなして我々は政治問題に関わりたくないと事を拒否したことだった。

販元のサイモン・アンド・シュースターの肝煎りで本のキャンペーンに出かけ、あちこちのテレビ番組に出ている間、日本叩きで有名だったゲッパート議員から是非会談したいという申し込みがあり、ワシントンの議員会館の彼の部屋で会った。私が部屋に入るなり彼が私を指さして「ソー ユーアー ミスターイシハラ」と言ったので、私はすかさず「ノー アイアムノット」と言ったら相手が怪訝な顔をしたので、「アイアム ゲッパート オブ ジャパン」とやり返してやったら相手が大笑いして握手してき、それで打ち解けて三十分の約束が延びて一時間にわたる会談となり、私としては言いたいことを言いまくってやったものだったが。

国会議員となったお陰で私は普通では味わうことの出来ぬ、いくつかの体験をすることが出来た。その最初は当時最大の政治イッシューだった沖縄返還に関わる核問題に関する新しい、というか未曽有の体験だった。

ワシントンでの返還交渉に多くの議員たちが随行を願っていたが、佐藤栄作総理は何故か私と竹下登だけにどこかを迂回してワシントンで落ち合うことを許してくれた。

そして私はモスクワ、竹下はメキシコ経由でワシントン入りを果たした。それを聞いて私の親友だった、かねがね交渉の密使として活躍していた若泉敬がとても喜んで、その際是非アメリカの核戦略基地を視察してくるように啓示してくれた。

ワシントンに滞在中、そのための特別の便宜を図るようアメリカ側に要請してほしいと総理に頼んだら、総理は喜び、即座に同行していた愛知揆一外務大臣に国務省に便宜を申し込ませてくれ、その結果国務省の日系二世の課長補佐がわざわざ同道してくれ、オマハのSACとコロラドのNORADをくまなく視察することが出来た。

そこで私が驚いたことは、今日本では沖縄での核兵器の取り扱いについて激しい議論が沸騰しているのに、なんとこれまで日本の国会議員が誰一人としてこれらのアメリカの戦略基地を訪れたことがないという事実と、さらにNORADが日本のためには全く機能不全という事実だった。NORADは「ノースアメリカン・エア・ディフェンス」でアメリカの核戦略の警備体制の基点に他ならない。その機能はその名の通り北アメリカとカナダのごく一部をカバーしているだけで日本は完全に埒外なのだ。

ということは、核有事の際の日本への攻撃を察知する能力はアメリカにはない、ということで、日本はアメリカの核の傘の下には入ってはいないということだ。それを現地の司令官に質したら「当たり前のことではないか、日本はここからあまりに遠すぎる。我々は出来るかぎり至近の距離でソヴィエトの攻撃を確認して、場合によればハワイの海軍基地を失う覚悟で防衛体制を敷いているのだ。アメリカの核戦略の防御も反撃も日本など対象に出来るはずがない。不安なら何故日本は核開発をして自分で自分を守る努力をしないのだ。その能力は十分あるはずではないか」と逆に諭されたものだった。言われて私にとってショックだったのは彼の指摘ではなしに、この今まで日本の議員の一人も現地を訪れることなしに、アメリカの核による庇護を盲信していたという現実の空虚さだった。

ということで、帰国してすぐに私はある雑誌に『非核の神話は崩れた』という論文を書いて国政を預かる者たちの無知と怠慢を批判した。で、私はたちまち核保有論者の烙印を押され、一部のメディアから非難をこうむったが、その通り私は今でもなお日本は核開発を行い核兵器を保有すべきだったと信じている。

しかしこの経緯には実は深い伏線があったということを後々思いがけずに知らされたものだった。ごく最近になって、後には外務次官をも務めた村田良平氏の述懐では、彼がドイツ担当の課長だった時、佐藤総理に言いつかりドイツと組んでの核開発をオファーしたが、ドイツは当時は東西に分裂してい、折からチェコスロバキアでの民主化の傾向があり、これを弾圧するためにソヴィエトは軍隊を送り込み、プラハの春を消し去る始末だった。ということで、ドイツはこの提案には応じず彼らは彼らで後にNATOの核兵器の引き金を引く権利を獲得してしまったという。さらに驚くことに、それ以前に佐藤総理はニクソンの前のジョンソン大統領に日本は核開発をする意思があると伝え、沖縄に先んじて小笠原の返還に応じたジョンソンもさすがにこれには応じることはなかったそうな。

それにしてもニクソンに沖縄返還を持ちかけ有事の際の核持ち込みを密約では保証し、日本は核は「作らず、持たず、持ち込ませず」などという非核三原則を一応唱えていながら、その一方で自らの核開発を密かに画策していた佐藤という政治家の見事な二枚舌には端倪《たんげい》すべからざるものがあると思う。そしてまた私にアメリカの核の戦略基地を見学するように説いた若泉敬もまた佐藤総理同様、アメリカの核の傘など実は当てにならぬことを熟知していたに違いない。

有事の際の核の持ち込みを密約で決めて『他策ナカリシヲ信ゼムト欲ス』なる本を

書き残した若泉は惜しくも早世してしまったが、生前機会あって私と一緒に、来日していたレイモン・アロンと会食した時、ドゴールの熱烈な支持者だったアロンがドゴールの言葉を引いて「日本は何故核開発をしないのだ。世界の中で核を保有する資格をもっとも有している国は日本ではないか」と、佐藤総理の有力なブレーンだと私が紹介したせいでか、若泉に向かって殆ど叱りつけるように言い渡したもので、それを聞いて、興奮するとそうなる癖のあった若泉が突然鼻血を吹き出してしまったものだった。

それから間もなく二人目の男の子をもうけた彼はわざわざ電話してきて「君と一緒に会ったアロンの言葉に刺激されて、今度の息子には核という名前をつけたよ」と言ってきたが、あの小柄ながら一途な激しい気性を備えた愛国者の彼ももうこの世にはいない。最初の選挙の折、不慣れな私が事務所もまとまらずに往生していた時、名参謀の飯島清に引き合わせてくれたのも彼だった。私が議員としての在任中、「君はまず東京の知事を務めるべきだ」と口酸っぱく説得したのも彼だったが。

国会議員として二十五年間も務めながら二度しか閣僚を務めることがなかったのは、

いずれの派閥なるものにも加わることがなかったせいだろうが、それでもそのわずかな経験の中ででも得がたいものを手にすることは出来たと思う。それは官僚に依存しがちの政治家がいかに危ういものでしかないかということ。つまり官僚なるものがいかに己の属する機構のために政治家を騙し、国民の不利益をも顧みずに行政をねじ曲げるかという虚構を実感したことだった。

特に初めて閣僚を務めた環境庁での経験は、当時彼らが抱えていた水俣における有機水銀による環境破壊、それによる住民の健康被害の深刻さを彼らがことさらに軽視し、隠蔽している姿勢への不信と腹立たしさは堪え切れぬものがあった。後に分かったことだが、就任した新大臣の私に花をもたせるために、どこかへの視察をと言ってきた次官に、水俣へと言ったら、役所全体が反対して思い止まるように建言してきた訳は後になればなるほど実によく分かった。

繊維産業なるものは経済的後進国にとって経済の進展のためにもっとも取っかかりやすいもので、そのために不可欠な一種の触媒ともいえるアセトアルデヒドの量産は、ある意味で致命的なものだった。その最大の生産拠点の水俣の新日本窒素肥料株式会社（チッソ）は日本の繊維産業にとって不可欠な存在で、その生産過程で発生する有機水銀はそのまま工場から間近な海に排出され、周囲の豊饒な海を汚染しつづけていた。その汚染がいわゆる水俣病を蔓延させていたのだが、その因果関係については専門家たちの中にも諸説があり、断定に時間がかかりすぎ、その間にも被害者が続出していた。

そしてある時期をとらえて通産省は有識者たちで委員会を組織し原因の究明を行い、諸説はあったが、工場から流出している有機水銀による中毒との結論が出された。しかし役所は繊維産業の停滞を恐れて、その報告書を隠蔽してしまった。その事実は隠しきれずに世に「隠された報告書」と噂されていたが、通産省は頑固にその公表を拒みつづけていた。

折から私の在任中に通産省から出向いてきている参事官の任期の交替時期が来たが、私は本省が抱えたままでいる例の報告書を手渡してくれぬかぎり人事は認めないと言い張った。そのためくだんの参事官は身動きが出来ず、彼自身のキャリアそのものが損なわれると周囲から泣きつかれて私も人事を受け入れざるを得なかった。水俣病の因果関係は知れていたことだが、これを国家のためと称して隠蔽しつづけた官僚の姿勢への本質的な批判のための機会を情実にかまけて逃したことは、私にとっても痛恨の極みだった。

実は隠された報告書の内容を外側から裏付けるために、私は事前に私なりの隠密を放って実態の調査を行っていたのだ。見知りのある週刊誌の腕利きの記者二人に経費を払って現地に派遣し聞き込みをさせていたが、役人や世間の知れぬ興味深い報告がいくつかあった。

その一つは水俣の名産物、関西料理には不可欠なハモを仕入れている大阪のハモ問屋の主人が、品物の仕入れの度にハモを度重ねて試食している内にハモの汚染に気付かぬまま水銀中毒の症状を起こしてしまい、原因の分からぬまま入院しているという恐ろしい事例だった。

さらにもう一つ、水俣からかなり離れた天草諸島の一部、水俣から最寄りの一部の島にも水俣病の症状を示す病人が数多くいるという。しかしそれに気付いた医者は島の古老たちからこの島には水俣病の患者はいないぞと固く口止めされているそうな。行政の関係者たちは水銀中毒の拡散の実態を左様に封じていたが、それはとても隠蔽しきれるものではなかった。

最初に水俣を訪れた担当大臣に、これで救われると感謝した瀕死の病人がベッドから立ち上がり、なんと国歌の君が代を歌って涙したそうだが、その男は加害者のチッソの社長に膨大なリベートを提供するなら事を隠蔽してやると持ちかけたそうな。その時の社長がたまたま私の畏友の江藤淳の伯父さんだったので後になってそれを知らされ暗澹とした思いだったが、しかるほどに当時の民心は政治家や官僚を含めて環境汚染の問題について鈍感、と言うよりも無知とも言えたろう。

私が東京であのホーキングの、今の地球のように文明が進んだ惑星はこの宇宙に二百万ほどあろうが、そうした文明の進展は自然の循環を狂わせ、そうした惑星は宇宙時間からすれば殆ど瞬間的、およそ百年で枯渇して滅びるだろうという空恐ろしい予言を聞かされたのは、それからかなり後のことだったが、水俣での体験はそれに合わせて私からこの地球の運命についてそれほどの楽観を許してはくれずにいる。

水俣体験の中でも私にとって印象的な人との出会いがあった。それは水俣病患者救済のためのもっとも過激な活動家だった川本輝夫氏との出会いだった。最初彼は約束もとらずに新任の私の部屋に仲間を連れてまさに乱入してき、役所の衛視や役人たちもそれまで繰り返されていたのだろう、彼らの所行に恐れをなしてなすがままだったらしい。しかし私は突然の面会を拒否し、面会には必ず約束をとれ、さもないと一切取り合わぬと言い渡し、所用のために他出してしまったが、彼らはエレベーターの中まで追いすがってきてエレベーターの明かりを消したりの暴行をやめずにいた。そして車まで追いすがってくるグループの指導者の彼を突き飛ばして走ったが、以来、彼らはなんとか世間並みに約束をとるようにはなった。

しかし現地を訪れ、彼自身から聞かされた彼の一族の全滅の過程の語り草は身につまされた。と言うより、それは私の知る限りなんとも悲惨な物語だった。水銀による中毒で彼は祖父、祖母、父、母そして四人の兄弟のすべてをむざむざと失っていたのだ。それを聞き終わって思わず、「俺が君だったら、チッソの会社に殴り込みしてダイナマイトで工場を吹き飛ばしてやったろうな」、うっかり言った私に彼は憤然として「馬鹿なことを言うなよ。そんなことですまされるものじゃないんだ」、言われて私も同情のつもりで口にした言葉の軽さを反省せざるを得なかった。

以来、彼と私の間には不思議な友情のようなものが醸し出され、私が退任した後も何か役所のことであった折にさりげなく相談が持ちかけられたりするようにもなった。

その彼も市議会議員に当選し、水俣の被害者たちのために奮闘していたが、やはり水銀中毒の後遺症のために早世していった。

私としては生まれて初めて体験した環境汚染なる現代文明の禍根という文明に関わる本質論の実体験は忘れることの出来ぬもので以来、私の文明批判の本質的論拠となった。それは後に東京の知事を務めるようになった時も東京のディーゼルカーによる排気ガスのもたらしている惨状への挑戦、対処として行政に反映されたと思う。その対処に悪戦苦闘している時、どこかの飲み屋で目にした古い仲間の一人だった開高健の記した色紙が色あせて飾ってあったが、その彼が愛していた詩人ゲオルグの『たとえ明日地球が滅びるとも今日君はリンゴの木を植える』という文句に、いたく感銘させられたのを覚えている。

二度目の閣僚、竹下内閣で運輸大臣を務めた時、さして印象的な出来事はありはしなかったが、イラン・イラク戦争でタンカールートのホルムズ海峡の通過が危険化した。日本とイランの従来の良好関係からしてイラン側の特別な配慮で日本のタンカーだけは船団方式なるものを採用し、海峡の手前で何隻か集合して共通の数字の旗を掲げて通過し、イランはこれを認めて攻撃は仕かけぬという密約が実行されていた。

ヨーロッパのある国がこれを羨み、その方式への参加を希望したが断られ、アメリカに訴えたところアメリカは自国の面子で日本に船団方式を改め、あくまでアメリカの保護を求めるように強要してきたが、私は日本船主協会と相談して政府にこれを拒否させた。これは驕ったアメリカの鼻を明かす快挙で船主協会からも感謝されたものだった。

それにもう一つ、驕ったアメリカの鼻をくじいてやる出来事が起こった。

ある時、緊張した顔で海上保安庁の部長がやってきて、実は先刻外海から帰航してきた保安庁の巡視船の近くに突然大きな水柱が立った。確かめてみたら遠く離れたところにいるアメリカの艦船が実弾射撃を行っていた。彼らにすると、折から見えてきた何やら大きな船の左手の離れたあたりに狙いをつけ発砲したらしいが、その辺に実は遊船が数隻釣りをしていたのだった。発砲した軍艦からはそれらの船は小さくて視界に入ってはいなかったようだ。いずれにしろ、辺りは本土近海で本来の海軍の実弾訓練は領海十二海里外で行われなくてはならぬはずだ。なお近づいて確かめると、その相手はアメリカ海軍の駆逐艦タワーズ号と判明した。彼らは領海の外まで出かけるのが面倒で、領海内でいい加減な見当で大砲の射撃をやってのけたのだった。

それを確認した保安庁の艦長は早速この危険な重大違反行為を咎めるべく外務省に抗議すべきと報告したところ、外務省からは「そんなこと、沖縄では年中あることではないか。いちいち抗議するのは考えろ、というのが官邸の意向だ」とすげない返事だったという。「しかし事は首都東京の玄関先の、船舶の往来の激しい水域ですから、我々としてはとても看過は出来ません」というのが水路の安全確保に腐心する保安庁の言い分だった。

そう聞いた瞬間、私には外務省なる腰抜け役所の体質が透けて見えた。そこで報告に来た部長にご苦労だがもう一度外務省にお伺いをたてて、「余計な騒ぎだてをするなというのが官邸の意向というのなら、官邸とはすなわち総理大臣か官房長官のことになるが、それは竹下総理、あるいは小渕（恵三）長官のどちらかを確かめてこい。もしそれが総理の意というなら俺は辞表を手に総理と対決し、場合によれば辞職をする。もしそれが官房長官の意向というなら、俺は記者会見を開いて小渕を弾劾する。そう伝えてこい」と厳命したものだった。その返答を待つ前にかねてよく見知りの小渕に電話し事を確かめたら、当然彼の与り知らぬことだった。小渕は小渕で即座に宇野宗佑外務大臣に確かめの電話を入れたら、宇野氏は「木端役人どもが猪口才《ちよこざい》な」と激怒し、関係者を呼びつけ事を質してくれた。

　事の結末の付け方は私のもとに回されてきて、私は安易な決着は絶対に認められない、責任者に厳罰を加えて処置するよう、ある人物を介してアメリカの国防総省に申し込まさせた。

　それによって出てきたのが国防総省次官補のアーミテージだった。その彼に私はこの暴挙は首都周辺の多くの民間船舶に危害を及ぼす重大きわまりない違法行為で、それを安易に犯すアメリカ軍全体の信用を損なうもので軽微な懲罰ではすまされないものだと強く言った。するとアーミテージは即座に、「よく分かった。全く馬鹿なことをしたものだ。我々としても呆れている。当然艦長は首にする」と言い切ったものだった。そして「しかし同情してやる節もあるのだ。実はあいつはギリシャ系の男でね。今度、大統領選挙でギリシャ系のデュカキス候補が惨敗したので頭にきていたんだろう」ということではあったが。

　馬鹿な軍人を首にしてすむ話ではなかったが、一応言うべきことは言い、するべきことはさせたという納得はあった。それにしても日米関係の実質を露骨に証し出す出来事ではあったし、後々痛感させられた日本の外務省のアメリカに対する弱腰、とくに国防総省に対する卑屈さを裏書きしてあまりあるものだった。

大臣という仕事は発想力さえあれば面白いもので、役人を凌いでさまざまな変化を世の中にもたらすことが出来る。それが政治家のやり甲斐というものだろう。ということで環境庁の頃と違って二度目の閣僚経験はいろいろ手応えのあるものだったと思う。

危険を冒してホルムズ海峡を渡り石油を供給してくれている日本のタンカーの船員たちを官邸で表彰させたり、煩《うる》さ型の山村新治郎を説得し、風化しかけていた成田空港への新幹線の路盤を活用し東京から成田まで在来線を走らせたり、それに合わせて京成電鉄も上野から成田へ走らせ成田の活用に役立てさせたりし、竹下登総理から「あんた、なかなか行政能力があるな」と誉められたりしたが、そのせいでか退任の時、運輸省の記者クラブから「本来は二流の官庁とされていた運輸省に脚光を浴びさせ、一流の官庁のイメージに育てた」と、「獅子奮迅賞」なるものとしてウイスキーを贈られたりした。

結果として私は二十五年の長きにわたって国会議員を務めはしたが、その間ベトナム戦争で大雨の深夜、ポンチョを被って身には何の武器も持たずに参加した待ち伏せ作戦や、北マリアナ諸島で遭難しかけた時のような恐怖に近い緊張を味わうこともなしに過ごしたことになる。私は私なりに折節に自分なりの所存で、端から見れば議員としては無謀とも言える言動を披瀝しはしたろうが、それは私の感性や肉体の十全な表現たり得はしなかった。それは甘ったれた贅沢と誇られもしようが、私にとっては完璧な自己表現たり得はしなかったし、心身ともの充足を与えてくれることもなかった。それを与えてくれたものは結局、海が与えてくれる私の存在感以外にありはしなかった。

議員になり国政という国家の命運を安易に左右し得る職制を手にしながら今更何をふざけたことを言うのかという謗りは安易にこうむろうが、ある時わざわざ自分自身を折って派閥をつくり上げて持たせた僚友の中川一郎が身勝手な自殺、とはされているが、実は己が所行の報いで殺害されたらしく、その後始末を私が負わされ腐心してくたびれはてていた時、親しかった一種の名僧ともいえた松原哲明に頼んで一緒に座禅を組ませてもらった際、長い線香が燃え尽きるまでのかなりの時間一緒に座ってくれた彼が最後に、「あんたはタフガイと思っていたが、こうして後ろから眺めるとしよぼいねえ。こんな時、座禅なんか組んでも役には立たないよ。あんたは海が好きなんだろう。いっそヨットで二、三日海を彷徨ってきたほうがいいんじゃないの」、言われて翻然として思い立ち、クルーに呼び掛け四日間気ままに海を彷徨って陸に戻ったらストレスは大分解消していたものだ。

あれが証してくれたように海は私の人生の光背とし不可欠なものとして在る。海でなくとも広い湖、あるいは大きな川を眺めるだけで思いがけず体が安らぐのはどういう精神の構造なのだろうか。あるいは人はそれをウォーターコンプレックスとでも言うのかもしれまいが。

この今になればなるほど私は自分を海から断ち切ることが出来ないでいる。

二〇一四年、私は思い切って長らく住んでいた逗子の家を売り払った。二十七の齢につくって以来、五十年以上住みつづけてきた家だった。小高い崖の上から逗子湾を眺望する書斎から眺めれば、葉山の山や入り江を越えて遠く三崎の沖の本船航路まで望める絶佳の、おそらく湘南の地域ではあれに勝る家はありはしなかったろう。家の下には海岸から続く細長い沢があり、その左手には険しい崖がそそり立ち、なまじな人間には立ち入れぬ密々な原生林が生い茂る絶好の地形だった。

　政治からは引退して家の財政も傾き、月にせいぜい一度しか訪れぬ広大な住居の維持は行く先を思えば不可能となり、脳梗塞という思いもかけぬ出来事で人生の見切りの必要も痛感してのことだったが、それでもなお海を眺めることを諦めきれずにヨットを預けているマリーナの前のマンションの一室を買い求め、そこのテラスからはともかくも限られた間近な海を眺めてはいる。

　間近にヨットレースのための船は置かれているが、肝心の私自身がもう波の高い海の上では揺れる船の上を気ままに歩くことは出来はしない。せいぜいは私にとって最後の恋人となるだろうハラショフ設計の、メイン州に辛うじて残っている船大工たちが仕上げた贅沢な家具にも似た精巧な木作りの十七フィートのディンギに乗って近くの海を彷徨うくらいのものだ。

　しかし木造の船が波を切る時のあの音の懐かしさはなんというものだろう。あれを間近に聞きながら思い出すのは、やはりさまざまな思い出とそれ故の愛着のある私の最初の大型艇「コンテッサ二世」にまつわる物事だ。そしてそれらの物事は他の何よりもこの海なるものを私の人生の光背として備えて与えてくれたのだった。あの船に始まって次々に私が迎え関わった彼女たちヨットとあの海が出会い構えた物事は、すべて根底では私の人生の生き死にに関わっていたと思う。それは平穏な順風に恵まれた航海の最中にあってもなお、私に自分という人間の生きているという実感のもとに私自身の存在への意識をいつも喚起させてくれたのだから。

思い返せば、私と海の合体は父親にせがんで買ってもらったA級ディンギを弟のほうが私より先に乗りこなし、女友達たちを乗せて気ままに使いこなしているのに苛立ち、ある時思い立って一人で乗り出し、方向転換の方法が分からぬままジャイブして転覆しそうになり、他の船の仕草を真似て船を一度風に立て、帆に逆から風を当てて船を回す、普通のタックを身につけてから、弟の鼻を明かしてやろうとある日、思い切った遠出ではるばる浜木綿《はまゆう》の北限の佐島まで出かけ、その証しに咲いていた花を一輪手にして戻り母に渡したことでだった。その帰り道の海で、追っ手の順風にセンターボードを引き上げ軽やかに船を滑らせながら、私は自分が船との合体でようやく海と同化できたのを体得していたものだ。

同じようにヨットに耽溺した弟が海について何を体得していたかはしらぬが、少なくとも私にとって海はまさに私の人生の光背となったことは否めない。畏友の江藤淳は私の作品にはどれも死の影が差していると言ってくれたが、言われてみればそうかもしれぬ。それはやはり私が海の上で味わう、海という危うく不可知な舞台の上での人間の存在の危うさの余韻の故に違いない。

思い返せば、一体何度となく私は死の恐怖の緊張との引き換えに、人生なるものの存在の悦楽を味わうことが出来たのだろうか。それは、驕った言いようかもしれぬが、やはりある選ばれたる者が受けることの出来るものとしか言いようがない。

その初めての体験はやはりあの一九六二年の暮れ近くの恒例の初島レースでの、慶應と早稲田の『早風』と『ミヤ』が沈むなどして十一人の犠牲を出した嵐の中でのことだった。すでにあちこちのものに記してきたが、あれは海というまさに不可知なるものの本性をまざまざと教えるものだった。

折から西に発生した寒冷前線が相模湾で何故かずたずたに裂けて通過し、それぞれの前線の下で突風が四方八方から吹き回り、険しい三角波をつくって船を叩いた。船はまるでロデオの馬に乗っているような体たらくだった。そのため舵は全く利かなくなった。私の船は早稲田の『早風』とアメリカ海軍の『カザハヤ』を押さえトップに立っていたが、三崎の城ヶ島の手前で決心し、レースを諦めて間近な油壺のホームポートに引き返した。『カザハヤ』はその以前にリタイアしてい、『早風』はそれを見てそのままフィニッシュライン、横浜を目指して難所の多い金田湾に突っ込んでいき遭難してしまった。

あの時クルーを預かる艇長として私にレースを断念させたのは、間近な城ヶ島の灯台から差しかける強い明かりが船の帆に映し出した、船の横で躍り上がる三角波のシルエットだった。それは異形で空恐ろしい生まれて初めて見る、まるで狂女が髪を振り乱して踊るような姿で、あれはまさに「死」そのもののイメージだった。

いやしかし、それとは対極に比類なく甘美なものも海は与えてもくれはする。あれは日本から初めて参加した第一回目のホンコン・マニラレースの折だった。スタートしてから間もなく海は濃い霧に覆われ、それでも順風の風が落ちずに船は七ノットほどの速度で心地よく走っていた。今思えば危うい話で、何も知らぬ海を行く手に何もないことを信じてコンパスに任せてただただ真っ直ぐに走りに走るのだ。

ウォッチの交替で深夜の四時間ほどの舵を私が引いていた。が、その内尿意を覚え、横着にもティラーをシートで縛って立ち上がり、船尾の手すりにもたれて用を足そうとしたら何やら手すりの上に見慣れぬ丸いものがある。確かめようとして手を伸ばしたらそれが横にずれて動いた。さらに確かめようとしたら、手すりから離れて霧の中に飛び立った。その時初めてそれが霧のせいで方向感覚を失った鳥で、コンパスのわずかな明かりを慕ってやってき、手すりに止まって休んでいたのだと分かった。元に戻り、もう一度今いたところを振り返ってみたらもう鳥の姿は見えず、ただ立ちこめた霧の中に私の姿がコンパスの小さな明かりに照らされ、ぼうっとした影になって映っていたものだった。

それを眺めながら、あの時に感じたなんとも言えぬ安息感をなんとたとえたらいいのだろうか。あれは一種の胎内感覚とも言うべきものだったろうか。あの時ほど私が安らいで私自身を感じたことはない。ひょっとしたら俺はこれから生まれ変わり、別の人生を生きていくのだろうかというような錯覚があったのを覚えている。あれは私自身からの完全な解放、余人を全く交えずの完璧な孤独の実感だった。

同じような孤独の実感は他の機会にも与えられたことはある。しかしそれはあのホンコン・マニラレースの初夜の霧の中で与えられたようなものでありはしなかった。それにはあの時のような体に染み込むような安息はありはしなかった。

それは沖縄の本土復帰を記念して行われた最初の沖縄レース、那覇から三崎まで千マイルの、日本では最長の試合だった。折から日本近海はいくつかの低気圧に囲まれ、日本列島の南側の太平洋は強風の渦の中にあった。難所のトカラ列島を喜界島の南岸をかすめて太平洋に出て、後は一路三崎を目指して走るだけという長いレグの最初を私が舵を引いていた。

追っ手の強風はおよそ三十ノット、その風の立てる追い波の高さは優に十メートルを超している。その波に乗って船はプレーニングに継ぐプレーニングで走りつづけるが、下手に波に乗り損ねると高い波に巻き込まれて船首、バウを突っ込み頭から転覆もしかねない。その度、後ろを振り向くことなど出来ずに追い波も持ち上げられて滑り落ちる船の感触に呼吸まで合わせて舵を引くのだ。あれは高く張った細いワイアの上をバランスを取って渡る曲芸にも似た際どい舵引きだった。

その最中にキャビンの中にいたオフのクルーが顔を出し、私の写真を撮ろうとしたのだ。恐怖と緊張の極みにいた私は怒ってそれを制したが、その男は周りの海の気配を察してなんとか一枚だけ撮り納め、退散した。その写真は今でも手元にあるが、船の上で撮った数多いものの中で、その一枚の写真が私は一番好きだ。それはなんとも正直な記録で、あの波と風の中で辛うじて船を操りながら怯え恐れている私がそのまま写し出されている。眺める度、「ああ、これが俺の本当の顔なんだな」としみじみさせられる。陸の上では絶対に見せることのない顔を私は正直にさらけ出しているのだ。

普通の人間は真に怯えることなど滅多にありはしまいし、その顔が記録に残ることなども滅多にありはしまい。あれはまさに海の上ならでは、海しか教えてくれぬ本物の私の姿なのだ。

X

私のこうした回想に並行して政治家としての人生も在りはした。それをたどってみても索莫《さくばく》とした感慨しかありはしない。与党たる自民党の国会議員として延べ二十五年間、そして日本維新の会の片棒を担いで代表としてさらに数年、国会なるところに籍を置いて過ごしたが、海や未開の大陸を彷徨して過ごした体験や女たちとの出会いで味わったような官能に触れる出会いなど殆どありはしなかった。そう思うと私の人生とは一体なんだったのだろうかという索莫とした思いがしないではない。

そもそも政治に官能を期待するつもりもありはしなかったが、私が政治から引退した直後、森元孝氏が『石原慎太郎の社会現象学』なる労作で証してくれたように、あの著書のサブタイトル、私の処女長編小説の『亀裂』を踏まえて『亀裂の弁証法』という暗示的な表題が啓示してくれたように、政治と文学という対極的な方法を選んだ私自身の人生における自業自得という以外にありはしまいに。故にも今更後悔はしないし、自らに強いて安じるしかありはしまいに。

しかしそれにしてもなお、私は他の連中が滅多にたどれぬ人生の軌跡を描いてきたとは言えそうだ。今これを綴る齢になり、己の肉体の凋落に腹を立て焦らざるを得ないでいる私の慨嘆を、同窓のある仲間が贅沢な様だとたしなめてもくれたが、たしかに同じ齢に至った他の仲間たちに比べれば私の生涯は奇態なものだったとは言えそうだが。


人間の人生は所詮自分以外の人間たちとの出会いの集積でしかありはしまい。今まで記してきたように、私の人生に予期せぬものをもたらしてくれた人たちとの出会いに比べれば、長かったということで表彰まで受けた国会議員として過ごした二十五年もの長い殆ど空虚な時間の間に、私が出会った者たちはなんと存在感の薄い手合いばかりだったことだろうか。

私の乏しい知性を刺激啓発してくれたような者は殆どありはしなかったし、私の感性を刺して揺すぶるような相手は殆どありはしなかった。それ故にも私の人生を揺すぶるような刺激的な出来事にも欠けていたとしか言いようない。

それでも政治ならではのいくつかの出来事は在りはした。それは私の人生をどう規制もしなかったが、ある余韻深く長く私の胸の中に止めてはいる。その一つは皮肉なことにこの国での出来事ではなしに、外国に関わることだったが。

一九八三年に私の親友だったフィリピンの上院議員のベニグノ・アキノは亡命の後、帰国したマニラの空港で当時の独裁者マルコス大統領によって暗殺された。彼とは私が最初の参議院全国区で当選した直後からの知り合いだった。ある日、私の事務所に突然彼が現れ、彼の主催しているラジオ番組のためのインタビューをしたいという。彼が私を選んだ訳は、私と同年の彼もまたこの前の選挙で記録的な成績で当選を果したというアイデンティティの故だという。

ということで同じ年頃の男同士の付き合いが始まったが、互いに妙に気が合っての親交となっていった。彼の細君はあの国随一の財閥の出で、その実家は気が遠くなるほど資産を保有してい、その大農園エスタンシャはゴルフ場も備え、栽培している砂《さ》糖黍《とうきび》の収穫のための小型の鉄道まで走らせているような規模だったが、以来誘われるまま家族ぐるみで彼の地に遊びに出かけたりしたものだった。

そして彼は後に独裁者のマルコス大統領と衝突し、逮捕され監獄に入れられてしまった。その以前に彼がミンダナオ島のイスラム系の反マルコス勢力と合流して独裁者を倒す意図があると聞かされ、私はある画策をして台湾の有力勢力と力を合わせて、当時ペキンまで出向いて毛沢東と会見し、毛におもねって権力維持のための後押しを懇願したりしていたマルコスへの国民の反発を踏まえて、共産中国に反発を高めている台湾の有力勢力と結託し資金と武器の援助を仰いで南の島から攻め上がりマニラを陥落させる策略を立て、台湾政府の有力者との秘密の会談を在日の台湾公使も立ち会ってセットし、密かな合意を得た。それに加えて私の親友の父親でかつての三月事件の首謀者の一人だった清水行之助《こうのすけ》氏とも相談し、日本側の反共主義者たちからも醵金させるつもりだった。

となれば私自身も彼に付き添って武器を手にして密林を進むつもりでいた。台湾側の首謀者たちもこれが実現すればアジアの歴史が変わるだろうと乗り気だったが、アキノ自身はそうした過激な手段を好まず、あくまで民主的な手続きで独裁政権を倒したいということで、私はそんな手立てでは事は手緩《てぬる》くとても成就しないと説得したのだが、結局計画は残念ながら頓挫してしまった。

そうした不穏な動きがどう伝わり感得されたのか、ある時マルコスは演説会に暗殺の計画があったとして、その首謀者としての嫌疑でアキノを一方的に逮捕し収監してしまった。

長年の監獄生活の間、マルコスは彼が自分に忠誠を誓うならすぐにも釈放し副大統領にしてやろうと持ちかけていたが、彼は頑固にそれを拒否しつづけ、途中で心臓病で倒れ、マルコスが軍の病院での治療を勧めても、彼は治療の名目で殺されるのが自明だと拒否し、アメリカの病院での治療を求め、マルコスはその名目で彼を追放できれば幸いとそれを許し、再入国を禁止すると宣言して彼を追い出したのだった。

アメリカでの治療の後、彼はハーバード大学の客員研究員ということでボストンに住まい、実質の亡命生活を続けたのだった。その間、私の三男は留学して彼の家に寄宿していたが、アキノは息子のノイノイと同じように私の息子の面倒をみてくれていたものだった。

彼の亡命生活はかなりの間続いていたが、その間マルコスの暴政は募る一方でフィリピンでの国民の不満も募り、その状況を見て国の仲間たちと連絡の末に彼は帰国の決心をしてしまった。彼の家にいる三男からの連絡の様子では彼の決心は動かず、奥さんのコリーは心配の挙げ句私に相談してきたが、私なりの情報では彼の国での政治状況はまだまだ未熟でマルコスの軍の掌握は依然堅固なもので彼の身の危険は明らかだった。

私は国際電話で何度も帰国を思い止まるように説得したが、彼は次の大統領選挙に間に合わせるべく帰国すると言い張っていた。彼の言い分は彼の祖国の政治民度はすでに成熟していて、その選挙で勝たなければ自分の政治家としての正当性はあり得ないということだった。

しかし私にはとてもそうは思えはしなかった。マルコスは彼の金権的プロパガンダによってても未だに大衆的なヒーローであり得ていると思われた。まして彼が取り立てて軍のトップに据えた参謀総長のベールは彼の腹心中の腹心で、大臣のエンリレなどよりもたしかに軍を掌握していたし、アキノに言い寄っている政治家たちも所詮ダブルスタンダードの連中でしかなかった。そこらの経緯について私は『暗殺の壁画』の中で詳しく記したつもりだ。

そしてある時、彼の家に同居している三男から、彼がいよいよ帰国の日取りを決めてしまったとの連絡があった。それを聞いた家内が彼女の得意な気学からするとその日は五黄の暗剣殺で最悪の日取りだから彼は必ず殺されると、だからせめて一週間だけでも延期させるべきだと訴えた。彼女の信奉する気学の先生は私が選挙で大変な恩義をこうむった霊友会の会長小谷開祖も信奉する人で、開祖自身も鋭い霊感を備えた存在だが、彼女もことある度に相談する相手だった。私自身もかつて『巷の神々』なる日本の新興宗教のルポルタージュを書いた折にそれぞれ新しい宗教を興した開祖たちの備えた、殆どの人間たちにとって不可知な存在についてしみじみ認識させられたものだから、家内の忠言を聞いてアキノに取り次がざるを得なかった。

しかし私の英語の能力で五黄の暗剣殺などの意味合いを説明しきれるものではなく、せいぜいダークネス、キリングウィル、スウォードがあるというくらいで、私のたどたどしい忠告を聞いてアキノは一笑に付して「おまえ、そんなことで人間の運命が分析予告できたら、まさにノーベル賞ものだぞ」と取り合いはしなかった。そして彼は予定の通りアメリカを発ち、台湾経由で帰国の途についてしまった。

しかしその途中、台湾から突然電話がかかり、「実は今、台湾のホテルに滞在しているが、どうやら当局は俺がここにいることを察知したらしく、廊下に官憲らしき人物が何人かたむろしている。どうかおまえから台湾の政府に掛け合って、明日俺がこのままこの国を出発できるようにしてほしい」ということだった。私はよほど台湾政府に彼の安全のために彼の身柄を拘束してくれと頼もうとさえ思ったが、事がここまで来てしまえば彼自身のためにもそうはすまいと決心し、台湾の駐日大使を探して彼の意をかなえてこのまま出国させてくれるように頼み込んだ。

間もなく大使から返事があった。曰くに「台湾当局はアキノなる人物が我が国に滞在しているなどということは一切関知していません。念のために申し上げるが、これはきわめて政治的な認識ですよ」ということだった。私はすぐその旨を彼に電話してやった。間もなく彼から返事があり、「ありがとう。おまえは本当に素晴らしい友達だ。廊下にいた人物たちの姿は消えてしまったよ。心から感謝しているぞ」と。

そしてさらに、

「シンタロウ、おまえは本当に素晴らしい友達だった。しかしこれが俺たちの最後の会話になるだろう」

「何故だ。なんでそんなことを言うんだ」

「いやなあ、二時間ほど前、アメリカにいるマセダから電話があった。あいつの情報だとマルコスは俺を本気で殺すつもりでいるらしい」

「どういうことだ」

「なんでもダブル ストラクチュアド アサスネイション、二重構造の暗殺計画があるらしい」

「それはどういうことだ」

「つまり、偽の暗殺者を仕立てて、そいつと一緒にこの俺を殺すつもりらしい」

「いいか。それはきっと確かな情報に違いない。あのマセダは、君は随分信用していたが、俺が調べた限りではダブルスタンダードな奴だぞ。そのあいつが言う限り本当だろう。あいつのおまえへの最後の忠義だてに違いない。ならば絶対に帰るな。俺は今から台湾の政府に言って君を拘束させるぞ」

私は言ったが、声は返らず電話はそれで切れてしまった。その後、受話器を握り判断のつかぬまま私は立ち尽くしていた。大使を通じて台湾政府に彼の身柄を拘束させることは出来たに違いない。しかし私はしなかった。男として、政治家として、出来はしなかった。そして彼は翌日台湾を発ち、マニラの空港でマルコスの飼い犬の参謀総長の差し向けた兵隊たちによってガルマンなる偽の犯人と一緒に射殺された。

その報せを私は彼に同行していた彼の信奉者の若宮君から電話で知らされた。そして私はすぐにその情報をボストンのアキノ家と親しかった領事に電話し、奥さんのコリーに伝えるように頼んだ。彼は動転し泣き出して、自分にはとても出来ぬからあなたから彼女に伝えてほしいと懇願してきた。しかたなしに私がコリーにそれを伝えてやった。そして驚くほど彼女は冷静にそれを聞き取ってくれた。

暗殺を聞いて駆けつけたニノイの支持者たちに、気丈な彼の母親のオーロラは血だらけのままの彼を棺に入れて見せつけたという。あれこそが独裁者を倒す大きなきっかけになったはずだ。

独裁者を倒した革命の後、大統領になったコリーのために駆けつけた私を迎えて、私をニノイの次の息子と呼んでくれたオーロラが私邸で催してくれた大パーティに、皮肉なことにニノイを殺したベールの当時上司だったエンリレや、彼に土壇場で暗殺計画について報せてきたマセダまでがやってきていた。それを眺めて、なるほど政治というものはこんなものかとつくづく思ったものだったが。

人間の人生にはさまざまな出会いもあり別れもある。死による肉親との別れも辛く深く印象的でもあるが、親しい相手との別れもまたさまざまな思いを残してくれる。あのニノイ・アキノとの別れの最後の会話も忘れがたいが、別れの会話についてはもう一つ印象的なものがある。それは私にとって腐れ縁ともいえそうな落語の天才だった立川談志とのそれだ。

あの男を参議院議員に仕立ててしまったのは、この私だ。その経緯は何かにも記したが、私の後継者のつもりでいた三浦雄一郎がノイローゼになってしまい、その後釜に細川護熙《もりひろ》が割り込んできたが、この男に手を焼いた一部の仲間が業を煮やし、いっそ立川談志でも担ぎたいと言い出したことで滑り出した。結果は最下位での当選となったが、結果を心配して仲間の落語家たちが寿司屋に集まって鳩首していたもので、ぎりぎりで当選が決まったら当人が悠然と現れて「俺は真打ちだから最後に出てくるのが当たり前だ」などと嘯いたものだ。

以後も彼は落語についても他の所行についても口煩い私のことを煙たがり、何か相談事や頼み事の時には私のことを「アニさん」などとは言うものの、陰では「あの野郎」などと毒づいていたもので、晩年、病がちになりだしてからは時折勝手に対談を仕組んだりしてきた。そんな時、「なんで勝手にこんなことをしやがるんだ」と文句を言ったら、「いや、こうしてアニさんに石炭をたいてもらうと元気が出るんだよ」などと殊勝なことを言っていた。

そしてある時、仲間の中川一郎が突然死んでしまい、その後始末で悩んでいた時、思い立ち知り合いの松原哲明坊主に頼んでまた座禅でも組もうかと寺に電話したら奥さんが出てきて、「哲明は先月脳出血で死にました」と言われてしまい、愕然として、ならば病がちとは聞いていたが、あの談志にでも会って逆に石炭をたかせようかと家に電話したら娘さんが出てきて、病院にいるのだが病が重くもう後がないので家で死にたいという本人の思いを入れて明日家に連れて帰るという。

そこで翌日家に電話したら娘さんが出て「もう声が全く出ないから話は無理です」と。「ならば受話器をあいつの耳に当てて私からの電話だと言って取り次ぐだけでいいから」と言ったら、受話器からただぜいぜいいう彼の声だけが聞こえてきた。そこで、「やいおまえ、俺がせっかく久し振りに今度はおまえに石炭をたいてもらおうと思ってたら、もう直にくたばるそうじゃねえか。そりゃないんじゃないか。まあそれならしかたないが、その内またどこかで会えるだろうからそれまで達者でいろよな」、言ったが、答えはただぜいぜいいう彼の声だけだった。

あの無類に達者の話し手が今はもう声すら出ずに喘いでいる様を想いながら感無量のものがあった。あれもまた失われていく大切な友達との最後の会話にならぬ、なんとも悲痛な心にしみる会話だった。

アキノの暗殺に限らず政治にまつわる死についてはいくつかを目にしてきたものだ。青嵐会の衆議院議員の代表の一人の湊徹郎も我々の殆ど目の前で死んだ。今はもうなくなった議員会館下の料理屋『瓢亭《ひょうてい》』は我々の溜まり場だった。そこでの幹部たちの会合に湊もやってきていたが、彼は当時、米価審議会の幹部で会合の前に殆ど徹夜で審議してい、幹部の一人中川一郎の選挙区の北海道もまた米の産地でそこで取れる米はあまりうまくなく厄介米とも言われていたが、その米価については中川も心配して湊にいろいろ注文をつけていたようだった。

その途中経過を報告した後、湊は中座してきていた会議に戻るため席を立っていったが、間もなく女中が駆け上がってきて、たった今料亭のすぐ先の路上で湊が倒れ、救急車で病院に運ばれていったと告げた。驚いて全員立ち上がり現場に駆けつけたら、たしかに路上に彼が倒れた時に流した血の跡が生々しく残されていた。即座に教えられた近くの病院に駆けつけたら、止まっていた救急車の中に彼が横たわったままで置かれていた。彼はすでに死亡していて、それを確認した病院側は遺体を引き取らずにいたのだった。狭い車の中に置かれたままの彼の遺体に中川が取りすがり、「湊、死ぬなあっ！」、叫びつづけていたものだったが。

その中川も後年、訳の分からぬ死に様でこの世を去っていった。あの男との出会いは私にとってはたしてどんな意味合いがあったというのだろうか。朴訥《ぼくとつ》そうでどこか人懐こさのあるあの男には、惚れたというよりも、ある懐かしさのようなものを感じていたと言えるのかもしれない。それほど知性的でもなく何かの会話で強い刺激を受けたこともない相手に深い関わりをもったのは、政界にさしたる友人もなく無聊《ぶりよう》でいた私が、見るからに田舎者でどこか愛嬌のあるエネルギッシュなこの男になんとはなしに興味をそそられたということだったのかもしれないが。

体を張って反対し通した日中航空協定が敢えなく突破採決された後、結成以来死に物狂いで戦ってきた青嵐会も田中総理退陣で活力を失い、それぞれの仲間の年次からしてそろそろ閣僚になりそうな気配からしても従来所属していた派閥に戻り、その後行く先のない仲間何人かで中川を核にして新しい派閥をつくって乗り出そうじゃないかということになった。

派の領袖は中川で私が幹事長役ということだったが、成立までの経緯の中で中川がかつてその下で政務次官を務めていた当時の大蔵大臣だった福田赳夫が肝煎りしてくれたせいで、田中角栄と競り合う福田の別動隊という体裁にならざるを得なかった。福田も、後継者と目されていた岸信介の娘婿のどうという取り柄もない安倍晋太郎よりも、野人然とした中川のほうを可愛がる様子でもあった。中川派の誕生を聞いて誰よりも辛辣な批評をしたのは他ならぬ田中角栄だった。「自民党にもうこれ以上の派閥はいらない。狭い池の中であまり跳ねると池から飛び出して干物になってしまうぞ」と。この不気味な予言は最後に的中してしまったと言えそうだ。

中川の死は謎に包まれていた。札幌のホテルに奥さんと泊まっていた時、部屋に来客があり大事な話があるとかで奥さんは言われて別室を取り、そこで待つ内に眠くなりソファーでかなりの間仮眠していたが、眠りから覚めて夫のいる部屋に戻ったら彼が浴室のシャワーカーテンの桟に括られて死んでいたという。彼のように肥満した男がか細い桟くらいで首を吊って死ねるのもおかしな話だ。奥さんが別室にいた間に彼を訪れていた客というのはそもそも誰だったのかも全く不明だった。

その謎の鍵になりそうなある情報を彼が死んでから妙な機会に触れさせられたものだった。それはどこかのテレビ局の『驚きももの木20世紀』なる番組で、そのための取材を突然受けさせられた。時はあたかもソヴィエト、ロシアに大きな政治異変が起きて、ペレストロイカの後のグラスノスチなる改革で従来極秘とされていた機密文書の多くが解禁され、その中から中川に関する文書が発見されたという。

それによると中川一郎はサハリン沖の海底ガス田の開発に関してロシア側から利権絡みの申し込みを受けていて、その条件として今後親ロシアに転じる約束をしていたという。北方四島の問題を抱える北海道出身の彼は当然反共主義者だったが、その彼が利権のためにロシアとそんな約束をするわけはないと反発した私に、取材記者に同行してきていた見知らぬ男が横から口を挟み、その資料の信憑性について細々説明しかかるので、「君はロシアのKGBと関係でもあるのか」と質したら、「ある時期誘われて情報の提供や交換はしていたが、組織に入ったことは決してない」と言う。

その段になって私が思い出したのは中川事務所に長く勤めていた女性がある時突然

辞めることになり、その訳を質したら「私はあの男がいる限り事務所で働きたくはない。ある時どんな事情でか、彼がテーブルに足をかけて胸を張り何やら怒鳴り散らしていて、その前で中川先生が床に手をついてしきりに謝っている光景をうっかり目にしてしまったからだ」と言う。

その男は後に北方四島に関わる利権問題で何やら事を起こしたらしいが、そんな男と例のグラスノスチの資料はどういう関わりがあるのかないのか、中川の死に様を絡めていかにも謎めいた話だが。ともかくも中川の腹心だった男の、その後の北方領土に絡む去就を眺めて見ると、ロシアの領土になったサハリン周辺の利権に絡むいざこざが二人の主従の間にあったかもしれぬとは想像の域を出ないが。

彼の死は、彼のためにいろいろ尽くしてきた私には大迷惑なものだった。気負い十分だった彼がどこまでいくかは想像がつかなかったが、彼と一緒に派閥をつくるという作業にはどこかの既成の派閥に紛れ込んでぬくぬく過ごすよりはるかに面白みがあった。そこで派としての重みを持つためにも年長で、強かでかつ重みのある人物を派の長老として据える必要があった。

私が目をつけたのは長谷川四郎ともう一人長谷川峻《たかし》の二人だった。この二人は一言を備えた人物で仲がよく、人前で「四郎やん」「峻」と呼び合っている仲だった。そこで私はまず年長の長谷川四郎さんに呼び掛け、自民党に新しい風を入れるためにも新しい派閥を育てる必要があると説き、是非とも我々の指南役として座ってほしいと懇願した。

長谷川さんは大きく頷き、

「分かった。ならば一つ条件がある。いいか、君はあまり表に出るな。君はもう十分に有名なんだから、まず中川を金屏風に据えるつもりでやれ。その次は君でいい。君がそれでいいと言うなら、峻には俺から言って一緒に仲間に入ろう」

ということで事が決まった。その報告をしたら中川は感動して涙して私の手を握ったものだった。

その人事は周囲ではかなりの評判になり、ある時かねてある縁で見知りの民社党党首の春日一幸氏が院内の廊下で私を呼び止めて手を握り、「いやあ、君はよくやった、見事な軍師じゃ。二人の長谷川をものにしたとはな。まさに左近の桜、右近の橘じゃよ」とあの濁声《だみごえ》でいたく誉めてくれたものだったが。

中川派を内から充実させるだけではなしに、外側との関わりにおいても単に福田に可愛がられている稚児さんのようなものではなしに、福田以外の領袖との関わりの強化も考え、ある時、中曽根氏の腹心で彼の後継者の一人と思われる青嵐会では一番の切れ者と思われた渡辺美智雄と計って二人の間を強化しようと中曽根氏に持ちかけたところ、先方は大層乗り気で、ある時料亭の『三浦』で四者の会談となった。

ところが肝心の中川が約束の時間に現れない。三十分も遅れてやってきた彼はかなり酔っ払っていて遅参を詫びるどころか、いきなり相手に絡みだした。言っていることも筋が通らず、聞いているほどに中曽根さんに対しての奇妙な劣等感が垣間見られ、卑屈な癖に妙に居直ってみせて毒づく台詞《せりふ》も幼稚で、聞いていて情けない体たらくだった。

間に入った渡辺も最初は呆れていたが、苦笑いしている中曽根さんの手前もあって私に「おい、なんでこんな時に来る前に飲ませたりしたんだ」、私をなじっても私の責任の外の話だ。「俺はこの男の子守りじゃありゃしないんだからね。一体どんなつもりでどこでどんな酒を飲んだのか、そこまで責任は持てないよ。餓鬼じゃあるまいし」、私が突き放して言ったら、今度は中川が私に向かって何か毒づきだした。私も腹を立てて怒鳴り返したら、中曽根さんがとりなして、

「まあまあ、中川君も今日は大分酩酊のようだから、大切な話はまた場所を変えてにしようよ」

言って立ち上がりかけたのを「おい中曽根、だいたい貴様はな」と声を荒らげて絡もうとし、さすがに中曽根さんも苦笑いで立ち去ろうとするのを、「おい貴様、逃げるのかよ」、立ち塞がろうとするのを手荒く引き据えたが、中曽根さんも呆れた様子でそそくさと部屋から出ていってしまったものだった。

その後、渡辺はそのまま泥酔して横に倒れたままの中川を眺めて「こいつ、馬鹿な奴だ。これでこの話はなしだな」、吐き出すように言って、もう見向きもしなかった。声をかけても答えぬ図体の大きな男を持てあまし二人で桟敷の端まで引きずっていき、階段には絨毯が敷かれていたので抱えるのも面倒でそのまま階段から下までずり落とし、タクシーに乗せて送り返してしまった。

せっかく設けた機会に彼はかなり大きなものを失ったと思うし、日頃の挙動に似合わぬ内側の弱さをさらけ出したと思う。私の彼に対する友人としての熱も覚めた思いだった。

XI

そもそもあの中川が一体何故に自ら命を絶たなければならなかったのか、皆目見当がつかなかったが、端から見れば無類にタフな男に見えたろう彼が、実は案外に気の弱い男だったのを多分私だけが知っていたとは思う。

長谷川四郎さんから言われていたように、まず彼を金屛風前に座らせるために私としてはいろいろ仕組んで、暗愚と言われていた鈴木善幸総理の後の総裁選挙に彼を出馬させることで本命の中曽根氏に出馬のきっかけを与えることで恩を着せ、中曽根体制の中で中川派の活路を開くつもりでいた。だから沖縄での研修会で、かつて沖縄戦で玉砕した牛島満中将のまだ血に染まったままの司令部壕を見物して興奮したままの中川が総裁選への出馬を宣言してしまった時、私は部屋に飛んで帰り東京の中曽根氏に密かにそれを報告し、中曽根さんもこれで晴れて自分の天下取りが出来ると興奮し喜んでくれたものだった。

しかしこの挿話には思いがけぬ後日譚があった。

ある日、中曽根さんから突然電話がかかり、総裁選の結果は知れているのだから中川が下りれば金と時間を浪費する党員目当ての全国遊説をせずにすむ。中川の身分は閣僚に迎えて保証するから、君から説いて総裁選からは下りさせろと言う。私は言下に拒否して言い返した。

「結果は知れていようとも、これは犬の子供の貸し借りと違います。彼は彼なりの男としての本懐で決心したのですから、それは彼の参謀としては口が裂けても言えません」と。

そして結果は知れた通りだった。だいたい自民党の党員なるものがどこに誰がいるかは分かったものでありはしまいに。なのにどの候補もそうと知りつつ、党則に縛られて人を駆り集めてのキャンペーン集会にうつつを抜かしていたものだった。

中川もそれを真似して同じ集会を東京でも持ちたいという。私はその無駄を説いたが、聞かれぬまま選挙区の若い連中の知恵を借りて、私の地元ならではの御神輿まで担ぎ出しての馬鹿騒ぎをやってやった。それは他の候補たちに比べても派手なもので、付き添っている新聞記者たちの評判となり、中川も有頂天になり涙までして感謝するので、つい「あなた、頭を冷やしなさいよ。ここに集まっている者たちの中に党員なんぞ五人もいやしませんよ」、言ってやったら彼は顔色を変えて怒り出し、「そんなことを言うな、それが慎太郎さんの悪い癖だ」と言ったものだったが。結果は当然のことながら最下位だった。

それが尾を引いて後々酒を飲むと愚痴になり「俺はこれからどうしたらいいんだよお」、涙まで浮かべて言うものだから、「しっかりしろよ。男の一生にはいろいろあるんだよ」、言って平手で頰っぺたを引っぱたいたこともあった。

私は結局二十五年の間を国会で過ごし閣僚も務めはしたが、振り返ってみると殆ど無為に過ごしたという感が否めない。故にも永年勤続の表彰は辞退しようとしたが、前例がなく同時に表彰される他の議員にも迷惑ということで拒否された。しかし表彰を記念しての肖像画を院内に飾ることだけは辞退した。ということで表彰の答礼の演説では、この国を宦官《かんがん》のような体たらくに貶《おとし》めた責任を恥じて、この際議員を辞職すると述べたが、議場が白けわたるのがよく分かった。

しかし国会議員時代がすべて不毛だったとも言い切れない。強いて言えば私から言い出してつくり出した青嵐会の活動だけは納得のいくものだったと思う。ああした政治集団は過去にもありはしなかったし、これからも簡単にはあり得ないと自負している。早い話、私の使っているワープロには青嵐会という名前が登録されている。

あの会の名は斯くいう私がつけたものだ。最初の集まりで誰それたちが何々同志会とか何連盟とか、いかにも陳腐な案を出し合うので私がそんな名前では存在感が全くありはしない、と言って青嵐という言葉を披瀝したものだった。

「こうして今は熱い志で集まってはみても、それぞれが既存の派閥に属しているのだから、やがてはこれも解散してそれぞれが戻るところへ戻るのは必定。だからこの会もあくまで一時的なものだろうが、しかしその間やるべき事はやり、言うべき事は言い尽くして潔く別れよう。青嵐というのは読んで字の如く夏の嵐で、あの夕立を送り込む寒冷前線のことだ。そして夕立は束の間のことだろうと、それが過ぎれば世の中暑気が払われて爽やかになる。我我のこの会もその役割をこの政界で果たせばいいのではないか」

私の説明を聞いた瞬間、衆議院の代表の一人渡辺美智雄が、「なるほど、これしかないな。これで行こうじゃねえか」、言い切って事が決まった。

会の命名についてではなしに青嵐会の存在感を際立たせた要因の一つは私が言い出して全員に血判を強いたことだった。この時代に血判という仕草はいかにも奇態なものに見えようが、私たちの発言や行動が場合によっては党議にも反するだろうから、その際の私たちの意志の強さを世間に示すためにも血盟が必要なのだと説き、そう決まった。

私が血判などという大時代的なものを思いついたのは私の好きな忠臣蔵からの発想だった。日本の歴史には実にさまざまな印象的な挿話が満ち満ちているが、人の、特に男にとっての最高の美徳は「自己犠牲」に他ならないと私は思う。その最たるものは世界の歴史の中で日本人が初めて行った特攻隊による攻撃だろうが、歴史に多い仇討ちの挿話の中で忠臣蔵ほどさまざまな余話を伴ったドラマはありはしない。あの四十七士は血判によってその絆を最後まで保ちきったのだからと私が説いたら、有無なく事が決まったものだ。しかしそれでもこれには反発や躊躇もあり、結局参加するはずだった仲間の内の三人が血判を嫌って脱落していった。

血判の際の光景は今思い出すとなかなか印象的なものがあった。言い出し人の私としてはまさかそれぞれのために刀を用意するわけにもいかず、市中によくある、使う度にパキンと刃を折る簡易剃刀《かみそり》を何セットか用意しておいた。誰が真っ先に剃刀で指を切って血判するかと思っていたら、私の持ち出した剃刀を見てさすがに竦んだ表情の全員の中から代表の一人の藤尾正行が「よし、俺がやる」と言い出してくれた。

全員固唾を呑んで見守る中で藤尾氏がおもむろに右手の親指に刃を当てて引いてみせたが切れない。「切れないいな」、呟く彼に向かって横から中川一郎が笑って、「もっと思い切って切らなきゃ駄目だよ」と唆し、言われて頷いてさらに力を入れて引いたら、ざっくり指が切れ、「うん、切れたっ」、彼が呻いて言ったら驚くほどの血が流れ出した。それを見て全員が加減を悟り血判は無事に終わったものだった。

ただその間、それを眺めながら私が思ったのは政治家なる種族の迂闊さというか無神経さだった。この中の誰が、実は肝炎とか梅毒とかの病を抱え持っているかは分かったものではあるまいに。だから私としてはその度に刃を折って新しく使える剃刀を用意しておいたのに、全員が前に誰かが使った刃で平気で指を切る仕草に、私としてはいささか啞然とした思いだった。そして私は当然前の誰かが使って手渡した剃刀の刃を折って捨て、新しい刃で血判をなしおえた。

私が渡辺美智雄を見込んで、僭越ながら〝この男は他の連中と違って切れるなあ〟と感心させられたのは、ある瞬間の出来事でだった。それは青嵐会結成の記念大会の折のことで、私のネーミングのせいか、それとも血判のせいか青嵐会の人気は高まっていて、いろいろな立場の著名人から熱い声援を受けた。中には画家の林武氏や音楽家の黛《まゆずみ》敏郎氏、それに自民党の大元老の賀屋興宣氏などなど思いがけぬ範囲の人々が声援してくれ、中でも名古屋の二村《ふたむら》化学工業の二村冨久社長が巨額の献金をしてくれ、それを踏まえて東京の武道館で青嵐会発足の大会を開くことに相なった。大会は大盛況で、特に黛氏が我々を励ますためにオーケストラを動員し、シベリウスのフィンランドへの愛国の情を込めた名曲『フィンランディア』を上演してくれ、会場の機運は物凄く盛り上がったものだった。

そして最後に青嵐会所属の議員たちそれぞれが己の所信を述べる段となったのだが、あの膨大な武道館が超満員となると壇上の議員たちには未曽有の光景だから各人の挨拶が興奮の末に長くなる。事前にそれを察していたので幹事長の私からは各自に挨拶はきわめて短く一人一分にしろと決めてかかっていたのに、舞台の袖で登壇していく仲間に「いいか、挨拶は必ず一分だぞ」、声を嗄《か》らして言い聞かせても、ある者は五分にもなってしまう。時間はどんどん超過していき、苛々している私に構わず、それぞれが興奮の末のエクスタシーでしゃべりまくり、聴衆もそれに応えての大歓声で手がつけられない。

その中で番が来て登壇していった渡辺美智雄が何を言うかとはらはらしていたら、ただひと言、「この皆さんの中であの金権の田中さんにもっと長くやってくれと思う人がいたら手を挙げてみてくださいよ」、問い掛けたら誰も手を挙げる者などいはしなかった。それを見回して彼が「あ、こりゃ驚いたな。誰かこのことを当人に教えてやったらいいのにね」、そのひと言だけで全館を爆笑させて、さっさときびすを返し舞台の袖に引っ込んでしまった。これは仲間の長広舌に苛々していた私としては胸がすく見事な演出だった。以来、私としては仲間の中で一際に頭の切れるこの男に一目二目置かざるを得なくなった。それ以来、彼を見込んでポスト中曽根には彼が必ずその後を継いで天下を取るだろうと思っていた。

故にも後に彼が中曽根氏と軋轢《あつれき》を生じて迷っていた時、彼に親身に建言したものだ。そして彼もまた折節に電話してきて事を打ち明けてくれた。その証しに、彼は日記はつけなかったが、その日の出来事と心中をテープに録音していたもので、彼の死後それが発見され、その中に私のことが折節に出てくるのに驚いた渡辺番の記者たちがその訳を質しに来たものだった。混迷していた彼に私が最後にした建言は中川も抱き込んで新しい派閥をつくることだったが、最後に彼もその決心をして私に打ち明けてきた。しかし彼を襲った癌はそれを許さず、その決心の披瀝の後、数日も置かず急逝してしまった。

青嵐会がその存在感を示したのは、時の田中総理がまさに電光石火でやってのけた日中関係の正常化に付随した実務協定についてだったと思う。特に実務協定の中の航空協定は日本にとっての実利は何もなく、その以前に中国との密約で、ペキンに操られた記者が台湾から飛来する飛行機の尾翼に記されている旗は台湾の国旗と見なすかどうかと大平正芳外務大臣の記者会見で問い、国旗とは見なさないと答えさせられて国交が断絶してしまい、以来日本の飛行機は台湾の航空情報圏内を飛ぶことが出来なくなり、多大な損害をこうむる体たらくだったが、それを強いてきた中国は自国の航空情報圏を飛ぶことを認めず、本来なら中国の上空を飛んでイスラマバード経由の最短距離でヨーロッパに飛べる権利一切を認めようとはしなかった。

この経由を熟知していた外務省の一部の役人たちは切歯扼腕《せっしやくわん》してペキンからの秘密電報を敢えて我々に漏らしてきた。ということもあって田中総理が二十日もあればすべての実務協定を仕上げてみせると豪語していた案件を我々青嵐会が執拗に反対を唱え、仕上げるのにふた月を要させたものだった。二国間の実務協定妥結の採決には我々全員が反対して起立を拒否したが、結果は与野党全員が賛成の圧倒的多数で可決されてしまった。


この一件については興味深い後日談がある。

実務協定成立の後、日本の財界代表団が訪中し今後の経済関係の進展について協議したそうだが、日本側の代表の当時の日本商工会議所会頭の永野重雄氏から興味深い挿話を聞かせられた。代表団歓迎の式場で、迎える側の周恩来首相が「斯くなった上は今後我々としてはいかなる日本人をも歓迎する」と述べたそうだが、その後、日本側の誰かが相手におもねって「いかなる日本人をもと言われたが、あの青嵐会の者どもをもですか」と問うたら、周が笑って手を振り、「いやいや当然ですよ。私は昔、日本に留学していて古き良き日本人を沢山知っていますが、彼等は最近珍しい古き良き日本人たちと同じですよ。私が日本の政治家だったら多分同じことをしたでしょうな」、そして「それにしてもあの青嵐会という名前を誰が考えたのでしょうかね。青嵐というのは我々の言葉の中でももっとも美しい言葉の一つなのですがね」と言ったそうな。

これは日頃親しくしていた永野氏の私へのリップサービスではなしに、全く同じことを後に運輸大臣時代、不思議な縁で知り合った大東文化大学学長の香坂順一氏からも聞かされた。香坂氏というのは左翼系の学者で、昔中国にいて一時周恩来と起居を共にしていたことのある人物だが、彼が日中国交正常化の後、中国を訪れ、昔の友人の周に会って歓談した時、青嵐会について全く同じことを聞かされたそうな。

もって銘すべきということか。

今この時点で青嵐会のことを思い起こしてみると、志半ばにして亡くなった中川にしろ、渡辺にしろ、私が忠告したのに竹下内閣の建設大臣という、いかにも危うい閣僚を務め許某なる人物との関わりでの金銭の不祥事で地位を失い失脚してしまった古い親友の中尾栄一の思い出にせよ、まさに芭蕉の名句「夏草や兵《つわもの》どもが夢の跡」という観が否めない。中川の不審な死に様にせよ、中尾の自ら招いてしまった失脚にせよ、政治家にとっての金との関わりはなんとも異様なおぞましいものがある。

中川が死んだ後、秘書の鈴木宗男が言い出して、斯くなったならば私に跡を継いでくれという。周りも同じ意見だったが、私が頷くにあたって言ったことは「派の財政がどうなっているかは知らぬが、借金があったとしてもそれを受け継ぐわけにはいかない」ということだった。

ところが後に分かったことだが、派の仲間たちがそれなりに協力してつくった金が七千万円残っていた。それだけあれば当分の派の運営には助かるので、その引き渡しを残金の責任者の鈴木に申し込んだら何故か頑に拒まれ、それを顧問の長谷川四郎氏が怒って訴訟に持ち込んだ。結果としてはこちら側の勝訴となり七千万の金は戻ってきはしたが、私の裁断で父親の後を継いで興業銀行を辞めて立候補するという息子の昭一君にそのまま贈呈してしまった。これまた顧問の二人の長谷川氏たちから馬鹿正直にすぎると叱られもしたものだったが。

中川に関してのさらに苦い思い出もある。

かつてのある時期、三木武夫の後を継いだ河本敏夫氏が自民党の総裁たらんとして当時の党則に沿っての選挙に備え、母校日大の卒業者たちを懐柔して党員に仕立てて総裁の座を狙っていたことがあった。それが例の四十日抗争で挫折してしまった時の反大平勢力の集合時の彼の泰然自若とした態度に感銘した私が、昔から知己の深い河本派の海部俊樹に、「いざという時には中川を説得して、こちらの派閥の八人は必ず河本に入れさせるから」と約束した。海部は喜んで、それならすぐにも河本に会ってくれと言ったが、「いや、それは一応派閥の長たる中川を呼んで話してくれ」と言い渡したものだった。

後に発覚したことだが、河本はそれを喜び中川に派閥八人一人当たり一億、合わせて八億円の金を手渡したものだ。中川は結局その金を自らの派閥の誰にも一文も配りはしなかった。白けた話だが、その一件の思わぬきっかけでの暴露によって中川の怪死の本質の裏側が透けて読めた気がしていた。なんとも空しいというか、味気のない話だ。

政治家にとって金はさまざまな意味で不可欠なものには違いないが、金に関わる者の見栄なり意地はあってしかるべきだとは思う。中川が死んだ後、しかたなしに私が派閥の跡を継いでそれなりの金策をしたものだ。そのためにある資産を売ったりもしたが、それではとても賄えぬために私が考え出した手法は、野党の政治家も含めて高名な講師を揃えての討論シンポジウムで、パーティ付きのイベントは一般企業の社員研修用にも利用され、かなりの収入源になったものだった。

それでつくった金をなんとか仲間への資金として配りもしたが、それでも派閥の運営はまさに綱渡りの観は否めなかった。そうしてつくった金の配分に関してきわめて印象的だったのは、ある時その季節定例の餅代と言おうか、季節ごとの小遣いを一人当たり二百万円ずつ渡した時、たまたま議会が開かれずに時間が空いたので、それなら私が東急の五島昇社長に建言してつくった行きつけのイクスクルーシブなスリーハンドレッドクラブに行ってゴルフでもするかと漏らしたら、若い仲間の何人かがそれなら是非と言い出して一組四人でクラブに赴いた。

そしてスタートの直前に軽い賭けをしたいと言い出し、頷いた私に「ならば一ホール、鶴にしますか、亀にしますか」と問うてきた。訳が分からずに質したら「鶴は千円、亀は万円」と言う。たった今もらった金をその後すぐに私の面前でゴルフの賭けに使おうと言い出す神経に憮然とさせられたが、これが他の派閥ならこんなことではすまぬのだろうと推察し、暗澹たる思いだったのを覚えている。

　またある日は、予定されていた派閥の会合に駆けつけ、その日見舞いに行った弟の病室を抜けて予定していた定例の夏の氷代のボーナスを仲間へ手渡し事務所の部屋に戻ったものだった。私自身それまで派閥絡みの金銭の恩恵に浴したことはなかったが。これがこと政治家に関わる金の動きなるものには鳥肌が立つような感触が拭えない。これが総理としての初の国政選挙のために実に四、五百億の金を投入したという田中角栄ならば、私の金に関するセンチメントを笑い飛ばすことだろうが。


　永年勤続の表彰を受けて議員を辞めた後の四年間は、私の人生の中でのまさにオアシスとも言えそうな時間帯だった。政治家として在ることでのさまざまな制約から解放されて私が享受できた生活は今振り返れば甘美な時間とも言えるものだった。その間に私が己にとって自由な時間を消費して行ったことといえば、驚くほどの数の講演依頼に応えて今まで行ったこともない都市や関わりのなかった組織にまみえる、のびのびした自由な生活の満喫だった。

自分の時間を取り戻してまず私が思いを果たしたのは、顔の利く親しい友人の斡旋で世界の強豪が集うオーガスタナショナルゴルフクラブでのマスターズの観戦だった。折しも彗星のように登場してきたタイガー・ウッズが優勝した年だったが、試合の後、メディア関係者にはコースでのラウンドが許されていたので借り物のクラブでハーフを回ってみた。当時は腕前もシングルに漕ぎつけていたロングヒッターの私にはさして長いコースとは思われなかったが、グリーンの早さとアンジュレーションには驚かされた。観戦中に日本のエースのジャンボ尾崎の、パーオンしたのに三段グリーンの最後の段を昇り切れずにボールが逆戻りし横のバンカーにはまるという惨事も目にしたほどだった。

観戦の後は同行した秘書と一緒に車で発して、北はワシントンの近くまで続くというアパラチヤ山脈を気ままに走った。季節は日本の桜に代わるハナミズキの花盛りで快適な旅ともなった。途中誰かに教わったノースカロライナ州のアッシュビルにあるという、かつての鉄道王、ニューヨークからフロリダまでの鉄道を敷いたバンダービルト家の別荘を観光したが、昔一度滞在したことのある、これも彼が切り開いたという超豪華な別荘地パームビーチとは比較にならぬベラ棒な規模の代物で度肝を抜かれたものだ。

個人の別荘とはいえ、その敷地は東京の二十三区全体よりも広く、敷地の中にはブドウ園が三つ、ハイウェイが二本走っているという代物だった。あれを見て私が思い出したのは、太平洋戦争を始める前にアメリカ滞在の経験のある海軍次官の山本五十六が日米の物量の比較を思い計って開戦に反対し、戦ってもせいぜい二年間がいいとこだと自戒していたという挿話だった。

中世以来、日本人を除く他のすべての有色人種は植民地化で一方的な収奪に甘んじてきたものだが、オーガスタというアメリカ一の高級クラブで働く地元の、ある選ばれた黒人スタッフたちを眺めて植民地支配の徹底の空恐ろしさを痛切に感じとることが出来た。あそこで目にした黒人たちは誰も皆穏やかで礼儀正しく、誰もがカレッジを出ていて、ニューヨークや西部のロサンゼルスで見た黒人たちとは全く違って見事穏やかに飼い馴らされている。そんなアメリカなる大国は先住民のインディアンを後からやってきた白人たちが殺して土地を奪い、その後の地ならしを黒人や支那人の奴隷を駆使してでっち上げた一番新しく巨大な典型的植民地に他ならない。

私がオーガスタナショナルという世界で一番スノビッシュなクラブで目にした穏やかでしとやかで親切な黒人たちはそれを如実に証してくれていたと思う。人間の長い歴史の中で近世から近代、さらに現代にかけて一方的に有色人種を支配搾取してきた白人の横暴の極みを南部での旅で身にしみて知らされた気がしていた。

あの旅できわめて印象的だったのは行きの飛行機からも眺めたが、折から地球に接近してきていたハレー彗星を眺めたことだ。最初はアトランタに向かう飛行機から、何故か彗星は窓の下に見えたが、アッシュビルのホテルの玄関前の庭からも間近によく見えた。怪しい尾を引いた彗星を延べ二日にわたってしげしげ眺めることが出来た。あれは私の人生への何かの予兆だったのだろうか。


短くはあったが、解放された外国への旅で気持ちを洗濯し直したようなこざっぱりした思いで家の書斎の机に座り直した時、なんのきっかけでか死んだ弟のことを書くつもりになった。なったと言うよりも、なれたという気分だった。

政治家をしていた頃、いろいろな機会で彼と出会う機会はあったが、膝突き合わせて語り合う機会などありはしなかった。弟の病の実態が知れて彼の余命も知れていたが、何かの折になんのためでもなく誰のためでもなくただ二人の記念にと思って、ある雑誌で多分これが二人の最後の対談になるだろうと思っての話し合いはした。それも弟の当時のいかにも辛い病状を気にしてのヨットや海の他愛ない思い出話で、今一番したいことが一人でヨットに乗って気ままな航海に出たいというなら、好きなワインとパンを満載にして太平洋に出ていけば、やがてはアメリカのどこかに流れ着いて病気も治っているのじゃないかという他愛ない落ちの対談にすぎなかった。

そしてその後、弟は塗炭の苦しみの末に紛れもなく死んでいった。世に有名な俳優を預かる病院としては彼等なりの沽券で最後の最後まで手を尽くしてのことだった。弟も本気でそれに縋っていたわけではあるまいが、その間委ねた他人の手の内で我慢に我慢を重ね、苦しみ抜いて死んでいった。私の目には彼の末期の苦しみの様は、懸命に延命に努めた周りの医師たちへの弟らしい苦痛の奉仕に近いものだったような気がする。最後の最後の時に、それでもまだ何か他の手を尽くそうとして右往左往する医者たちに、それまで付き添い尽くしていた番頭のコマサこと小林正彦がついに堪りかねて「先生たち、もうええがな。もうこれでいいよ」と叫んだものだった。

立ち会いの医者が見守る心臓の動きのグラフが揺れ動いて止まった時、医者は「御臨終です」と告げたが、私が見直すとグラフはまだ動いてい、私がそれを告げると医者は慌てて取り消したもので、動き出したグラフを見つめ直しながら私は思わず声に出して彼に死を促し、最後の喘ぎが治まりグラフが完全に止まった時、それまで見舞いの折に彼が言っていた「腕を切り落とされたほうがまだましだという、身を包むような、泥のようなだるさ」から解き放たれた彼に、〝おい、死ねてよかったなあ〟と本気で思ったものだった。幸いにも、ついに至った彼の死を確かめるためにもそれまで閉ざしていた近くの窓のカーテンを思い切って開いた。そして仰いだ空には彼を迎えるように大きな虹がかかって見えた。

政治から身を引いて与えられた豊饒な時間は今ようやく、彼が繰り返し背負ってきた何かの業のような怪我や病の折にも、ただの心配や回復への期待しか想わなかった私との関わりについて腰を据えて思い返してみる気にさせてくれたものだった。そして弟が生まれてから今までの二人の関わりの互いにとっての意味合いを本気で考える気になれたのだった。ということで彼と私の兄弟としての一生を書き綴る仕事に取りかかった。そうやって書き上げた『弟』なる私たち兄弟の年代記は幸いミリオンセラーともなり毎日出版文化賞なるものををも受賞できた。

あの本で私の弟への思いは書き尽くしたと思うが、思い返すと私たち兄弟は不思議な存在だったと思う。私が奇跡的に人生で破産せずに物書きになりおおせたのは、父親が死んだ後、家を破産に近い状態に追い込んだ見境ない弟の無頼放蕩のお陰で、忌々しくも羨ましく眺めていた彼の所行を挿話に仕立てた小説がきっかけだったし、私の小説が毀誉褒貶で世間の耳目を集め映画化され、それがきっかけで彼も映画スターになりおおせたのだった。

それでもなお私としては子煩悩だった父親の影響だろうか、彼のことがいつも心配不安でならなかった。彼もまた私の仕事ぶりに気を配り、私の作品の新刊が出ると真っ先に取り寄せ読みふけっていた。互いに世の中での存在が定着できた後も、互いに恩着せ合うこともなく、互いに離れたところにいながら意思はたしかに疎通していたものだ。

今思い返してみれば、私には弟に関していつも不吉不安な予感のようなものがあったと思う。それは彼を間断なく襲った怪我や病への予感というよりも、絶頂の人気なるものがいつまで持続できるかという不安だった。それは人間の世の中での運命の摂理と言おうか条理と言おうか。それを証すように芸能という派手な世界での人気者は私の知る限り誰も皆短命で終わっているではないか。美空ひばりにしろ、私が日生劇場の創作劇で知り合い互いに嘱望し合った市川雷蔵にせよ、中村錦之助にせよ、勝新太郎にせよ、何への償いだろうか皆短命のままにこの世を去っていった。別に弟の病への予感などではなしに、私はただ二人きりの兄弟の兄としての責任でだろうが、いつも彼のいる世界での彼の立ち位置が気になってしかたがなかった。

ある時、彼が世の中へ出たての頃、彼の何本目かの主演作品の娯楽映画をわざわざ一般の映画館に自前で見に行ったことがある。たしか『明日は明日の風が吹く』という作品だったが、映画館は満員で私は溢れている客たちの一番後ろで立ち見で眺めていた。すぐ横に同じように座りそこねたどこかの小母さんがスクリーンを眺めていたが、弟がスクリーンに現れ何やら歌を歌い出したら客席から拍手が起こり、それにつれて隣の連れの小母さんに、「私この人が好きなんだよねえ」と言うのを聞いてひどく安心させられたのを覚えている。

それにしても私にとっての弟の存在にはいつも奇妙な喪失感がつきまとっていた。それは互いにたった二人の兄弟ということのせいだったのかもしれない。『弟』の中にも記したが、彼に関する最初の喪失の衝撃的な印象はまだ小樽に住んでいた幼い頃、なかなか乗りこなせなかった自転車の、父に付き添われての近くの小樽高商のグラウンドでのかなり強引な練習でなんとかものになった家への帰り道の坂で、彼が勝手に走り出し、そのまま止まらなくなり、急なブレーキをかけて道の脇に転倒して突っ込み、膝と腕を数針縫うような怪我をしてしまった時、啞然として見送るだけだった恐怖はまさしく死に繫がりそうな痺れるような喪失感だった。

XII

私たち二人の兄弟の生涯の関わりを振り返ってみると、世俗にいう持ちつ持たれつという言葉がそのまま当てはまるような気がする。

私たちの青春時代、テレビの普及に相まってプロレスが大人気だったが、日本側のエースは力道山でタッグマッチでは彼のパートナーは時折代わっていたがどれも頼りなく、アメリカ側のシャープ兄弟相手でいつも苦戦ではらはらさせられたもので、シャープ兄弟のタッグは絶妙で、眺める我々はいつも切歯扼腕させられたものだった。

私たち兄弟の仲もそれに似たものと言えたろう。私の最初の選挙、参議院全国区でも弟は三台の選挙カーの内の一台を預かってくれて、私の手の回らぬ四国全域をカバーしてくれた。そのせいで四国での得票の中には弟の名前を書いた票が十二万もあって当然無効となったが、それを悔いたら名選挙参謀の飯島清から贅沢を言うなと叱られもしたが。

その借りを私は私なりに返しもした。

弟の独立プロの大作『黒部の太陽』製作の折、共演を約束していた東宝の三船敏郎が五社協定なる役者の交流を禁止した時代遅れの規約に気兼ねして土壇場で出演を拒んできた。この協定の元凶は大映のワンマン社長の永田雅一氏で、どこの会社も彼に気兼ねしてこの馬鹿馬鹿しい協定を順守していた。三船の所属していた東宝もそれに倣《なら》って三船の共演を阻止してきたのだ。それを聞いて弟は愕然として企画の挫折を私に電話してきた。その時、私は初めて弟が泣く声を耳にして憤った。

そこであることを思いつき、かねて知己の深い関西電力の岩永訓光常務に電話し、関西電力が主催して見事完成した黒部ダムの映画化企画の責任者として面会し、会社の意向を質してみた。関電としても当然の不本意で映画界の不条理な束縛でこの企画が頓挫することに怒りを示してくれたが、そこで私からある提案を持ち出したら相手は当然のこととして賛意を示してくれた。

その意向を帯して私は映画会社の中で比較的紳士的理知的な、私も長らく企画の顧問を務めていた東宝に赴き、私が私淑していた名プロデューサーの藤本常務と映画の最高責任者の森専務に会って忠告したものだった。

「あなた方は映画会社という世間で一番派手な会社にいて自惚れているが、関電という会社の大きさを知らないでいる。関電の規模は映画五社を合わせての数十倍、いや数百倍でしょう。そのもとであの黒部のダムをつくったゼネコン一つ一つを見ても、あなた方の数十倍の規模の会社ですよ。その比較を東宝の親筋にあたる阪急に聞いてみたらいい。そして関電はこうなったら日本中の映画館ではない、フィルムを上映することの出来る建物を借りきって作品を上映してみせると言っていますよ。そうなったら既存の映画会社の配給網はずたずたになりますな。それに彼等は五社協定なる俳優の自由を拘束する非人間的な不文律に腹を立てていて、それなら彼等のためにも彼等が自由に活躍できるような新しい映画会社を人材を集めて新規に設立してもいい、そんなものはその気になれば簡単に出来ると言っていますよ。この私にその際には力を貸せとも言っていました。私もかつて日生劇場を創設した経験がありますし、その計画には大賛成ですし、いざとなれば参加のつもりもありますな。今この時点で膨大な資本力を持った新しい映画会社が出来たら既存の五社のどれかは潰れてしまうでしような」

言ったら東宝の二重役は顔色を失ってしまった。

そこで二人は急きょ大映の永田ラッパにこの話を取り次ぎ、さすがのラッパも危機感を覚えて特例とし三船の他社出演に目をつむることになった。ということでの画期的な大作の国民映画『黒部の太陽』は出来上がったのだった。

それが決まった時、さすがに私もいい気分になって弟に恩着せがましく胸を張って事のしかけの種明かしをしてみせたが、前の電話では涙声だったくせに、弟の返事は「なあに、俺たち二人が組めば大抵のやつらはぶっとばせるさ」だった。

あの出来事はリングに出たシャープ兄弟の弟が手ごわい相手にフォールされそうになった瞬間に兄が手をタッチして交替してリングに飛び出し、相手を叩きつけたという構図だった。日活を脅して彼を『狂った果実』に強引に主演させ世に送り出した時よりも、こちらのほうが私としては会心の試合だったと思う。

しかしその後、彼の日本の企業の成功事例をベースにした何本かの作品は私の忠言を聞かずに製作され、『富士山頂』とか『蘇える大地』などは私の予言通り失敗しつづけ大きな赤字をつくり出し、彼の首を絞める羽目にもなった。

ヨーロッパからアフリカにかけての車の大ラリーの大作『栄光への5000キロ』もまた、滞っていた企画を私が大学の先輩の日産の川又克二社長を説得して撮影に漕ぎつけてやった。そんな縁のつながりから彼の企画の『西部警察』に使う数十台の車の無償提供も、この私が取りつけてやったものだ。そんな折節にも弟から格段の言葉を聞いたこともないし、それが私たち兄弟の固い関わりの本質とも言えたろう。

ただ彼の度重なる病については兄弟とて、ただ見守る以外に術はなかった。そして彼は肝臓の癌で五十二の若さで死んで行ってしまったのだった。今まで若い頃から故も無く彼に関して感じていたあの不思議な喪失感に比べると、何故か彼が死んだ後の喪失感は不思議なことにあまりない。彼に関して私が感じるものは喪失感よりも何故かただ彼の不在感だけだ。その証しになまじな家長意識のせいか、彼の存命中にもよく勘違いして長男を裕次郎と呼んだり、弟を長男の名前で呼んだりしたものだったが。

弟との関わりを記した『弟』なる回想録にも記したが、親子とは違って二人だけの兄弟だったせいか、私はふとよく〝おい裕さん、おまえ今どこにいるんだ〟と本気に思うことがあるのだが。

精神の洗浄期間の四年間を過ごして、私はまたまた政治なるものにまみえることになった。衆議院議員として東京に選挙区を構え二十年を過ごす内に、日本の首都なる東京に多くの歪みがあるのに気付いてはいた。そしてその歪みは変化進展していく世界の中で日本が近代国家として健全に立っていくためには是非とも正されなくてはならないものに違いなかった。

例えば時間的空間的に今狭小になりつつある地球の現況に即した人間の移動手段の飛行機の往来のために首都圏の受け入れ態勢は劣悪なものでありながら、その東京の中に依然としてアメリカ軍の横田空軍基地が存在し、それもベトナム戦争以来殆ど使用されていないのに基地故に民間機のための利用は一切不可能で、その滑走路は前後の予備地を加えれば日本では最長のもので、基地の面積の広さから言えばその横にもう一本の滑走路の建設も優に可能なはずだ。

さらなる問題の一つは都内の交通渋滞の深刻さだ。それは共産主義者だった美濃部知事がすでに計画されていた公共事業を一切認めずに首都の環状線の建設も反対凍結してしまったのが原因だったが、その後、政府も手をこまねいているだけで実現の可能性は全くなかった。そんなせいもあって渋滞する車の排気ガスが醸し出す大気の汚染は深刻化してきていて過去に何度か問題にはされ、深刻な地域に警戒警報が出されることもあったが、なんの進展もありはしなかった。

私は一度息子の選挙区の杉並区に応援演説に出かけたら、環状線の上を走る方南通りと交差する陸橋の上での街頭演説で、演説するのが息苦しいほどの大気汚染に驚かされたものだった。しかし政治の一線から身を引いた者としては今更の関心も抱いてはいなかったが、その発想力に期待して私自身も一票を投じた青島幸男知事が結局何もせずに引退してしまい、その後の選挙に自民党は国連の事務次長とかをしていた官僚の男を公認して送り出し、これに飽きたりなかったのか自民党の現職国会議員の柿澤弘治と舛添要一の二人が名乗り出て乱戦模様となっていた。

都民の一人として選挙戦を眺めていたが、既存の四人の候補者の討論の中身が一向に重要な問題に触れることなく、当時何かの出来事をきっかけに注目されていた高齢者の社会的待遇についてばかり論じて、中には自分が年老いた親をどのように介護し養ったかを胸を張って述べたてるのを見て幻滅させられた。

ともかくも四人の候補者には先進国日本の首都の意味合いについての社会工学的な認識は一切感じられずに、こんな手合いが首都の知事になってしまったら国家全体が衰退してしまうに違いないと痛感させられた。同じ頃、私の畏友の江藤淳が新聞のコラムに私と全く同じ感慨を訴えているのを読んで、これはこの自分が国会では果たしきれなかった物事を東京という舞台を借りて果たすべきなのかもしれないと強く感じ入り、遅ればせながら東京を預かる者たらんと決心してしまった。あの時の心境はベトナム戦争体験の後の長患いの末に政治家たらんと決めた時の心境にいささか似ていたような気もする。

他の四人に比べ遅れた私の立候補を他の候補者の誰かが後出しのジャンケンでずるいなどと非難してもいたが、告示の後ではあるまいし、滑稽な言いようでしかありはしない。そして立候補して他の候補者とテレビなど公的な場で討論してみて、つくづく自分の立候補は正しかったと痛感させられた。例えば私が横田の基地の返還や環状線建設の問題を提起しても、全員がそれは国家マターで東京都の権限は及ばぬ問題で口にするのは滑稽だなどと噴飯なことを言い出し、逆に呆気にとられたものだった。

そしてそんな手合いを相手の勝負でなんとか勝利することが出来た。その結果、私は当初続けても三期のつもりでいたが、結果として三期半合わせて十三年余知事を務めることに相なった。それは国会議員として過ごした年月に比べれば、はるかに充実した年月だったと思う。し残したことはいくつかありはしたが、私なりの満足と収穫はあったと思う。

都知事としての仕事を振り返ってみると、この間私が実感したことは、あるいは僭越傲慢にも聞こえようが、政治家はやはり強い権力を握り、それを己の発想のままに駆使しなければ己を選んでくれた者たちの負託に応えることが出来はしないという当たり前の原理だ。私と肝胆相照らすところの多かった橋下徹大阪府知事は政治は独裁に尽きると言い切ったが、誤解を招きやすい言葉かもしれぬがある意味で本髄を突いた言と言えるかもしれない。しかしその前に正当な発想力を踏まえた独断を恐れぬことの進め方と言うべきか。

知事時代、私はある意味で自分一人の着想で役人や議会を無視した独断専行で事を進めたと言えるかもしれない。

東京が他の自治体に先んじて行った事例はいくつかあるが、中でも一番大切と言うか決定的なことは都の会計制度を一変させたことだと思う。私が就任した時の東京都の財政は破綻寸前で予備金はわずか二百億円、財政再建団体転落の一歩手前だった。

そこで学生時代にかじった会計学と簿記学を思い起こし、連綿として続いている単式簿記からこれを普通一般の会社のどこでも採用している発生主義複式簿記に切り替えることにした。

この会計制度は世界の常識で普通の家庭でも気の利いた奥さんなら家計簿に取り入れているきわめて合理的、というよりも常識的なもので、子供を良い学校に入れたい、立派な大学に進めたいと願うなら、そのための予備金を予め積み立ててかかる、あるいはもう少しましな住居を構えたいと願うなら、そのためのローンの準備をしてかかるというのが当然のことだろうに、日本という国家本体はその年度年度決算ですます単式簿記で他の日本中の自治体もすべてそれに倣っている体たらくなのだ。調べてみたら世界の国で単式簿記などという非合理で硬直した会計制度を登用している国は北朝鮮とパプアニューギニアにフィリピンだけという始末だった。

紛れもなく先進国の日本が未だに馬鹿げた会計制度を踏襲している所以は日本の実質的支配者として君臨しているアメリカが起草してあてがった憲法にある、ということを案外に知る者は少ない。

私は東京都の会計制度を合理化し、その後のフォローとして各局の会計検査を専門の公認会計士に預け問題を指摘してもらい、税金の無駄使いを是正する方式を実施するようになってから、ある年きわめて重要な無駄な支出を筆谷勇さんという公認会計士から教えられたものだった。日本の防衛問題の大きな障害となっている憲法第九条に似て第九十条に「国の収入支出の決算は、すべて毎年会計検査院がこれを検査し、内閣は、次の年度に、その検査報告とともに、これを国会に提出しなければならない」とある。ということでその翌年には議会に決算委員会が設けられるわけだが、予算に関しては敏感な議員たちもこと決算となるとさしたる見識や知識がなしに決算委員会でろくな討論が行われることなどありはしない。そもそも会計検査院のメンバーは役人だから、役人が同じ役人のやっていることを綿密に審査し不正を暴くなどということなどありはしないのだ。

故にも国家にしろ地方自治体にしろ単式簿記などという前近代的な会計制度で役人の不正や不備が暴き出される可能性は絶無と言える。国家が構えているいくつかの特別会計なるものなどはまさに藪の中であって、その杜撰《ずさん》な運営は関係省庁の役得でしかなく膨大な額の税金が浪費されているが顧みられることなどありはしない。

東京都の会計制度の変革は当時の日本公認会計士協会の会長だった中地宏氏に依頼し、まず手始めに機能的なバランスシートの作成運用から出発し、その成果を踏まえて全面的な制度改革に漕ぎつけた。その効果は絶大で、合わせて時の都の労働組合委員長の矢澤賢氏が財政再建のために協力してくれ、都の職員の歳費の大幅カットを呑み込んでくれ、さらに退職金の大幅な削減にも同意してくれ、実は向こう二年間のカットの約束を五年に延ばしてしまったがそれもどうにかまかりとおり、加えて都議会議員の歳費も並べてカットを申し出たが、これとて議会は呑み込まざるを得ずに同意してくれ、その結果、知事一期目四年間で財政は再建され、予備金は四千億にまで盛り返した。

都の税制改革にはその準備にかなりの費用がかかりはしたが、それでもその結果は十分に報いられるものだった。そのノウハウを都一人が独占するのは惜しいので他の自治体にこれを採用する意思があるならばそのノウハウは無償で提供すると公言した結果、真っ先に日本第二の都市たる大阪府の橋下知事から是非東京に倣いたいという申し出があり、私としては喜んで説明の専門家を添えて無償で新しい会計制度のノウハウを提供したものだ。

これを聞いて大阪府に次いで新潟県、そして都下の大都市町田市もこれを採用してくれることになった。今日本中の地方自治体の殆どが財政的に困窮しているのが実態だが、規模が小さいほど小回りが利くのだから、どこの自治体も誰に気がねすることなく合理的な会計制度に転じるべきなのに、何が怖くていずれの地でも旧弊かつ非合理な会計制度が踏襲されているのかおかしな実態としか言いようない。問題は肝心の国家本体の姿勢だが、これは国家の官僚機構を根本的に揺るがすだろう案件だから、たとえ国会で取り上げられても官僚たちは熾烈《しれつ》に抵抗して、それを阻むには違いない。

この件に関して印象的な挿話がある。竹下内閣の折、私も閣僚の一人だったが、ある年の年度末近い二月の、閣議の前の雑談で誰かがこの頃になると年度末の帳じり合わせにそこら中で道路工事が増えて迷惑千万、なんとかならぬものかと慨嘆したら、それに合わせて宮沢喜一大蔵大臣が「あれは困ったものですなあ」と頷いてみせるのを見て驚いたものだった。党の中で財政通とされている宮沢氏が年度を跨いでの繰越しを許さぬ単年度制度の単式簿記の弊害に気付いていないなら馬鹿な話で、立場からしてそれを言い出せぬなら政治家としての見識が疑われる話だ。

会計制度の改革によって財政の再建が成功すれば官僚の機構なるものは自ずとそれをやった者の後についてこざるを得ないもので、つまり世の中は何事も金次第ということか。私の前任者の青島もその前に知事を四期務めた鈴木俊一も最後の四期目の後半は予算の垂れ流しに近かったが、私の代になって都の財政運営はなんとか低空飛行から脱して機首を上に向けた。そうなると役人もやる気を起こし自分の持ち場持ち場で工夫もしだし、懸案の事項について役人側から相談を持ち込んでくるようにもなった。

例えば都の財政を補塡できる立場の税務局からある時、今まで手のつかなかった税収案件についての相談があった。事は北朝鮮系の朝鮮総連が保有している建物に関する固定資産税をいくら督促しても払わぬのでどうしたものかという。共産党の美濃部知事時代に、彼等が保有している大きな建物についての税金を知事が相手の嘘をそのまま真に受けて外交関係の用途にしようとしているということで非課税としていたのをこの際なんとかしたいというので、なら滞納を続ける気ならば建物は競売に付すと通告させ、競売の相手もすでに決めているので某日までに税金を払わなければ即座に転売すると通告させせたら、相手も慌てて金をかき集めて持ち込んできたものだった。

ある日、税務局長が「これを見てください」と持ち込んできた札束は片方は三千万円、もう一つは二千数百万円で、連中の狼狽ぶりを明かすように一万円札の裏表がばらばらのまま紐で束ねて縛りつけた乱雑きわまる札束として届けられた。北朝鮮に不法に誘拐拉致されて未だに戻らぬ多くの同胞を取り戻すためには、これを真似て朝鮮総連幹部たちの日本における資産の凍結ぐらいしたらどんなものかと思わせられるが。

行政の成果については都民から感謝の反応なんぞ滅多に示されるものではないが、私が知事としての責任で強引に行った施策の中で多くの人たちから直に感謝の声を聞かされたのは、東京を走り回るトラックのディーゼルエンジンによる排気ガスの規制だった。

事の始まりは、ある時訪れた東京の環境研究所で見せられたトラックの排気から出る煤《すす》を詰めた並のサイズのペットボトルだった。説明の委員の話だと東京全体で一日にこのボトル十二万本の煤がばらまかれているという。十二万本というのはベラ棒な話で、一万二千本の間違いではないかと問い直したら間違いなく十二万本だという。手にしたボトルを振って中身をまき散らしてみたら宙に舞って煤の姿は見えない。煤の粒子は微細で吸ってもその瞬間に鼻や喉にさしたる違和感はない。しかしその時私が思い出したのは昔、息子の応援演説に出かけた折の杉並区の交差点での息苦しさだった。

折しもその頃、東京で世界の肺癌学会が行われていて私も主催地の責任者として挨拶を請われていたので、その機会に東京の空気の汚染具合について話すことにした。ということを主催者の日本側の学会会長に伝えたら、その男は何にこだわってかそれは好ましくないと応えてきた。

私はそれを無視し例のボトルを手にして登壇し、東京を走るディーゼル車の排気ガスの実態を説明し壇上でボトルを振り回し中身を宙にまき散らして見せ、この実態と肺癌の関わりについて世界の権威たちの意見を是非聞きたいと言い、東京の土産として興味のある方はどうぞ持ち帰ってほしいと言い、壇の机に二、三本のボトルを置いて帰った。満場の学者たちは異常な興味で、私が下壇した後に煤を詰めたボトルに殺到したそうな。それを見てか、主催者の学会会長は後でわざわざ結構なお話でしたと礼に来たらしい。世間の実態を知らぬ学者の権威なるものの浅さを示した典型的な事例だろう。

しかし一日十二万本分の排気ガスによる煤を無くすためにどうしたらいいのかが問題だった。煤の原因は燃料の軽油に含まれる硫黄分によるものだが、これを無くすためには車の排気マフラーに装置を取りつけ、吐き出される排気を浄化しなくてはならない。この装置の装着にはかなり金がかかり、零細業者の多いトラック会社にはかなりの負担となるが、これを義務付けし、それに従わぬ会社には操業を禁止するくらいの規制をしないとならない。都内の幹線道路で検問を行い、その装置を装着していない車には走行を禁止することにした。

事の始めにはトラック業界から反発の声が上がったが、全日本トラック協会の浅井時郎《ときろう》会長がそれを押し切って零細の業者には補助金を出す制度を構築してくれ、規制は徹底していった。それに応えて東京の石油業界が特に東京の業者のためにサルファー（硫黄）フリーの軽油を精製してくれ、そうした協力が相まって事は進んでいった。

それと相まって一部の暴力団があちこちで秘密の基地を構え、重油に硫酸を混ぜて軽油まがいの安手の燃料を精製して売り出している拠点を、都の職員たちが警察官を同道して摘発し、事は一気に進められていった。その結果、二年足らずの内に東京の空気は一変した。誰よりもそれを喜んでくれたのは東京に多い、多くの喘息患者たちで、彼等の所見では従来の病状が一変して軽くなったそうな。

　これは聞かされて為政者として何よりも嬉しい話で、こと人間の健康に関わる事柄が医者や医療行政によってではなしに政治家の思いつきで改善され、人の人生を救うというのは滅多にある話ではなかろうとも思う。現に私の先輩のある高名な弁護士が自分は長年東京で仕事を続けてきたが、その間空気の悪さに耐えかねて何度か地方に事務所を移して仕事をしようかと思い迷ったもので、君のお陰で都落ちせずにすんだと打ち明けられ、嬉しい思いをさせられた。加えて交通量の多い環状七号線沿線の住民から、洗濯物を乾かすために家の外に干すと車の排気ガスで黒く汚れてしまう現象が激減したとも。

　その他私自身の思いつきで実現し実った行政の果実として密かに誇らしく思っているのは、私の選挙区でもあった羽田の飛行場を、この私こそが国際化したことだった。これによって内外の要人らは来日出国の際、都心から遠い成田を使わずにすむようになった。

　事の起こりはある時、私が羽田に既存の三本の滑走路に加えてもう一本の滑走路をつくったなら羽田の空港としてのキャパシティはかなり増えるのではないかと、運輸大臣時代の官房長で都の参与として迎えていた棚橋泰氏に尋ねたら、既存の南北に走っている二本に、Bランと呼ばれている東西に走る最短の滑走路に加えて既存の南北線の末端の海面と多摩川の河口を使っての南北線に匹敵する長さのランウェイが出来たら格好なはずだということで、当時自民党の政調会長をしていたかつての盟友の、彼もまた運輸大臣の経験者の亀井静香をけしかけ、ある事にかまけて国土交通省航空局長を呼び出し、殆ど恫喝に近いかたちで羽田の四本目の滑走路に関する調査費を来年度予算に計上させようとしたが、局長は驚いて逃げ腰で、次には次官を呼びつけ、強引に十五億円の調査費を獲得させたものだった。

国家の行政のコツなるものは、とにかく一旦調査費なるものがつけば役所の面子としては事を実際に進めざるを得ない。ということで羽田の四本目の滑走路は着工の軌道に乗せられたが、いざとなるとその工法に焦点が集まってきた。これは国家予算を投じての大工事だから関係業界は目の色を変えて殺到することになる。

工法の案としては第一に埋め立て、第二にメガフロート、第三に一部埋め立てと残りの部分はニューヨークのラガーディア空港のように桟橋にして繋げるという案だった。第三の案は埋め立て延長の部分は多摩川の河口に構築ということで、従来なら河川を管理している建設省が縄張りを主張して至難のはずだが、幸い数年前に運輸省と建設省そして国土庁などが合併させられて国交省なる新規の役所に改変していたので、多摩川の河口利用に関しては横槍が入ることなく案としてまかりとおることになった。

となると、これまた関係業界の売り込みは激しいことになり、それを予測して工法設定の委員会を設け、その座長を親しい仲だった当時日本ＩＢＭの会長だった椎名武雄氏に依頼したがなかなか結論が出ない。苛々して椎名さんに質すと、「どいつもこいつも欲の皮が突っぱっての談合が熾烈で、何を質しても出してくる数字がいつも皆同額なんだよ。こうなったらドンブリにサイコロを入れてのチンチロリンで決めさせるしかありゃしないよ」という体たらくだった。それでもその内に中国の経済が成長してきて鉄鋼の需要が増えたのでメガフロート案は立ち消えになり、国交省も乗り出してきて最終的に埋め立てと桟橋の折衷案に落ち着いたが、本来ならば完成はもう少し早まっていたはずだった。

そこまでは良いのだが、滑走路が完成したら愚かな外務省の横槍が入り、当初は新しい滑走路を使ってのフライトは間近な韓国や台湾、中国止まりにしろという。私としては腹に据えかねて東京の繁栄、ひいては国家全体の繁栄のためにもそれを無視してアセアン諸国まで足を伸ばし、やがてはそれより遠い外国にまで飛ばせと国交省に申し入れし、結果としてはそれがまかりとおり、国家の元首や総理、その他の重要閣僚の外遊にはもはや遠い成田を使う者はいなくなった。故にも私としては羽田に降り発ちする度、あの繁栄ぶりを目にし密かに満足している。

羽田や排気ガス規制の他にも私自身の思いつきで実現した新しい施策はいくつもあるが、十四年近くに及んだ私の都政についてはすでに『東京革命』なる一巻に記したから詳細はここでは省く。それでも世間の目につきにくい私ならではの、密かに自負している思いつきの成果については記しておきたい。

その一つはトーキョーワンダーウォールとワンダーシードと称する若い無名の芸術家たちの発掘の場だ。私自身もかなりの腕前の絵描きと自負しているし、十代の頃描いたかなり奇抜なエスキースの個展は二度ほど催し好評だったし『芸術新潮』にも取り上げられたこともあり、画集として出版もしていた。そのせいで家にも小さいながら画室も構えているが、ある時執務室から議会に向かう途中の長い渡り廊下に格好の壁のスペースがありながらなんの飾りもないのに気付いて、これをワンダーウォールと名付けて都の主催で懸賞付きで全国に呼び掛けて若い無名の作家たちの作品を募集し、しかるべき審査で十二名の新人を選んで毎月一人ずつ空いている壁に展示させることにした。合わせて別の建物を活用し、そこで新人の小さな作品をワンダーシードとして募集選考して展覧させ、売りに出させることにもした。

そもそも従来の都庁舎はおよそ殺風景なもので、調べてみると、いつ誰が買い入れたのかイサム・ノグチの立派な彫刻が収納されっぱなしで人目に触れることなしにされていたり、これまたジャン・アルプの洒落た彫刻が収われっぱなしでいたもので、もったいない話だった。そこで私が命じ、都庁のツインタワーを結ぶ長い渡り廊下の真ん中にイサム・ノグチを立てて据えろと命じたら、役人たちは高価な彫刻に見物客が手を触れては困ると言い出すので、彫刻というのはもともと手で触って鑑賞するものだと言ったら、不承不承言うことを聞いてイサム・ノグチは何年ぶりかに人目に触れるようにはなった。一方のアルプは、これまた知事室を出て議会に向かう廊下の角に変形のアルプの作品に格好な半円形の窪んだ壁があり、見事に納まったものだった。

ワンダーウォールとワンダーシードのほうは大きな反響を呼んで日本中から無名の新人の応募があり、この頃では芸大の学生たちに教授が見込んで、君もそろそろあれに応募してみたらどうかと言い出すほどのプレステージを構えるようになった。二つの応募展の発表式には、貧しい無名の作家たちが遠い地方からはるばる夜行のバスに乗ってやってくるような盛況となった。当選した作家の中にはすでに画商がついて世界的に注目されるようになった者までいるという成果が上がっている。

　それを眺めてある時決心し、青山の国道246号沿いにある国連大学の職員用のドミトリーが殆ど空いているのに気付いてこれを召し上げ、外国の画学生にあてがうアーティスト・イン・レジデンスとしたら、これまた大変な評判となって世界中から是非東京に行って住み着き勉強したいという申し込みが殺到し、限られた期間だが都心のあの場所で気ままに過ごした若い芸術家の卵たちは、全員帰国して後にも親日の大使のような存在となって東京の喧伝に努めてくれるようになった。

　そしてこの実態を知った国の機関の国際交流基金や文化庁が、実は自分たちがやるべきことを東京都がやってくれていると高い評価をしてくれるようになり、国もささやかだが若いアーティストを活用しての外交活動のために予算の援助をしてくれることにもなった。

れ

それともう一つ、これも私の趣味にかまけての試みだったが、殆どの人が見向きもしない大道芸人を育てるため、その道の達人たちに審査をしてもらい、合格した連中には都からライセンスを与え、あちこちの町に設けられている歩行者天国などで晴れて得意の芸が披瀝できる制度をつくり出した。

これはニューヨークなどの地下鉄の駅のロビーでよく見かける素人のメトロアーティストと呼ばれる無名の芸人たちに晴れて演奏の場を与えてやろうというものと同じで、普通だと警官が来て追い払われてしまうのを、商店街の歩行者天国の盛りのスペースを活用してのパフォーマンスを公式に行わせることにした。その合格者はヘブンアーティストと呼ぶことにして、演目は音楽に限らずジャグリングから簡単な手品や奇抜なパフォーマンスと多芸多種にわたり、審査に通った外国人までいてなかなかの見応えだった。ヘブンアーティストの合格者には共通の規格の見物料金を投げ入れるための、いわば賽銭箱をつくって渡してやった。

最初の選抜芸人たちのパフォーマンスは秋葉原でやったが大成功で、それを聞いて日曜の銀座の大通りの歩行者天国で行ったらこれまた大人気だった。軒を並べる店舗の前の歩道にまで人が溢れる大盛況で、こうした無名な連中の中からも素晴らしい芸人が育ち、東京に限らず地方の町や中には外国からも呼ばれて大道芸を披露する手合いも数多く輩出したものだった。

そしてもう一つ私ならではは、東京ならではの新企画としては東京マラソンだった。あの成功は最後にはオリンピック招致の決心に繋がっていったと思う。

事の始まりはQちゃんこと高橋尚子選手の育ての親の髭の小出義雄監督と対談した時に、小出さんがマラソンランナーたちに是非とも銀座の大通りを走らしてやってほしいと言われたことだ。「あんな人ごみと車の多いところを走るより、どこか海岸端の空気の綺麗なところを走ったらいいのじゃないか」と言ったら、「然《さ》にあらず。誰でも自分が走る姿を多くの他人に見てもらいたいものなのだ。それがマラソンランナーの心理だ。東京でマラソンをやるなら出来るだけ眺めるお客の多いコースにしてほしい」と言う。

なるほどそれなら話は簡単だと請け合ったが、警察がとてもよい顔はしなかった。問題はランナーもさることながら沿道の観客の整理だと、渋る警視総監に「僕はあなたの任命権は持たないが、言うことを聞き入れてくれないなら拒否権は行使するかもしれませんぞ」と半ば冗談でせっついて事がまかりとおったものだった。
今では大盛況となった東京マラソンで感動したのは、私の号砲一発で通りを埋め尽くしている万余のランナーが洪水のように流れ出していく壮観などではなしに、タイムリミット寸前に後ろから追いかけてくる収容バスから必死に逃れて、ゴールラインへぎりぎりに駆けこんでくるランナーたちで、そうした連中が奥の着替え室で足湯に浸かりながら我ながらの達成感に浸って涙を流している姿だった。「ご苦労さん」と思わず声をかける私に涙を浮かべて「ありがとうございました」と答える相手に、「僕にではなしに自分に感謝しろよ」と言ったものだった。自分の肉体の限界に挑んで事をなし終えた者の、人間としての始原的な快感を相伴するのは、こちらも同じ一人の人間として体の芯に伝わってくる共感だった。

私は生まれつきせっかちな人間だからルーティンには弱く、知事の任期はそう長く続けるつもりは毛頭ありはしなかった。初めからせいぜい三期あれば大方の思いつきは実現できようと思っていたから三期目の途中のある時、かねて好感を抱いていた神奈川県の松沢成文知事にバトンタッチする約束を、首都圏を構築している埼玉の上田清司《きよし》知事、千葉県の森田健作知事との立ち会いで交わしていたものだった。その前に自ら言い出していた東京へのオリンピックの招致活動には僅差で敗れていたが、あのIOCを仕切っているヨーロッパの白人たちの横暴は腹に据えかねていたので、二度目の挑戦は私の後任者に委ねるつもりで一度灯した松明《たいまつ》の火は消すまいと招致の持続だけは宣言しておいた。そして三期目の最後の議会で引退声明を述べて身を引く予定でいた。しかしその予定が思わぬ出来事で狂ってしまった。

松沢氏との約束では、私の引退声明の直後に松沢氏を後継に指名するはずだったのだが、彼は彼の立場から後継者を設定するための時間の制約があるとのことで、私の声明の前になんと東京で記者会見をし名乗りを上げてしまったのだった。その突然の出来事に東京でも横浜でも反発が起こり、私の最後の議会の前夜、急きょ松沢氏と東京都連会長の私の息子の伸晃、そして森喜朗元総理の四者の会談が持たれ、森と息子は私の引退に絶対反対、私は松沢氏との約束を守って予定の通り翌日の議会で用意している原稿を読み上げて引退を声明すると言った。

松沢氏も当然約束が違うと二人に反発したが、森氏が自民党の調査では松沢発言を聞いて私の後継たらんと名乗りを上げている他の三人の候補では首長選挙の規程、投票総数の四分の一を上回る票を得なければ当選たり得ないという枠の中では誰も当選の見込みはない、そういう結果を踏まえれば当然再度の選挙とならざるを得ないと説得してき、松沢氏はそれでも自分は出馬すると言って引かずに、私としては翌朝近くにその日の午後の引退演説を書き直さざるを得ない羽目となった。

三月十一日の演説ではことさら四選には触れなかったが、事は当然、私の四選出馬ということになった。その直後、改めての都庁幹部との会議の最中に突然部屋が激しく揺れ出したのだ。あの異常な出来事は私の運命を変え、この国の運命を変えてしまったのだった。

XIII

東日本大震災はまさに想像を絶するものだった。テレビに映し出された映像もさることながら、知事の特権で警察や消防庁のヘリコプターを駆使して被害に遭った福島、宮城、岩手の三県を短期間でくまなく視察した。自然がもたらす災害の底知れぬ猛威は物書きの想像力を超越していて、現場に立たぬ限り実感としては伝わりきれぬものだった。

災害の余波は東京にまで形を変えて及び、特に当時の与党民主党政府の無能さのせいで思わぬ混乱を強いられた。例えばある日突然、かつて私の秘書をしていた男が地元の菅直人に取り入って間違って議員となり彼の側近として官邸に侍っていたが、その彼から警視庁の放水車を福島の原発での放水に貸し出してほしいとの要請があった。警視庁の放水車は暴徒鎮圧のためのもので放水の角度は知れていて原発の建屋に向けての作業には適さないのではないかと質したが、とにかく是非すぐにということで警視庁に要請して出動させた。

しかし約束の地点に現地の案内係が一向に現れないので数時間待った末に引き返してきた。次の日ようやく段取りが決まり出直したが、現場が混乱していてすぐには放水できない。繋いだホースでの瓦礫を避けての放水に手間どっている内に政府の高官から叱咤の連絡が入り、あと一時間の内に放水しないと責任者を処分すると脅しがかかった。

とは言っても現場の混乱からして適うものではない。出向いた隊員たちは放射能の危険を覚悟で家族とはまさに水盃して出向いているのに事情もよく知らぬ政府高官なるものが、言うことをきかぬと処分するなどとは聞き捨てならぬ言い分で、それを聞いた私は激怒して官邸に電話し、総理の菅に抗議の面会を申し込んだが忙しくて会えぬと言う。ならば好むことではないが私が官邸に赴いて一人で記者会見をして政府の不届きをぶちまけると脅したら、会議の前に五分なら会うと言う。そこで官邸に赴き、不当尊大な発言をした政府の責任者を明らかにして謝罪させろと申し渡した。結果は海江田なる閣僚の発言と分かって、彼も不承不承陳謝せざるを得なかった。

その後も原発が停止してしまっての電力危機となり、担当の蓮舫なる女の閣僚がやってきて電力の最大消費地である首都圏での節電に協力してくれと言う。首都圏というなら東京だけではなしに隣接の神奈川、千葉、埼玉各県知事にも要請すべきだろうと言ったら、何やらもごもごして答えられない。それが面倒なら政令を出したらどうかと問うても、政令なるものが何か分かっていない。たしか以前のオイルショックの時に節電の政令が出ていて、それがまだあるはずで、当時に比べて変わった今日の世の中だから節電の対象に自動販売機なども加えて出すべきだと説いたが、戻って閣議に諮りたいと言うので、それは事の主務大臣である君から提案すべきだろうと言ってもそれがよく分からない。横に大勢ついてきていた記者たちも政府全体の無能さを察知しているのか、脇でただにやにや笑っている始末だった。

災害による福島原発の被害は、無能な民主党政府の不手際が重なって日本全体に放射能に関するヒステリー現象を到来させてしまったとしか言いようない。以前に起こったスリーマイル島とチェルノブイリの事故と相まって、さしたる科学的根拠もなしに、さながら広島、長崎の原爆被害に通う放射能災害が蔓延しかねぬような被害感が広がり、原発の存在そのものが一種の社会悪のようなイメージを造成してしまい、その後遺症は未だに止まない。

原発に関して混乱した世論の中で唯一まともだったのは世間は意外にとったかもしれぬが、どちらかと言えば反権力反体制の論客としてとらえられていた観のある吉本隆明氏が「原発反対を唱えて人間はまた猿に戻ろうというのか」と正当皮肉な論を述べていたのが印象的だった。アインシュタインの相対性理論によれば宇宙を動かしているエネルギーはすべて核エネルギーであって、地球の生物の生命の発育のためには太陽が送ってくる放射線が不可欠ということを思えば、原発の事故を踏まえて核エネルギーをすべて忌避するというのは文明の進展による人間自体の向上を忌避するということにもなる。それは人間の進歩、文明の発展進歩に関する歴史的原理を無視否定することに他ならない。

人間は火を恐れずに使うことを体得したことでこそ猿から分化し人間になり得たのであって、爾来新しい技術の発見体得こそが人類の進化に繋がってきたのだ。火の使用によって人間は銅を発見活用し銅器時代の文明をつくり出し、やがて銅が鉄に代わり、それに続く中世という長期にわたる時代、主にヨーロッパにおける火薬と印刷術、それに加えて彼等がアラブの航海者から習った航海技術によって新大陸を発見開拓植民地化し、資源を略奪し尽くしたことでヨーロッパの白人社会の発展をもたらしたのだった。第二次世界大戦を終焉させたのも無類の破壊力を持つ原子力兵器の到来だった。

そうした正当な文明史観を持たない政治家たちの無見識は今後も容易に歴史の進展を損ない、下手をするとトラウマに近い精神病質的なヒステリーを蔓延させ、人類を破滅にさえ追い込みかねまい。

私が四期目の知事を務めている間、この手のヒステリー現象にいろいろ手を焼いたものだった。ある時、災害被災地の瓦礫の処理に政府も手を焼き、放射線濃度のきわめて低い被災地の瓦礫の処理に受け入れ予定の各地が反対し、東京が東京湾の埋め立てに受け入れる許可を出したら一部の都民から猛烈な反対の声が上がったものだが、困惑した担当の役人が「どう説明説得したらよいのでしょうか」とお伺いを立ててきたので、それについて質問してきた記者に定例の記者会見で、私は反対派にはひと言、「黙れ」と言えばいいと答え、事はそれでまかりとおった。

知事という首都を預かり、その限りでの絶対的な権限を持つ仕事を体験したことは私の人生の中での快事だったと言えそうだ。ともかくも十三年余の経験で、四十年ほど前に突然思い立ち迷った挙げ句選択した政治という手段によって国会議員を務めた長きの間に、その回想録の『国家なる幻影』に記したような淡い悔いだけは抱かずに席を去ることが出来たような気はしているが。

それにしても知事を務めていた間のある経緯で、私はまたもう一度国政に戻ることになってしまった。事は私の盟友だった平沼赳夫が原因だが、長い政治家生活の中で平沼氏ほど真摯に僚友として尽くしてくれた人物は他にいない。彼ほど事に応じて剛毅剛直で、男として政治家としての芯を曲げずに通してきた男は他にいはしない。彼こそ人生の真の友と言える男だと思っている。

その彼が郵政民営化に反対して節を曲げずに自民党を追われ、仲間を集って新党をつくって世に問うというので党のネーミングについて相談があった時、私はイタリアのベルルスコーニが政権を奪取した時の新党の名前「フォルツァ・イタリア」〝がんばれイタリア〟に真似て「頑張れ日本」にすべきだと建言したのだが、それではネーミングの版権に抵触するという意見が出、ならば「たちあがれ日本」にしたらどうかということになり、名付け親の私は知事ながら彼等の応援団長ということになってしまった。

知事退任の後、後継者の猪瀬直樹新知事が間もなく思わぬ不祥事で退任を余儀なくされ、私はただの傍観者と相なり、その間知事時代親しくしていた大阪の橋下知事が民主党に見切りをつけて逃げこんできた四人を抱えて国政に挑むというので協力を依頼され、その名も「日本維新の会」というなかなかのネーミングで、それに釣られたわけではないが、この現代で維新を唱えるなら明治維新に倣って基本理念たる「船中八策」をまずつくるべきだと建言したら早速出来上がった維新の会の政策綱領なるものを見て驚いた。

その中に福島原発の事故のトラウマでかなんと「向こう十年の間に原発をすべて廃止する」とあったので、これはいかにも無謀な話で、ごく近い過去の一九八〇年のオイルショックで電力が激減し電力を一番消費するアルミ産業が瞬間的に潰れて、残ったのは日本軽金属の蒲原工場だけだったのを知っての上かと批判したら、立ちどころに向こう十年を二十年に改定したものだった。このあたりから私は当時の維新の会を形成しているメンバーに基本的な危惧を感じていたので平沼氏に、わずか五人の「たちあがれ日本」を維新の会と合流させてはどうかと持ちかけた。ということで急きょ名古屋で橋下氏と、たちあがれの党首平沼、幹部のいずれもベテランの園田博之、藤井孝男と私の五人が合流のための協議を持つことになった。

今思えばあの時の会合そのものに語弊があったことは否めない。大阪方のメンバーは平沼や園田、藤井のキャリアや政治家としての力量について熟知していたとは思えない。特に平沼は郵政民営化問題で小泉内閣とは反目していたが、小泉自身は自らの後継者の有力候補と考えていたほどの逸材で、次の選挙で沈みかかっている泥船からいち早く逃げ出したドブ鼠たちとは格もキャリアも桁違いの人物なのに、大阪方にどれほどの認識があるのか分かりはしなかった。だから事前に私から平沼氏たちには向こうが何を言おうと黙って我慢し、ここはお互いのため、ともかく合体して数を増やし力をつけ庇《ひさし》を借りて母屋を我がものにするくらいのつもりで行け、と言い含めておいた。

しかし会談は私が危惧していた以上のものになった。橋下氏は率直と言えば率直、平沼知らずといえば皆目平沼知らずで、会談でも面と向かって「僕たちがほしいし一緒にやりたいのは石原さん一人で、後の方はどうでもいいのですよ」とまで言い切ったものだった。これには私もいささか辟易して、永田町での常識から説き起こし、既存の大阪方の四人に東京方の五人を加えればいかに有力かを諄々と説いて証し、なんとか合体の話はまとまった。

　となれば大阪が発売本舗の維新の会のイメージは膨らみ、予期以上の反応が起こってきた。名古屋の河村たかし市長が息のかかった仲間を数人連れて参加したいと言い出してきて、東京・大阪さらに名古屋の大都市、日本の要の三者が合体すれば大きなうねりとなるものと期待したのだが、何故か大阪方が感覚的生理的に名古屋を加えるのは嫌だと拒み通し、この計画はご破算となった。

　大阪の大阪なりの自負は結構だが、あの時私の案を汲み取って名古屋を加えていたら選挙の結果はかなりのものになっていたと今でも悔やんでいる。天下分け目の関ヶ原の合戦とまでいかぬまでも後の国の政局にかなり大きなインパクトを与えたものと思うが、結局は大阪の本店意識が井の中の蛙大海を知らずの体たらくで事を小さく括ってしまったと言える。そしてその懸念は以後の党の運営にさまざまなバリアとなって露呈してきたものだった。

　東西合体での選挙の前に大阪での大阪方の大会に私も講師として出席し、挨拶の前に橋下氏の演説を耳にしたが、初めて耳にした彼の演説の迫力には感心させられた。ただその中での「政治家は国民のふわっとした民意を鋭敏に汲み取らなくてはならない」という一節には不安を抱かされた。

　ふわっとした民意とはそもそも一体いかなるものなのだろうか。政治に関する案について殆どの国民は熟知することなく、一部のメディアの言うままにふわっとした民意を抱きやすいものだ。そして政治家がそれに迎合すれば政治は往々にしてポピュリズムに堕しかねまいに。彼等が私の建言に沿って当初に掲げた船中八策の中の原発を向こう十年で廃絶するという項目も当時の原発ヒステリーなる、まさにふわっとした民意に沿ったものに他なるまい。

　その懸念が後になってまさに原発に関する、ある政策への対処に関して当てはまり、結果として党の分裂のきっかけになってしまったものだった。

　事は政府が外交方針の一角としてアラブ諸国に日本製の原発を輸出する協定を締結した際、維新の党の大阪勢から異論が起こった。どう考えても国益に沿った安倍外交の成果と言えるはずなのに、福島の原発問題にかまけて蔓延していた、まさにふわっとした民意に沿っての反対論としか言いようなかった。

しかもその是非を党として決める際に前代未聞の話だが、党内で賛否の採決をとるという。そしてそれが大阪方の党としての文化だと。そのために開かれた議員総会で私は人間の歴史の進化の文明史観に則っての論を述べ、かかる問題を党内での採決に依らしめるなどということにはとても賛成しかねると述べたら、大阪方の一年生議員から「嫌ならやめろ」という野次まで飛んだ始末だった。私が東京と大阪による二頭体制の限界を感じた瞬間だった。

という経緯を踏まえて私は決心し橋下氏と面談し袂を分かつ提案をし、彼もそれまでの経緯を察知した上のことだろう、分党を承諾してくれた。その際、私は維新の党の本舗である大阪への仁義を立てて、これからつくる新しい政党は維新を名乗ることはしないと約束しておいた。

大阪と袂を分かった後の新党のネーミングには苦労させられた。提案の新党「大和」は好ましいと思ったが映画の『宇宙戦艦ヤマト』を彷彿させるという事務方の懸念があり、新党「富士」はリンゴの名前に近いとの反対があったりして、結局、誰が言い出したものだったか「次世代の党」などという訳の分からぬ名前に全員の投票の結果決まってしまった。新しく発足する政党の名前を投票で決めるという手立てにうんざりさせられたが、事の流れに私一人の異議を押し通すわけにはいかず、私自身の小説の題名は私一人で決めてきていた自分としては得体の知れぬ新党への情熱は到底持ち切れぬまま、私にとっての政治の季節はそろそろ終わりに近づいたものだなと密かに思っていた。

それを暗示するように私の健康がにわかに変調をきたしていたのだった。二〇一二年の暮れ、十二月三十日の朝、目を覚まし寝室を兼ねた書斎から眼下の逗子の入り江を眺め、いつものように海の風向きを確かめようとしたら右の目が曇って海が見えない。仰天して掛かり付けの眼科医に電話したら兼ねて案じていた私の目の構造からして緑内障の発作に違いないと、すぐに処置しないと失明に繋がると言われて土砂降りの雨の日だったがタクシーで東京に駆けつけ、レーザーで処置してもらい、なんとか視力を回復できた。

その時かねての懸案だった白内障の手術を勧められ、翌年正月に一日入院して両眼の手術を受け、それまで0・6に落ちていた視力を両眼とも1・5まで回復させられた。しかし後に気功の名人から知らされたが、それが引き金となって間もなく思いがけぬ病に襲われることになったのだった。悪い事には悪い事が重なるもので、当時家内が家で転んで大腿を骨折して手術を受け入院中のことだった。

あれは私の人生のある意味での大きな分岐点となった日だったと思う。通いの家政婦の作る料理が味けなく鬱々としていた私に何かの所用でやってきた次男が「気持ちも分かるけど少し厚着して散歩にぐらい出かけたら」と言うので、その気になり夕食前の散歩に出かけることにした。

ところが玄関でいつも散歩に使う靴を履こうとしたら何故か靴の紐がうまく結べない。何度やってもいつもの蝶々結びが出来ない。しかたなしに片結びで出かけたが、二月の始めの寒さが厳しく手袋も忘れていたので途中でいつもの道を端折《はしょ》って近道して家に戻ろうとしたら、選んだ細い道が間違っていて、どこかの屋敷町の中で立ち往生してしまった。

そこへたまたま知り合いの人が通りかかり、私の様子に気付いて「どうかしましたか」、質してくれたが、ここはどこですかと尋ねるわけにもいかず、ただの挨拶をしてやりすごし、その後気を取り直し辺りを見回してみたら遠くに走るバスが見えた。あれは中原街道を横浜に向かう路線バスだなと悟り、ならばあれと直角に折れ走る環状八号線はこちらだ。ならば自宅はこの方角だとナビゲーションして歩き出し、なんとか家にたどり着いた。

そこでもう一度靴の紐を結び直してみたが、まだ出来ない。不審不安で掛かり付けの都立広尾病院の佐々木勝院長に電話して質したら「それは非常に危険な症状だ。すぐに来てください」と言われ、タクシーで駆け付け、MRIで検査したら脳梗塞と診断され即時入院となった。あれでそのまま就寝していたら完全な手遅れで長嶋茂雄氏と同じような後遺症になっていたに違いない。

それでも状況はかなり深刻で左半身が麻痺していて感覚が鈍い。後に知らされたが、梗塞は右の頭頂葉で起きていて左腕の感覚が失せていた。奇妙なもので、そのせいかベッドで寝返りをうって左腕が脇の堅い鉄枠に当たると奇妙な快感があったのを覚えている。翌日には三階の個室から二階の集中治療室に移された。後に聞くと右の頸動脈の狭窄がかなりなもので、その部分がさらに広がりそうな場合には際どいステントによる手術が必要となるので、それに備えてのことだったそうな。

それにしても脳梗塞というのは当たり前のことだろうが実に嫌な病で、人間の脳というものがいかに微妙複雑で狡智に長けたものかということを思い知らされる。私の場合、主治医の対応が早く適切だったので弊害は微小ですんだが、それでも致命的な後遺症がある。左手の小指と薬指が痺れたままで、それが表象する欠陥が残った。

それは梗塞によって脳の海馬という部分が損なわれたので字を忘れてしまったことだ。複雑な漢字だけではなしに、仮名文字までが記憶から飛んでしまった。これは物書きにとっては致命的なことで、主治医に言わせるとそれは海馬という引き出しが閉まってしまったせいで、中身は損なわれてはいないから引き出しを開ける練習をすれば元に戻るとは言われているが、そのための一日中文字を書く練習はせっかちな私にはとても出来はしない。幸い使い慣れたワープロという武器があるので、それを使えば複雑な漢字も表れてきて、それを見てそうだこの字でいいのだと納得は出来るが、厄介なのは打ち込んだ原稿のゲラが届いてそれを校正する時に字が綺麗には書けない。

同じように脳梗塞を患った畏友江藤淳の場合はおそらく手書きだったろうし、梗塞による障害が体のどこに及んでいたか知らぬが、彼の自殺前の遺書に、「江藤淳は、形骸に過ぎず、自ら処決して形骸を断ずる所以なり。乞う、諸君よ、これを諒とせられよ」とあったように、私自身左腕に麻痺が残り、病後に強いられた節制のせいで脚力が劣化し、平衡感覚が鈍化し、最早テニスが出来ずの体たらくで、江藤の遺書に近く最早かつての自分にあらずの様でこの口惜しさ、この焦燥感は言いようもない。

いずれにせよ、脳梗塞によるおよそひと月の入院は私の人生において未曽有の体験だった。あれはかつての北マリアナ諸島への冒険旅行で肋骨にひびが入り痛みを抱えながらの際どい旅とも違って、重症の患者たちばかりを収容した集中治療室の並んだ二階での生活は、言わば際どい生死の線上を彷徨う人間たちの集落で中には夜になると痛みのせいでか泣きわめく女性の患者もいて、聞けば彼女は蜘蛛膜下出血での入院だそうだが、激しい痛みが定期的に襲う予兆を感じる度、その恐怖で「嫌あ、嫌あっ」と大声で叫ぶのだった。

その叫び声は生半可な病状で病室に拘束されている私にはひどく新鮮なものに感じられ、それを聞く度、私は自分の生なるものを確認させられる不思議な感慨で、泣き叫んでいる彼女との対比で自分の危うい生を確認してみたい欲求に駆られて病室を抜け出し、今にも死にそうに悲痛な声を立てている見知らぬ患者をひと目盗み見ようと声に向かって廊下をたどっていったが、その度患者のプライバシーを守る看護師に見つかって連れ戻されたものだったが。

しかしともかく、そんな病のせいで体全体が脆弱化してしまい、思いもかけぬ現象が体に起こり、自分で自分に驚かされることが多々ある始末だった。

脳梗塞を起こしてから前述のいきさつで平沼氏たちに合流し国会に戻り、仲間の応援に長崎まで主治医同伴で出かけたりもしたが、それでいい気になって、ある時、講演を頼まれ島根県のある町まで出かけた。が一時間半という約束で早く切り上げようと早口で話している内に突然変調をきたし、次に何を話していいのかが思い浮かばなくなってしまった。講演の途中で断り、一度舞台の袖に引っこんだが、聴衆の中に幸い医者と看護師がいて駆け付けてくれ、脈と血圧を計ってくれ、危険と判断して近くの日赤病院に運ばれてしまった。

それがまた全国に私が倒れたというニュースになって流れてしまい、私の主治医までがはるばる駆けつけてくれたが、点滴を受け、ひと晩入院を強いられ、翌日主治医に同伴され、なんとか東京まで舞い戻ることが出来た。飛行場には記者が大勢詰めかけていたが、様子を聞かれ、「死んだと思ったお富さんだよ」と言った冗談がこの頃の若造の記者には全く通じはしなかった。

暑い日で周りは熱中症ではと言っていたが、後に知らされたがあれは過呼吸という現象だそうで、長い講演をしたりすると人によってはその時の健康次第で起きるそうな。つまり長く早く喋ることで体の中の酸素が欠乏し、頭の働きに支障をきたすという。いずれにせよ、あの病に冒される以前にはあり得なかったことで、言い換えればこの体に間違いなしにひびが入ってしまったということだ。つまり私の人生に紛れもない転機が到来したということだろう。そしてそれは私に今まで持ち得なかったある意識をもたらしてくれた。それはかつてあの江藤淳が指摘していた私のどの作品にも差しかけている死の影への改めての意識だ。

入院中に読んだ小林秀雄のエッセイに「棺桶に片足突っ込むというような言葉をこれは面白い言葉だなどと若者が言ったら滑稽でしょうが、この言葉が味わえぬような老年は不具な老年」という一節を改めて思い直す。ということを主治医の広尾病院の佐々木院長に話したら呵々大笑されて「何を言ってるんですか、あなたは片足どころか実は両足突っ込んでいたんですよ。でなければ最初の三階から二階の集中治療室に移すわけはありませんよ」と言い渡されたものだった。

以来、私は本気で己の死について考えるようには相なった。そして脳梗塞で倒れる前にたまたま読んだ坂口安吾の短編のエピグラフにあった、あの織田信長が愛吟していたという小唄についても思うようになった。

信長の愛吟と言えば、幸若舞の『敦盛』の「人間五十年、下天の内を比ぶれば」だが、初めて知った小唄は「死のうは一定、忍び草には何をしよぞ。一定、語りおこすよの」なるものだった。この「語りおこすよの」なる文句の意味が分からずに古文に詳しい物知りに質したら、死者に対して後の者どもはおこがましいことを言い募るものだという意味だそうな。となればこの齢になり、もう間もなく死ぬだろうこの私について私が死んだ後、誰がどんなことをぬかすだろうかということに興味を抱かざるを得まい。

私にとって最後の総選挙では、仲間内では年少ながら優れた資質を持つ山田宏氏に後を託すつもりで彼を比例一位に据え、私は最下位に登録して政界を後にするつもりだったが、党勢はふるわずに彼も当選には届かずに終わり、私としては有終の美を飾ることは出来なかった。ということで、かなり長きにわたった私の政治生活は幕を閉じたということだ。それを振り返って今更に空しいなどと思いもしない。特に首都東京を預かる知事の仕事を果たしたことは政治行政の実感を満喫できたし、思い残すことなどありはしない。

ただ私が政界から身を引いた後、思いがけぬことがあった。

前述の通り早稲田大学の文化構想学部の教授を務める森元孝なる人が『石原慎太郎の社会現象学』なる労作を発表してくれたものだった。サブタイトルには私の最初の長編小説『亀裂』を踏まえて『亀裂の弁証法』とあった。感性に依る作家のくせに政治というまさに対極的な仕事を選んだ私の人生はまさに亀裂を踏まえたものだったが、自惚れではなしに著名な政治家が良質な小説を書くということを許容できぬ日本の社会にあっては、私の小説はいささか報われぬことが多々あったと思う。その贖罪を森氏の労作は果たしてくれ、私としては浮かばれた思いだった。

そしてそのお礼に氏と会食した折に彼が突然、「あなたは実は田中角栄が好きだったのではありませんか」と問うてきた。「そうですね、好きというよりも、この現代に彼のような中世期的、バルザック的な人物はいませんからね」、答えた私に氏が「ならば彼の事を一人称で書いたらどうですか。私はあなたの作品の中で『生還』とか『再生』とか一人称で書かれた作品をとても評価しているのですがね」、言ったものだった。言われて以前、私の義兄弟の幻冬舎社長の見城から田中角栄を書いてはどうかと提案されたのを思い出した。そしてすぐにその気になった。調べて見れば彼の自筆による『私の履歴書』以下、彼に関する著書は数多くあった。角さんに最後まで付き添っていた秘書の朝賀昭氏のことを綴った『角栄のお庭番朝賀昭』、そして角さんのかねてからの愛人辻和子さんで、かつての神楽坂の名妓円弥さんの綴った手記『熱情』は身につまされるものがあった。それらを踏まえて彼の一生を書き上げるのは割に簡単に出来た。

角さんのまさに死に際に最後の短い会話を交わして彼を見送った辻さんと私とは、実はある奇縁があったものだ。私はかねがね新興宗教なるものに興味があって、前にも述べた通り『巷の神々』なる日本の新興宗教についての長いルポルタージュを書いたが、ある時行きつけの眼科の医師に、ある強い霊感を備えた女性が教祖の宗教団体が川崎にあると聞いて見聞に出かけた。その頃、弟が心臓の解離性大動脈瘤の大手術の後、死線を彷徨う有様だったので、彼の命運を保つための何かのよすががありはしないかと思い、出かけたものだった。

そしてその教主から弟がどこかから手に入れた何か尊いものを粗末に扱っていることの祟りがあると告げられ、彼の身の周りに詳しい弟の運転手と、弟の新築の家を探し回ったが、事前に彼の看病で不在の彼の細君に質しても心当たりはないという。家中探したが、それらしき物は一向に見当たらない。ところが最後に屋外のガレージの軒下に木の箱に収われた二体の仏像が放置されているのを見つけ、慄然とさせられた。

早速それを件の教主に届け納めてもらったが、その折に教主から、折から参拝にきていた妙齢の婦人を今は亡き田中角栄元首相の隠れ妻だと紹介された。私と彼女の元の旦那との関わりを知ってか知らずか互いに穏やかに挨拶を交わしただけだったが、相手はもう年の頃五十を超していたろうがいかにも着物の似合う、噂に聞いていた通り、かつての神楽坂の名妓らしい女性だった。

森教授からの啓示で一人称で綴った田中角栄の伝記は初めは『田中角栄正伝』というタイトルのつもりでいたが、見城が『天才』とすべきだと強く主張し私も同調して出版され、思いもかけぬベストセラーとなり、改めて田中角栄なる正に天才だった男の根強い人気に驚かされることになった。

その長い後書きにも記したが彼の金権に強く反発し批判の先鋒を切った私が彼を礼

賛するのは国民への背反と思われるかもしれぬが、ヘーゲルが「歴史は他の何にもましての現実だ」と言ったように、現代という歴史を生み出した角さんという天才がこの国の実質支配者だったアメリカによって葬られ、政治家として否定されるのは歴史への改竄に他なるまい。キッシンジャーは陰で彼のことをデンジャラスジャップと呼んでいたそうだが、自らを非難する者を敵視するアメリカの傲岸を看過するわけにいくはずはない。

私の手になるその彼の伝記が評判になってくれたのは故人への良き供養とも言えそうだが。

愛人との会話にもならぬ断片的な会話を交わしただけで身罷った角さんの晩年は無残だが、それに比べればかつての政敵（？）を礼賛する余裕を構えた私の晩年はまだしもと言えるのかもしれない。がしかしなお、こうして自分の生涯を顧みながらそれを綴る今、私の人生もなかなか起伏に満ちて面白いものだったかなとは思う。しかしなお思いがけなく到来した病の後、完璧には自由の利かなくなった肉体を抱えての日々の空虚さを他人は命あっての上の贅沢と誇るかもしれないが、この後必ず到来するだろう「死」なるものを想いながら送る日日の空虚さをどうやって埋めたらいいものだろうか。その前段の「老い」なるものはなんと空しく、忌々しいものだろうか。

ある時、私が信頼しきっている鍼灸の名手岡田明三師に老いとその先にある死について質したことがある。彼の父上だった岡田明祐老師は息子をはるかに凌ぐ鍼灸界の超名人だったが、自分の死期を正確に予知していて、亡くなる一時間前に臨終に備えての入院を息子たちに手配させ、入院後わずかの時間で安らかに息を引きとったそうな。息子の岡田師は「親父は死ぬことについてもまさに名人でした」と言っていたが、彼はまさに彼にとっての最後の未来を正確に予知し、最後の未知についても知り尽くしていたと言えそうだ。その正確な予感と予知なるもののコツについて是非とも伝授され、知りたいと思うものだが。

そしてその前段に構えられている老いへの対処について、これも名人の息子岡田師に質してみたが、その答えは「あるようでありませんな。古来鍼灸を核に据えた東洋医学の先駆者泰斗たちは誰しもそのことを己のため、患者たちのために考えてきましたがね。結論は神仙の境地になるということですな。つまり諦める、忘れるということしかありませんな」、だった。分かりきったことながら齢を重ねた末に出会う老いという嵐の中で、ヨット乗りの誰しもがやがてまた来る辛いウォッチに備えての短い眠りのために、バースの中で身を縮めながら密かに指を折り数えながら、今まで愛を交わしてきた女たちのことを想い返すのにも似た空しい作業と言えるのかもしれない。

しかしともかくも私は自分の「死」なるものについて知りたいと思う。そんな今日この頃になると今までものした多くの書き物の中で、あの江藤が私について奇しくも言ったように無意識過剰に書き込んできたさまざまな「死」なるものについて、しきりに想わぬわけにはいかないのだ。ということで、この頃になるとしきりに親しかった先人の死について思い出す。中でも私淑した数少ない政治家の一人だった、傑出した大蔵官僚でもあり、無類のリアリストであり、財政家だった賀屋興宣さんと最後の面会の折の述懐の言葉だった。

戦時の財政運営でなんとか戦を支えた彼を憎んだ占領軍は彼をA級戦犯に仕立てて裁いた。賀屋さんは、あの吉田茂が弟子たちの池田、佐藤両総理に事ある時には賀屋翁に相談せよとまで建言し、敬意を抱いていたリアリストだったが、亡くなる直前訪れた私に雑談の中で自分の人生の中でし残したことへの他愛ない痛悔の会話の末に、今一番関心があるのは死ぬことだと語り、「死ぬというのはつまりませんなあ」と慨

嘆してみせ、その表情がいかにも深刻なので私がその訳を質したら、淡々と、

「死にますとね、まず私の死を悼んでくれた者たちは直ぐに私のことを忘れてしまう。そしてその後、私は暗い暗い道をひとりでどこまでもとぼとぼと歩いて行く。寂しいものですよ」

「しかし先生、その道の先にあなたは、かつて熱愛された奥様や幼い頃から互いの片想いで結ばれることのなかったあの思い出深い女性とも、あのオルフェのように出会うことになるのではありませんか」

私が質したら言下に、

「いやいや、そんなことはありませんな」

「何故ですか」

「それはね、そうやって自分一人で歩いている内に自分で自分のことを忘れてしまうからですよ。だから死ぬというのはつまらぬことなんですな。だから私は死にたくありませんな」

薄い微笑で言ったものだった。

XIV

私にとって、あれはなんとも忘れ難い強い印象の会話だった。あの人の口からあんな慨嘆を聞かされるとは。ならば賀屋オルフェの行き着く先はどこにも何もないのか。つまり死の先にあるものはただ虚無ということか。それでは死の先にはなんの望みもありはしないということか。

人はよく来世について口にする。それは死を控えた現世における苦悩の救いのためのものではある。人間は誰しも死を疑わぬ者はいないし、疑わぬながら恐れてもいる。その救済のために殆どの宗教は来世を説いてもいる。人は死ねば自分より先に死んだ懐かしい人たちと再会できると信じる、と言うよりそう思おうとする。それが死に関する一途の救いでもある。

私もこの齢になってこの回想を綴りながら弟のことについて触れながら、何故か今までのいつ以上に弟のことを懐かしく感じたものだったが、それでふと、多分間もないだろう己の死の後、彼にどこかで出会うのだろうかと思いながら多分それは決してあるまいと思う。と言うよりそう感じている。それは虚無への予感とでも言うべきものなのかもしれないが、それを否もうとしても、その根拠はとてもあり得ない。人間は生きる過程でいろいろ迷い考えもするが、年齢を重ねれば重ねるほど辞世の終局の死なるものについて考えざるを得ない。そして迷い、怯え、恐れもする。プラトンは死について誰も何も知りはしないのだから死について、あるいはその果てについて考えることはないと言っているが、はたして彼もそうだったのだろうか。彼とてもそうではあるまい。

ただ私は人間の想念なるものの力、そのエネルギーは認めている。あのベルクソンが交霊なる不可知な現象を認め、その事例についても記しているように、私もそんないくつもの事例について知っている。現に私の父は亡くなった時、父の結婚の媒酌をした、すでに高齢の婦人の家を訪れたそうな。彼女が父を家の離れの茶室に招くと父は帽子を脱いで縁先に座って挨拶し、彼女が茶を淹れに母屋に行き戻ってみたら、もうその姿が見えなかったらしい。彼女はその時父の急死を悟り私の家に電話し、東京に駆けつけ不在の母に代わって出た女中から父の急変を聞き取ったという。

私にベルクソンを読めと勧めてくれた小林秀雄さんは、お母さんが亡くなった数日後に買物に出たら蛍が一匹行く手を飛んでいくのを見たという。小林さんは、ああこれはおっ母さんだと思いながら歩いていった。そしたら近所の彼に慣れている犬が珍しく吠えたてた。そして彼を追い抜いて走っていった子供たちが口々に「人魂《(火の玉)》だ、人魂だ」、叫んでいたそうな。

これは優にあり得る話だと思う。

私を信頼してくれ、特攻隊の秘められた話を打ち明けてくれた鳥濱《とりはま》トメさんから聞かされた、出撃の前日、自分は蛍になって帰ってくると言って約束し、本当にその夜、季節外れの彼女の裏庭に正しく大きな蛍になって帰ってきた隊員の挿話のように。だから幽霊なるものは優にあり得るとも思う。だから私の子孫、それも間近な子供や孫に何か不祥な出来事が起こった時には、私は幽霊になって守ってみせるとも思っているが。

しかし賀屋さんの言うように死の後なるものが虚無だとしたら、虚無における死者の意識なるものはどういうことなのだろうか。私も死んだ後はまさしく虚無だと思う。だから賀屋さんの言ったように死ぬことはつまらないし、ことさら死にたいとは決して思わない。故にもこんな回想を綴っているといかにも空しいし、過去が懐かしい。昔、島倉千代子の歌った『思い出さん今日は』という歌があったが、最近その映像をテレビで見て、しみじみ同感させられたものだ。歌の文句は最後に「つまんないのよ何もかも、あの日は遠い夢だもの」とあったが、老いてきてあの脳梗塞の後、体の機能が衰退し殆どのスポーツを諦め、鬱々としていると一層のことだ。まして多分間もないだろう死の後がただ虚無でしかないならば。

江藤淳が言ってくれたように私の作品にはたしかにどれも死の影が差しかけていた。それは私がこの人生の中でやってきたことの多くが私の肉体に裏打ちされたことどもであったせいに違いない。肉体を駆使した行為はどれも死に裏打ちされているとも言えようから。性に関わる行為もそうと言えるのかもしれないが。

無謀な結婚の後、妻に支えられながらも繰り返した女たちとの不倫は、間に入った弁護士に、あれは面倒な相手だと同情されたほどの女にまでひっかかり庶子までもうけ、妻だけではなしに、その間長く関わり尽くしてくれた女までを傷つけたり、晩年奇跡のような取り合わせの若い女を持ったり、生まれつきの好色の報いはいろいろな形で私の人生を彩ってもくれたが、それらの思い出に関わる感慨も、所詮死の後の虚無の中で虚無に帰していくのだろう。それを悔いたり懐かしむ時間は今、私にどれほど残されているのだろうか。

しかし、その前の老いという限られた人生を今はいかに過ごすか気がかりでならないのだが。前にも述べたジャンケレビッチの死に関する労作『死』の中で、彼は老化についても的確な分析をしている。老いるということは人間は必ず死ぬという運命の兆候であり、死そのものの前駆性であり、死によって不可避な限界をつけられた生成が長い年月の間に死のこちら側で必然にとる変形だと。老化は一種の希薄化された死であり、死という瞬間への減速装置であって、言葉では表現不可能な死という瞬間を時間の経過の中に溶かして伝達する作用だろう。

もし死が人生の中のある断片としての人間の歴史として展開するのなら、それについてゆっくり意識し語ることも出来ようが、死という人間にとってきわめて重要な歴史の瞬間にはそれが体験としての持続性を持たぬという内的な矛盾があり、その矛盾が死という確固とした現実を把握しにくいものにし、ある意味では複雑曖昧なものにしてしまっている。

人間が生きながら育つということは死という非存在に向かっての連続的な歩みと言えるが、しかしその登山の終盤においてようやく山頂が間近に目に入ってきた段階において、登山者が登り切ったはるかに高く長い道程を振り返り、見下ろし見直した時に感じる眩暈に似た幻惑こそが老いへの自覚とも言えそうだ。しかし今更引き返し、山を下るわけにもいきはしまい。頂を目にしながらの最後の胸突き八丁に踏み出す者をたしかに支えて前に踏み出させるものは一体何なのかを、高度のもたらす希薄な大気の中で喘ぎながら考えるような今日この頃なのだ。それをはたして他人は成熟した老後と見なすのだろうか。私はとてもそんな心境にありはしないが。そして、今この頃ほど私は己の存在への強い意識を抱いたことはないし、肉体の衰退はその意識を裏切ろうとしている。

最近、久し振りに大学の同窓会ならぬクラス会なるものに出てみた。今まで忙しさにかまけてさぼっていたのを思うところあって顔を出したが、ある種の強い感慨があった。クラスと言えば総員わずか三、四十名の限られた顔触れだが、仲間の過半は死亡していた。その未亡人が何人かいたが、彼女たちにとってその集まりがいかなる意味合いを持つのか私には分からないし、生き残り、顔を見せていたのはわずか六名だった。その彼等が八十の齢を重ねて過ぎた今、残された人生の日々をいかなる心境で、いかに身を処して過ごしているのかを丹念に聞き取りたいと思ったが、その時間はなかった。

その内のごく親しい一人に後で電話して自分が死ぬことについてどう考えているかを質してみたら、その男はごく率直に「死ぬというのは息絶えるということだろうが、呼吸が止まるという時の苦しさだけは思うに嫌だ」と真摯に答えていたものだったが。

XV

　この長い回想を記しながら、この今に至って私はあの江藤が私について記してくれた『石原慎太郎論』を改めて読み直し、彼の炯眼《けいがん》と友情に感謝せざるを得ないでいる。好色性をも含めての私の肉体主義の発露としての私の作品のどれもに死の影が差していると指摘したのは江藤だったが、肉体主義なる一種のもの憑きの所産の行為には行為の本質としてその肉体の摩滅と崩壊、つまり「死」なるものの代償がまとわりついているのが必然であって、それを確として意識していなかった私のことを無意識過剰と評したのは江藤の至言と言えたろう。

　そしてそれは私が今までの人生の中での他の大方の人間たちに比べれば、幸いなことに遭遇し味わうことが出来たいくつかの危険、例えば一九六二年の暮れに近かったその年三度目の初島ヨットレースで到来した寒冷前線が何故か相模湾の中でずたずたに裂けて通過し、突風が四方八方から吹きすさび、巨大な三角波をかき立て多くの船が航行不能となり、慶應と早稲田の船が沈み、合わせて十一人が死んだ折、あるいは未踏の北マリアナへの冒険ダイビング航海での事故で肋骨にひびが入り、苦痛に耐えながら火山の爆発で無人となったパガンの廃絶された飛行場で奇跡的に救出されてサイパン経由でグアムの病院に運びこまれた時の不安と緊張の折、あるいは南米をスクーターで縦断した際、チリからアルゼンチンへの国境の湖を越える時、キャラバンを乗せたフェリーが事故で沈みそうになり、まさに進退きわまりそうになった折にも何故か一向に肌身に感じることのなかった己の「死」について予感することなどありはしなかったものだったが、この最近たどり着いた高齢のせいだろうか、私が強く予感し、予感しながらしきりに決して怯えではなしに強い関心と言おうか、ある忌々しさと言おうか、今まで味わったことのない一種投げやりな感情でしきりに思うのは、この私自身にとっての「最後の未知」「最後の未来」たる己の「死」のことばかりなのだ。

それは未練や怯えをかまけてのことでは決してないのだが、ただそれにかまける己が忌々しい。そうした心情の中でしきりに思い出されるのは前にも記したが、私淑していたあの賀屋さんが老年になり、身罷るすぐ前に私が見舞いに訪れた時に漏らした自分が死んだ後の意識の道程についての、強い意識家の彼らしい分析と言おうか推測の告白だ。

世の箴言《しんげん》に「人間は誰しも己が必ず死ぬことを知ってはいるが、それを信じている者はいはしない」とあるが、私は今この頃、あの忌々しい予期もしなかった病の後の精神的肉体的衰弱の内に己の「死」について疑うことはありはしないが、自分の生涯を振り返りこうした文章を綴りながら最後の興味として己の「死」の瞬間、多大な興味を抱きながら、出来ればしみじみ味わいながら死にたいものだと思っている。

明智光秀に突然に背かれ、立てこもった本能寺で「明智ならば是非もない」と言って寺に火を放って自刃した信長は愛吟していた『敦盛』の名文を踏まえて瞬間的に、ためらいもなく己の死を許容したろうが、この私は彼よりはるかに長い人生の末に出来得れば己の死をしみじみ許容して味わいたいものだと願っている。マルローが『王道』で描いた強かな主人公ペルカンのように「死、死などありはしない。ただこの俺だけが死んでいくのだ」という投げやりな孤独な死を願いはしない。もっとしみじみと良い酒を吟味しながら飲み込むような死に方を期待するが、それも贅沢と言われるのだろうか。

最近私は妻や秘書と主治医、そして心を許しているある親しい友人と客船での短い旅に出た。おそらく私の生涯の中での最後の船旅だろうと思っていたが、しかし船は肝心の瀬戸内海や九州の沿岸を夜に走って退屈なものだった。そのあまり夜間に私は苛々しながら長く綴ってきたこの回想の、いよいよ最後を締めくくろうと思い立った。

そして自分が人生の終焉に差しかかっている今、この思いがけぬ退屈に苛立ち、奇妙なぐらいパセティックになっているのに気付いていた。それに任せて愛唱していた伊東静雄の詩の三行を書き出しに据え、こんな文章を綴ったものだった。書きながら、いつになく感傷的な自分を何故か許してもいた。

わが死せむ美しき日のために
連嶺の夢想よ！　汝《な》が白雪を
消さずにあれ
死なる未知の到来を我は恐れずに待たむ
ああわが人生の遥かなる道のりよ

いくたびか行き合いし死の影よ
わが愛せし女たちよ
なれをわが夢に呼び起こすものは何なるのか
ああ我をはぐくみし大いなる海よ
お前の送る波たちのようにわが人生は繰り返しはしまいが
しかしなお私は悔いることなく残されし人生を歩むだろう

この航海を通じて私は老いた身を憂いながら、さまざまなことを思い悩むに違いない。私は一応の仏教の信者だが、来世なるものをどうにも信じることが出来はしないのだ。それあるならば懐かしいさまざまな者たちとの再会もあろうが、それはあまりにも奢侈にすぎまいか。それを証するものは皮肉にも時間ではあるまいか。時間こそは存在の落とす影ではないか。

そして時間は存在の非絶対性を明かすものに違いない。

ならばその代わりに在るものは一体何なのだろうか、在るものは虚無に他なるまいに。そうなのだ、虚無さえも実在するのだ。

死は意識の消滅を意味する。消滅した意識が何を死後に形象化することだろうか。しかし私は人間の想念の力を疑いはしない。

私の最後の船旅は退屈の内に終わってしまったが、その余波は未だ続いていて、私は日々ただ茫漠と暮らしているようだ。己の死という最後の未来、未だ来らざるものに向かって漠然と歩みつづけている。私は自著『巷の神々』でも綴ったように、小林秀雄やベルクソンのように人間にとって不可知なるものの力を信じてはいるが、その認識は死後の来世なるものの存在にはどうにも繋がらない。その折り合いがどうにもつかぬままにいる。その苛立ち、その不安を何かがいつか解消してくれるのを願ってはいるが、結局それは人間にとっての最後の未来、最後の謎である私自身の死でしか解決してくれぬことなのかもしれない。この長たらしい懐旧も所詮、私自身へのなんの癒しにもなりはしなかったような気がするが。

今思い返せば私の人生はなんの恩寵あってか、愚行も含めてかなり恵まれたものだったと思われる。だから、あの賀屋さんが言っていた通り死ぬのはやはりつまらない。

補記

幻冬舎　代表取締役社長　見城　徹

石原さんにこの作品の話を提案されたのは十二年前のことだ。既に断片的に文章は書いていたのだということも、その時知った。

最初は遥か遠い先のことだと思い、あまりリアリティを感じなかったが、膵臓がんが発見された時くらいから急にリアリティが濃くなって来た。石原さんは強い意志で「これは絶対に出して欲しい。約束は違《たが》えないでくれ」と何度も念を押すようになった。しかし、自分が死に、妻も亡くなってからという条件があったので、それでもずっと先のような気がしていた。

勿論、残された四人のご子息達がどう思うかも考えたが、これは出版まで秘密にしておくしかないと腹を括った。亡くなるまでの最後の一年は、この本のゲラ直しのみに命の炎を燃やしているのが明らかに見て取れた。

政治家よりもやはり作家であり続けた石原慎太郎の業こそが、この作品を完成させたのだと思う。その作品を託されるこちらとしては「この場面を、ここまで赤裸々に書かなくても」と意見をぶつけ、削ってもらったり、修正して書き直してもらったり、頑として拒否されたり、難しい場面が沢山あった。要は「これが本当の俺なのだ」という強い覚悟と欲求があったということだと思う。

出版したことは一つも後悔していない。むしろ約束を果たせたことにほっとしている。

石原さんが亡くなった直後、「月刊Hanada」に寄稿した『石原慎太郎という病い』に書いたように、石原慎太郎は僕にとって唯一無二の存在だった。今もその喪失感を引きずって生きている。

二〇二二年二月末に発売された「月刊Hanada」に掲載された『石原慎太郎という病い』をここに転載する。

【石原慎太郎という病い】

いまのこの感情をなんと表現したらいいのだろう。悲しみとも違う、淋しいという言葉も当てはまらない、喪失感でもない、石原慎太郎が僕が生きているこの世界にいない。その事実が僕を打ちのめす。

初めて会った時から四十六年。途切れることなく僕は石原慎太郎の傍らにいた。最初は赤坂にあった「真革新クラブ」という石原さんの私設事務所だった。議員会館より石原さんはここで人と会うことを好んだ。様々な酒がワゴンにセンスよく並べられ、気が向けば自分でカクテルを作った。

高校時代から石原慎太郎の短編小説を読むと、自分の絶望が救済されるような気がした。『灰色の教室』『太陽の季節』『処刑の部屋』『完全な遊戯』『透きとおった時間』『ファンキー・ジャンプ』『若い獣』『北壁』『乾いた花』等々を何度も貪り読んだ。

自分がどれだけ石原作品に救われ影響されたかを手紙にしたためて、面会を申し込んだ。二十五歳の時だった。恐る恐る事務所に電話をしたら会ってくれるとあっさりとOKが出た。

当日、僕は石原さんの年齢である四十四本の赤いバラの花束を携えて、緊張して赤坂の事務所を訪ねた。四十四本のバラの花束は誰でも考える浅知恵である。案の定、「男にバラを貰ってもなぁ」と、微笑みながら言われて無造作にテーブルに置かれてしまった。

しかし、僕には満を持した策略があった。

高校時代から石原作品を読み込んでいたし、事前の十日間の特訓の成果もあって『太陽の季節』と『処刑の部屋』を暗唱できるようになっていたのだ。それを作家本人の前で披露する、そんな奇襲作戦を考えていた。

訪ねたのが夕方だったので、石原さんが「君はドライマティーニを飲むかね？」と尋ねる。ドライマティーニなるものがどんな飲みものなのかよく分からなかったが「いただきます」と僕は答え、二人でソファーに腰を下ろして石原さんが作った酒を飲んだ。

石原さんは僕の手紙を照れながら褒めてくれて、雰囲気がいい感じになった。「ここだ！」と僕は意を決して「いまから『太陽の季節』と『処刑の部屋』を暗唱します」と切り出し、いきなり暗唱を始めた。

二〜三分経っただろうか、「もういい」石原さんが僕を制し、「分かった、分かった。君とは仕事をするよ」と言ってくれた。

『処刑の部屋』は一行も声に出すことはなかった。

僕は角川書店（現・KADOKAWA）の文芸誌「野性時代」の編集者だったから、すぐに『戦士の羽飾り』という連載エッセイが始まった。本当は小説を書いてもらいたかったのだが、それでは贅沢すぎると自分を慰めた。

石原さんの家は逗子湾を一望する小高い丘の上に一軒だけそびえる、眺望だけでなく庭やインテリア、アートまで圧倒的にカッコいい家だった。毎月、逗子の家に原稿を取りに行くのが楽しみだった。

ある冬の夜、原稿を受取りに行くと、石原さんに夜の海岸を散歩しないかと誘われた。望むところだと、僕は石原さんに付いて行った。海岸に着くと携帯してきたスキットルに入れたブランデーを二人で飲みながら、石原さんの迷いや悩み、葛藤を聞いた。

十九歳も年が離れた若造に石原さんは驚くほど率直だった。その時から急速に二人の関係は深まったと思う。何かといえば食事やテニスやスカッシュ、旅行やダイビングに誘われた。

石原さんは実に自然に誰とでもイーブンな人だった。

時の総理大臣、大企業の社長、場末のスナックのオヤジからタクシーの運転手さん、ビル掃除のおばさん、前科者まで、その人に真心さえあれば真心で応える人だった。金や地位や職業は全く意に介さなかった。僕が困ったことがあればできる限りの心を尽くしてくれて、何度助けられたか数知れない。

僕が幻冬舎を設立してゴルフを始めてから石原さんが八十歳で脳梗塞を患うまで、二人のホームコースである『スリーハンドレッドクラブ』でよくマッチプレーのゴルフ対決をした。スリーハンドレッドは予約せずともメンバーが到着すればすぐにスタートできるという特殊なゴルフ場で十一時過ぎからスルーで廻ることが可能だった。石原さんにとっては、ゴルフというのは朝、目覚めて自分の体調と天気を見て行くものだ、という持論があって、土・日になると突然朝九時過ぎに僕に電話をかけてきて、ゴルフに行くことになる。僕はいつでも出られるように僕の運転手とスタンバイしているので、すぐに田園調布の石原さんの自宅に迎えに行き、スリーハンドレッドに向かったものだった。

僕の都合で断らざるを得ない時もあったが、大概は同行したので土・日の予定を入れられなくて大変だった。せめて二、三日前に言ってほしいとお願いしたが、自分のゴルフ観を変えることはなかった。

ゴルフも上手くて年齢が六十代から七十代中盤くらいまでは八十五〜九十くらいのスコアで廻っていたのでマッチプレーで二百回くらい対戦したが、成績は僕の二十勝百八十敗くらいだったと思う。

ゴルフが終われば田園調布近辺で食事をし、しこたま酒を飲み、気が向けば『吉宗』というカラオケ・スナックに行った。スナックにいた客は大いに喜ぶ。リクエストに応じて石原裕次郎の歌をよく歌っていた。

「裕次郎より僕のほうが上手いでしょう」と初めて会った客たちに茶目っ気たっぷりに尋ねるのも素敵な場面だった。

一度、スリーハンドレッドに僕の車で向かう時、交通事故に遭遇したことがある。三叉路の事故で警官がまだ到着していなくて渋滞し混乱していた。石原さんは僕の車を飛び出し、突然、警官がするような交通整理を始めた。

はじめは気づく人はいなかったが「あっ、都知事だ」ということになりドライバーたちは指示に従った。そういうことを自然にやってのけてしまう人だった。石原さんらしいエピソードは枚挙にいとまがないが、ここではこの辺にしておく。

二十三歳で芥川賞を受賞した文壇処女作である『太陽の季節』の書き出しは石原慎

太郎の人生を予言している。

〈竜哉が強く英子に魅かれたのは、彼が拳闘に魅かれる気持と同じようなものがあった。それには、リングで叩きのめされる瞬間、抵抗される人間だけが感じる、あの一種驚愕の入り混った快感に通じるものが確かにあった〉

そういうことなのだ。リングで叩きのめされる瞬間、抵抗される人間だけが感じるあの一種の驚愕の入り混じった快感。石原慎太郎はそのことを描き続け、実践し続けたと言えるだろう。

湘南高校時代、石原さんは学校という共同体のルールに個体としての自分がぶつかり、一年休学している。その時、彼を慰撫し救済したのは絵を描き、文章を書くことだった。社会的現実と個人的現実のクラッシュ。それこそが彼の想像力の源泉だった。共同体の制度、つまりルールや法律、道徳、倫理、慣習、常識にクラッシュする個体の苛立ちと嫌悪と恍惚。想像力を駆使して描く、それこそが石原慎太郎の文学だった。

中期の代表作『化石の森』の冒頭はこうだ。

〈誰か人をでも殺してやりたいほどの暑さだった。季節が狂ってしまっている〉

石原慎太郎ほど、殺人や死を描き続けた文学者は世界中を探しても他に類を見ない。あの爽やかでハンサムな笑顔の裏には、常に自分が直面する現実に対する嫌悪と憤怒が渦巻いている。想像力で犯罪を描く限りにおいて、それは自分のバランスをとる救済であり続け、誰にも非難されない、むしろ作品化された嫌悪の情念は称賛さえ浴びることになる。

しかし、余りある石原慎太郎の想像力と肉体は作品に留まるには限界があった。初期の石原慎太郎はリペア（現実を改修する）という言葉をよく使っている。誠実な人生の進路として観念の作業だけでは飽き足らず、政治に向かうことは必然であったように思われる。しかもプラクティカルに現実を変え突破するためには、政権与党である自民党でなければならなかった。

かくして、個体の掟と衝動で共同体を無化するラジカルな作品を書き続けた文学者・石原慎太郎は現実の変革を目指す政治家・石原慎太郎になるのである。

三島由紀夫が異色な政治活動の果てに文学的な自決を遂げたのと正反対に、石原慎太郎は文学の延長線上にリアルな政治の世界を生きたのだ。

石原慎太郎が政治家になった時点で二人は深く訣別している。

三島由紀夫は政治家になった石原慎太郎への嫌悪を隠さなかったし、石原慎太郎は三島由紀夫の死を自己陶酔の詰まらない死であると断じていた。三島由紀夫は日本国憲法の欺瞞と虚構を死をもって抗議し、石原慎太郎は日本国憲法の机上の空論を政治的手続きによってリペア（改修）しようとした。三島由紀夫にとって政治は文学のなかに包摂され、石原慎太郎にとっては文学は文学、政治は政治だったというシンプルで決定的な違いがあった。

一九六四年から河出書房で刊行された全八巻の全集『石原慎太郎文庫』の編集委員は三島由紀夫、江藤淳、大江健三郎という物凄いメンバーで、文学においてはそれだけの関係でありながら政治をめぐっては全く立場を異にしたのである。

一九七五年、石原慎太郎は衆議院議員を辞し東京都知事選に自民党推薦で立候補する。その時の街頭演説が残っている。

〈今度の東京都知事選は嘘と真実との闘いだと私は思う。スマイルの陰に隠された嘘。

美しい言葉に隠された偽善。それと目に見えて物事をはっきり変えていくんだという政治にとって代えがたい真実との戦いだと私は思います〉

この時は美濃部亮吉に敗れたが、石原慎太郎の政治に向かう姿勢が良く出ている美しい演説だと思う。

一方、すでに生きていることも死んでいることも同じであるという境地に達していた三島由紀夫は死ぬ理由を探していた。

〈諸君は永久にだね、今の憲法は政治的謀略に、諸君が合憲だかのごとく装っているが、自衛隊は違憲なんだよ。自衛隊は違憲なんだ……憲法というものは、ついに自衛隊というものは、憲法を守る軍隊になったのだということに、どうして気がつかんのだ！　どうしてそこに気がつかんのだ！　どうしてそこに縛られて気がつかんのだ！　俺は諸君がそれを起つ日を、待ちに待ってたんだ。諸君はその中でも、ただ小さい根性ばっかりに惑わされて、本当の日本のために起ち上がるという気はないんだ。（中略）諸君は憲法改正のために起ち上がらないと、見極めがついた。これで、俺の自衛隊に対する夢はなくなったんだ。

それではここで、俺は、天皇陛下万歳を叫ぶ〉

一九七〇年十一月二十五日の三島由紀夫の自衛隊市ヶ谷駐屯地バルコニーでの苛烈な演説である。その十数分後、三島由紀夫は割腹自殺を遂げる。

どちらも日本国憲法に代表される戦後民主主義という制度の嘘と偽善を弾劾しているが、石原慎太郎は政治家として現実のリペア（改修）を志し、三島由紀夫はそれを自分の死の大義名分としたのである。

石原慎太郎は生きて政治という清濁併せ吞む道を選び、三島由紀夫は死ぬことで自らの文学に決着を付けた。

都知事選の翌年、石原慎太郎は衆議院議員に返り咲き、環境庁長官や運輸大臣を歴任。目覚ましい政治的活動を繰り広げるが、一九九五年突如として衆議院議員を辞職。国会での最後のスピーチでは国会への嫌悪を隠さなかった。

その一年半前、石原さんは角川書店を辞めて幻冬舎を設立したばかりの僕を四ツ谷の雑居ビルに訪ねてくれて、オフィスに居た数人の社員に、「見城を宜しくお願いします」と、頭を下げてくれた。そして僕に振り返り、「もしも俺がまだ君の役に立つことがあるなら、何でもやるぞ」と、言った。その言葉に感動しながら、僕はすぐに石原裕次郎さんを書いてくださいとお願いした。実は石原慎太郎は私小説を書いたことのない作家だった。僕の目論見では、国民的スターだった弟を最も血の繋がりの濃い芥川賞作家の兄が初めての私小説として描く作品は間違いなく売れるはずだった。

そのことを言うと「分かった。幻冬舎という会社の名前は五木寛之さんに付けられてしまったから、俺は幻冬舎初のミリオンセラーを目指すよ」と茶目っ気たっぷりに微笑んだ。

ちなみに言うと、五木寛之さんと石原慎太郎さんは同年同月同日生まれである。イニシャルも『I』。そのことは意識していた。

衆議院議員を辞して時間ができた石原さんは驚くべき集中力で執筆を続け、死んで行く弟と生きて行く自分は等価であることを描いた『弟』は本当に幻冬舎初のミリオンセラーになった。

それから再び東京都知事選に出馬するまでの三年間近くは、石原慎太郎にとって自由を満喫した時間になったと思う。その期間のエピソードは尽きないが、僕だけの記憶に留めておく。

一つだけ書くと投票日当日、石原さんと僕はスリーハンドレッドでゴルフをしていた。「え、投票日にゴルフですか？」と問う僕に、「それしかないだろう」と人懐っこい笑顔を見せた。

当選が決まった夜遅く、僕を待たせていた新宿ヒルトンホテルの僕がメンバーだった「ゴールデン・キー・クラブ」に七、八人を引き連れて颯爽と現れ、二人で熱い抱擁を交わし、乾杯した。

『弟』のあとも幻冬舎での執筆を続け、『法華経を生きる』（一九九八年、三十三万部）、『老いてこそ人生』（二〇〇二年、八十二万部）、『天才』（二〇一六年、九十二万部）などが大ベストセラーとなっている（いずれも単行本のみの部数）。

編集者は一人の作家に三枚の切り札を用意しなければならないというのが僕の持論で、一枚目は石原裕次郎、二枚目は『太陽の季節』でデビューした作家が『黄昏の季節』を書くというもので『老残』というタイトルで某新聞社の連載も決めていた。

しかし、石原さんは「俺に老残はない。俺は老いを迎え撃つ」と譲らず、それでは小説にならないので『老いてこそ人生』というエッセイに相成った。

三枚目は観念の悪を描いてきた作家が、現実の悪に手を染めなければならない政治に行ったのだから、政治の宿命を描かなければ石原さんが政治家になった文学的意味はないという論法で、石原さんが所属した派閥の領袖であった総理候補の中川一郎がなぜ死ななければならなかったのかを書いてほしいとしつこく頼んだら、「俺はそれは書かない。墓場まで持っていく」とそのたびに言われ諦めていた。


後年、石原さんがその金権政治を批判して攻撃の急先鋒となった田中角栄を描くのはどうかと提案したところ、「実は最近、田中角栄の凄さが身に染みてきた」と言って満更でもなさそうな雰囲気だった。

その話はそれっきりになっていたが数年後、突然、田中角栄を一人称で書き始めたと連絡があり、慌てて担当編集者の森下康樹と資料探しに奔走した。

石原さんが付けてきたタイトルは『野心』だったが、石原慎太郎という天才が田中角栄という天才に成り切って描くのだからタイトルは『天才』しかないと僕が押し通した。『天才』はその年の年間ベストセラー一位となった。

築地市場を豊洲に移転する決断をはじめとする都知事時代の政策の数々は他の執筆者が書いてくれるだろう。

大きな政治的決断と実践は当然、大きなリスクを伴う。それを覚悟で自分が正しいと信じたことをやり遂げる。それが政治家の宿命だ。石原慎太郎以外、誰があれだけの決断と実践を成せただろうか？

二〇二〇年一月に初期の膵臓がんが見つかり、最新の重粒子線治療で完治したと本人は言っていたが、それ以前に発症した脳梗塞の後遺症もあって体力は目に見えて衰えていった。

それでも驚くべき執念で創作を続け、原稿が次々と送られてきた。書かずには収まらない人だったのだ。担当編集者の森下はそれらを本にするのに追われていたが、『ある漢の生涯　安藤昇伝』『宿命（リベンジ）』といった実に石原慎太郎らしい小説が僕の胸を打った。

余命三カ月と告知された石原さんの最後の願いとして、この三十年の短編小説の全集を作りたいという要請を受けた。最後の二年は採算など度外視だった。石原さんが出したいと言った本はすべて引き受けた。石原さんと二十九本の作品を選び、突貫工事で二冊の短編全集として出版することになった。石原さんが生きているうちに出版できなければ意味がない。

その見本ができて十二月九日に田園調布の自宅に届けた時、丁度、石原伸晃さんも一緒だったが、石原さんは二冊の本を抱きしめて撫でながらボロボロと涙を流し、「これが俺の遺作になるなぁ」と淋しそうに笑った。僕も泣きそうになるのを必死に堪えていた。この日が四十六年間の最後の顔合わせとなったが、亡くなった当日の夜、弔問に訪れた時の石原慎太郎の顔は往年の精気を取り戻していて、まるで眠っているかのように穏やかな表情だった。

膵臓がんが再発してからの三カ月、面会の時の表情はいかにも衰えていて会っていて辛かったが、死してこんなにも安息が訪れるのかと複雑な気持ちが入り混じって、石原良純さんの見ている前で顔に抱きついて号泣した。

二〇二二年二月一日、僕は僕の人生で最も大事なものを失った。

石原慎太郎のいない世界に僕は残されて生きている。そのことに僕は耐えられない。

二〇一七年三月二日。故のないパンチでメディアにメッタ打ちにされていた石原さんと二人で深夜まで酒を飲んだ。石原さんはメディアへの愚痴も小池百合子の悪口も一切言わなかった。

車に乗り込むと三月三日になっていた。不意に「三国志演義」の『桃園の誓い』が思い浮かんだ。その時に僕が作った句で拙稿を締める。

雛祭り　盃交わした　漢の日

『石原慎太郎という病い』に一つだけ書けなかったことがある。『「私」という男の生涯』の存在だ。本当はこれが石原慎太郎の最後の作品だった。しかし、書けなかった。発売まで秘密は守らなければならなかった。そういうことだ。

本書には、今日の人権意識に照らして不当・不適切と思われる語句・表現が使われておりますが、時代背景と作品価値に鑑み、修正・削除は行っておりません。

本書は二〇二二年六月小社より刊行されたものです。

この自伝は著者の死後発売される目的で書かれ、生前に著者は校正ゲラのチェックを四度済ませております。

「私《わたし》」という男《おとこ》の生涯《しょうがい》

石原慎太郎《いしはらしんたろう》

令和6年1月15日　初版発行
令和6年5月30日　8版発行
発行人――石原正康
編集人――高部真人
発行所――株式会社幻冬舎
〒151-0051東京都渋谷区千駄ヶ谷4-9-7
電話　03(5411)6222(営業)
　　　03(5411)6211(編集)
公式HP　https://www.gentosha.co.jp/
印刷・製本―中央精版印刷株式会社
装丁者――高橋雅之

幻冬舎文庫

ISBN978-4-344-43355-7　C0193　い-2-20

この本に関するご意見・ご感想は、下記アンケートフォームからお寄せください。
https://www.gentosha.co.jp/e/